赴良宵

卷一

萌教教主 著

✦ 心思深沉霸道皇帝 × 自帶系統苦命妖妃 ✦

★ 隨書附贈《赴良宵》珍藏明信片一張

范靈枝不僅莫名穿越，還自帶了個妖妃系統，逼得她不得不從此鑽研紅顏禍國之道。於是她成為百姓群臣口中讓兩朝皇帝都深陷其中的妖妃，竟還有數十首編排她的童謠傳唱於世。有誰知她只想回家吃洋芋片、用 5G 網路當個快樂肥宅啊……

目錄

第01章 國破

溫惜昭的大軍衝進來時，范靈枝正和小皇帝在玩美色遊戲，衣不蔽體，場面十分混亂。

小皇帝齊易，大周統治者，是個帶著妖妃荒廢政權、不知人間疾苦、說出「何不食肉糜」的昏君。

半月之前，邊疆大將溫惜昭率兵謀反，一路橫衝直撞，很快就兵臨城下，順勢攻破了大周的皇宮。

然後，將士們將齊易和他的妖妃一齊壓到了溫惜昭面前，等著他判決。

溫惜昭身著戰袍，威風凜凜，俊如冠玉。

他身邊的女子是祁顏葵，清冷如蓮，模樣傾城。

「你身為天子，卻枉顧天下蒼生，大興土木只顧與妖妃玩樂，實在是德不配位。」

「半月之後，處以火刑，以慰藉天下百姓。」

溫惜昭居高臨下，看著他們，聲音淡漠，一錘定音。

——火刑。

范靈枝忍不住握了握拳頭。

齊易是個蠢貨，他竟還對祁顏葵發出深情的呼喚：「葵兒，妳怎能和叛國賊在一起……」

齊易三年前就求娶過祁顏葵，只是祁顏葵徑直拒絕了他的求婚，並跟著她父親祁老將軍遠走邊疆，這幾年都沒有再回北直隸。

聞言，祁顏葵只是冷冷地看了他一眼，就快速收回視線，轉而用更冷的眸光斜眼掃向范靈枝。

她的眼眸中充斥著冰冷、不屑、厭惡，彷彿在打量一團垃圾。

范靈枝面不改色，由她看著。

祁顏葵看向溫惜昭時，臉色瞬間又變得知書達禮，「將軍，只是將他們施以火刑嗎？會不會太草率了？」

「這麼輕易得就讓他們死了，如何對得起天下那麼多因饑荒寒災而餓死凍死的百姓？至少也該凌遲才是！」

聞言，齊易十分頹敗地癱軟在地上，渾身顫抖，再說不出一個字。

又要變成凌遲了？

范靈枝抿起嘴，又緊了緊拳頭。

祁顏葵輕蔑一笑，「怕了？也是，禍國妖妃，豔名滿大周，最終卻要落個凌遲處死的下場，實在是可憐。」

她覺得暢快極了，嘴角微挑，鍥而不捨地繼續向溫惜昭建議：「妾身以為，只有凌遲處死，才對得起他們造下的孽。將軍以為如何？」

溫惜昭的臉色至始至終晦暗不明，他負手而立，眼神在范靈枝身上停留，眸光深深，「火刑，足夠了。」

祁顏葵的臉上閃過短暫的尷尬，但很快隱藏了下去。

她乖巧地點了點頭，「是，全憑將軍作主。」

溫惜昭的眸光最終停在了范靈枝緊捏的拳頭上，然後，眾人就聽到他說：「將罪帝和范靈枝壓下去。」

由此，范靈枝和齊易被拖了下去。

而在離開主殿那一瞬間，范靈枝終於鬆開了一直緊捏著的拳頭。

她一直在努力靠捏拳保持淡定。

不然她怕自己會興奮到尖叫。

此時此刻，天藍雲淡，風吹十里。她仰頭看向正前方，終於不再壓抑自己，在臉上慢慢漾開了一個深深的、無比暢快的笑意。

她在後宮苦熬三年，終於等到這一天。

破國，赴死，然後回家。

——回她自己的家。

第02章 火刑

十五天，眨眼就過。

眼看很快就能完成任務回家，因此這十五天內，范靈枝的心情極好。

吃飽喝足，然後等死。

順便聽聽獄卒說著外頭的八卦，說是溫惜昭推翻了齊易的荒唐政權後，已於七日前登基稱帝，改國號為齊。

祁顏葵則被封為顏妃，成為溫惜昭的第一個宮妃。

獄卒們不斷絮絮叨叨說著有關新帝的事，她則在一旁聽得津津有味。

其實她穿到這個世界已經三年了，還莫名其妙帶了個妖妃系統，逼她做妖妃。

起初范靈枝非常抗拒，狗逼系統說什麼她就非得聽?你是我爸爸?

——彼時的她正在參加入宮的選秀，系統讓她摔倒在從自己身邊路過的皇帝懷裡勾引皇帝。

當時范靈枝非常天真地無視了它，誰知當是時，她體內竟然瞬間彷彿被一道熾火天雷劈過，從最深處傳來的撕裂痛楚讓她猝不及防間痛不欲生，竟瞬間昏死了過去。

而小皇帝則眼疾手快將她捧在了懷中，系統強硬逼她用這種方式完成了它下達的第一個任務。

若說祁顏葵是清冷美人傾城色，那范靈枝便是禍水傾國，嫵媚絕世。

當是時，范靈枝暈在了狗逼皇帝懷裡，臉色脆弱，美得觸目驚心、我見猶憐。

而亦是皇帝對她的這一捧，捧出了長達三年的妖妃盛寵。

雷殲之刑有多痛苦，范靈枝對這個妖妃系統就有多畏懼。從那之後，這破系統徹底成了她爸爸，它說啥是啥，她只是一台毫無感情的執行機器。

她不是沒想過自盡，可系統提示，就算她死了，也只會重新重生到別的宮妃身體裡，然後繼續刷妖妃系統。

除了遵從，根本沒有出路。

幸好，幸好這一切馬上就要結束了，這三年范靈枝忍辱負重終於把妖妃進度條刷到了百分之九十九，只要她跟著齊易一起死，就能完成最後的百分之一，離開這個狗屁不通的世界。

十五日很快過去，眼下這一大早，侍衛便將范靈枝和齊易從大牢內壓了出去，一路直通行刑的烈焰臺。

烈焰臺上，小皇帝被架在了正中間，馬上就要被火活活燒死。

前任昏君被處以死刑，現任新帝親自監刑。

遠處的高座上，溫惜昭身著絳紫色五爪金龍蟒袍，氣勢逼人。身側兩道還站著幾位溫惜昭的心腹，陣仗極大。

此時陽春三月，春暖花開，天氣最是宜人，還真是赴死的好時候。范靈枝抬頭看了看天色，非常滿意。

只是，她以為她是該和齊易一起被綁上烈焰臺的，可竟然沒有。

非但沒有，她甚至還被安排鬆了綁，還他娘的讓她站在一旁觀刑。

范靈枝不解地看向高座上的溫惜昭，可溫惜昭看都不看她一眼。等巳時一到，溫惜昭揮了揮手，很快地，站在他身邊的劉公公便扯著嗓子細喊：「時辰到，行刑——」

被綁在烈焰臺上的齊易，臉色恐懼成了扭曲的樣子，一邊朝著范靈枝大喊：「愛妃、愛妃，妳、妳快來陪孤——」

她倒是想啊！她真的開始生氣了——憑什麼，憑什麼不讓我去死？

烈焰臺上的火越來越大，很快就將齊易吞噬殆盡，小皇帝算是死得透透的了。

范靈枝咬緊牙，轉頭惡狠狠地看向高座上的溫惜昭，阻攔她回家的人就是她最大的敵人！

他到底想幹什麼！

第03章　君心

可溫惜昭至始至終都沒有看范靈枝一眼，等齊易領了便當，就徑直走了。

倒是站在他身下的這幾位心腹們，在經過范靈枝身邊時，用一副或譏嘲或不懷好意的目光掃視著她。

這幾年的憋屈日子眼看就快要結束，可臨門一腳卻被攔截，范靈枝實在是懶得偽裝了，當即對他們冷聲大罵：「看你爹呢！沒看過美女？」

其中一個皮膚黝黑的小將當即怒了，指著范靈枝鼻子回罵：「妳說什麼屁話？妳再說一句試試！臭娘——」

可他的話還沒說完，身後已有一道尖銳的聲音打斷了他：「王小將軍，宮內規矩多，還請謹言慎行。」

王小將和范靈枝一齊朝著來人看去，便見來者穿著黑色小蟒服，正是溫惜昭身側的大內總管劉公公。

劉公公臉上笑咪咪的，一邊朝著他們走來。等走得近了，他先是對王小將行了行禮，這才笑著對范靈枝道：「夫人，咱家奉皇上之命，請您去御書房一趟。」

王小將哼了一聲，轉身走了。

范靈枝則皺了皺眉，心裡陡然升騰起了不好的預感，「皇上可說了是為何事？」

劉公公一張白淨的老臉依舊笑著，臉上的褶子配著胖乎乎的臉頰，就像一顆肉包子。

他說：「君心難測，咱家可不知道。夫人跟咱家走一趟，不就知道了？」

說罷，劉公公便一路引著她朝著御書房而去。

重啟。

更新系統中。

滴——滴滴——

轉瞬之間，當機很久的妖妃系統突然又在范靈枝耳邊響起了聲音。

范靈枝眼前又重新出現了系統畫面，只是畫面還在閃著雪花，有無數微光快速閃過，閃得她眼睛有點疼。

她忍不住瞇了瞇眼，忽略心底越來越強烈的不安，強自鎮定地跟在劉公公身後。

御書房內薰了龍涎香，並不好聞。

溫惜昭正坐在絳紫色伏案之後，提筆寫著什麼。

劉公公對著溫惜昭躬身，輕聲道：「皇上，夫人到了。」一邊說，一邊退隱到了一旁。

范靈枝深呼吸，抬頭看著他，拒不行禮。

過了許久，溫惜昭終於放下了手中筆，抬頭看向她。

他的氣勢凜冽，眉眼亦正亦邪，是范靈枝完全讀不懂的靈魂。

然後，他站起身，一步一步朝她走來，似笑非笑，「多虧了夫人的美人計，才得以讓朕如此順利攻下這江山社稷。」

范靈枝根本不想浪費時間和他客套，面無表情道：「哪裡哪裡，是皇上您英明神武，與我無關。」

溫惜昭站得離她極近，才停下腳步。他個頭極高，身上是好聞的檀香，混著凜冽的男子氣息，盡數將她籠罩。

范靈枝不由得後退一步，完全不想和他捱得這麼近。

可她後退一步，他卻又逼近一步，讓她變得很被動。

他到底想幹嘛！

算了，大丈夫能屈能伸，眼下還是趕緊想法子脫身再說。

范靈枝對他跪了下來，軟著嗓子帶上了哭腔：「罪妃深知罪孽深重，還請聖上賜我一死，讓罪妃早日解脫……」

一邊說，還一邊深深地對他叩了叩首。

此時此刻，低胸長裙，春色一覽無餘。

可誰料，她的身體突地被一股強大力量衝撞到了地上，竟是溫惜昭棲身逼上了她！

他將范靈枝緊緊壓在身下，還伸手重重捏住她的下巴。

他的雙眸泛著可怕的紅光，他瞇著眼睛，邪肆道：「欲拒還迎，妳在勾引朕。」

范靈枝：「？」

第04章　餓狼

溫惜昭的聲音帶上了一層曖昧：「聽到要火刑時，朕分明看到妳怕得捏緊了小拳頭，嗯？」

語氣開始沙啞：「倒是讓朕心疼。」

范靈枝：「……」

什麼狗逼劇本！目瞪！狗呆！

溫惜昭又吻過范靈枝的臉頰，眼中是濃濃的占有欲，「朕如何捨得妳死，范靈枝，妳是我的。」

「那狗皇帝能給妳的，朕亦能加倍給妳。」

他禁錮住她，從臉頰一路吻到她的嘴唇，然後，輾轉反側。

她的嘴唇嬌豔欲滴，就像是枝頭溫柔綻放的扶桑花。

他重重吮吸，捨不得放開。

也不知過了多久，久到范靈枝快要窒息時，他才微微離開她的嘴唇，范靈枝猛地大口呼吸，一邊雙眸通紅地看著他。

就像是一隻受了委屈的小白兔，看上去可憐極了。

就在此時。

帝王系統更新完畢。

她眼前的系統介面裡，雪花猛地消失不見，取而代之的是一個全新的水墨風介面。
整個介面十分簡單，除了右上角一個全新的進度條外，再無其他。
先前她辛辛苦苦當妖妃，所積攢的妖妃值，全都消失不見了，取而代之的新進度條旁邊，用小篆體分明寫著幾個小字：帝王值。
而還不等范靈枝回過神來，眼前陡然浮現出了一行大字：
成為新帝的女人。
這是這個全新系統給范靈枝發布的第一個任務。
一切發生得太快，快到讓范靈枝來不及反應。
直到她身上傳來一陣涼意，終於讓她堪堪回神。
溫惜昭竟已不知不覺間脫光了她的衣裳，她的鎖骨與肩膀已裸露在外，露出胸前大片春色。
冰冷的地面讓她微微戰慄。
長髮凌亂，眸含春水，香嬌酥嫩，宛若脆玉。
讓人想將她狠狠毀掉。
溫惜昭在她耳邊低聲道：「做我的女人，妳可願意？」
雖是問句，可他動作根本不停。
不過瞬間，便剝光了她身上的衣衫，只堪堪剩個胸兜。
范靈枝看著那行逐漸轉淡的小篆體任務，竟是低低笑了起來。

只是笑著笑著，便落出淚來。

滾燙的淚，偶有一顆落在溫惜昭身上，灼得他動作一頓，忍不住抬頭看她。

他的雙眸透著說不清的占有欲，就像是蟄伏在暗處盯上獵物的餓狼。

他緩緩道：「哭什麼？」

可下一秒，范靈枝已經抬起大腿，主動纏繞上他。

她眼角依舊含淚，眼中似蘊著千言萬語，萬語千說。可終究，她只是垂下眸去，嬌媚一笑，在他耳邊沙啞道：「皇恩浩蕩，感動淚落。」

話音未落，溫惜昭撕了她身上僅存衣衫，將她盡數吮吸，狠狠占有。

清冷高貴的御書房，此刻盡是靡靡之音。連龍涎香都被染上了一層欲色。

事後，劉公公十分貼心地將范靈枝安排到了偏殿，安排兩個丫鬟伺候她。

等范靈枝沐浴更衣完畢，新帝的聖旨已經賜下。

大意是說，范靈枝犧牲小我成全大我，在後宮與他裡應外合助他完成大業，讓他十分感動，特此封靈貴人，入主華溪宮。

聖旨下來後，浩浩蕩蕩來了一群太監奴婢，一路將范靈枝迎到了華溪宮去，十分高調。

華溪宮，正是她原來一直住著的宮殿。

由於齊易盛寵，所以華溪宮十分豪華，一切規章都是按照皇后禮儀來的。

梨花木傢俱，鋪著波斯地毯的地面，放著一整張完整狐狸皮草的貴妃榻，以及懸在牆壁四角的碩大夜明珠。

一切都沒有變。

彷彿她依舊是那個人見人罵的妖妃。

范靈枝勾了勾唇，緩緩坐在梳妝檯前，看著銅鏡中的自己。

長髮依舊半溼，眉眼含媚，可真他娘的好看。

她對著自己露出一個笑臉，自言自語：「不過是從頭再來罷了，怕什麼。」

她完成了系統給的任務，代表帝王值的空白進度條，終於隱約冒出了一個新芽。

帝王值，帝王值。

原來這次的任務是輔佐新帝一統江山。

系統還真是看得起她！

丫鬟芸竹小心翼翼為她擦乾長髮，只是正要扶她上床休息時，突有奴才急匆匆進了殿來，滿臉為難道：「稟貴人，門外顏妃娘娘來了……陣仗極大！」

第05章　骯髒

不等范靈枝出門去迎，祁顏葵已經率著十餘個丫鬟嬤嬤進來了。

浩浩蕩蕩，果然陣仗極大。

她穿著雲緞裙，梳著凌雲髻，端莊清冷，真是好看。

可她的臉色很不好，她嫌惡地看著范靈枝，忍怒罵道：「范靈枝，妳好不要臉！竟如此勾引皇上——」

范靈枝只是笑著，一副完全不在乎的樣子。

她婷婷嫋嫋地站在那，連正眼都沒有看祁顏葵。

她只是拉開了此時身上外罩的薄衫，露出了一小片裸露的肌膚。

肌膚之上，帶著痕跡，只要不是智障，都明白這代表了什麼。

祁顏葵的臉色一瞬間變得慘白，杏眼一眼不眨地盯著范靈枝身上的痕跡，臉色逐漸變得扭曲。

她掩在袖下的手緊緊捏起，面上卻佯裝雲淡風輕，諷刺道：「免費送上門的，自然是不要白不要。」

范靈枝嘻嘻笑著：「是啊，我主動送上門，皇上便恩寵了我。不知顏妃您可曾被皇上恩寵？若是一直擺著譜、惺惺作態，怕是皇上連碰都不想碰您呀。」

祁顏葵臉色更扭曲了。

她被封為顏妃七天了，確實尚未和皇上圓房。

倒不是皇上沒來她宮裡，相反，他這幾日每晚都來尋她。

可她身為貴女，自是矜持，今日琴棋明日書畫，於是每個夜晚都只剩高雅，毫無激情。

她以為，她會是他的第一個女人。可沒想到。

祁顏葵緊緊咬住了唇。

祁顏葵身邊的劉嬤嬤站出一步咒罵：「妳這腌臢的貨色，也配和顏妃娘娘比嗎？不過是服侍了兩位君王的破鞋罷了！」

范靈枝捂嘴，「可皇上就是喜歡我這種腌臢貨色，哎呀，妳說氣不氣？」

祁顏葵眼睛緊緊看著她，充斥著冷色。過了許久，她才笑了起來，淡淡道：「劉嬤嬤，何必和這等不知廉恥之人一般見識，我們走。」

祁顏葵又浩浩蕩蕩地走了。

直到完全消失，范靈枝這才翻了個白眼，轉身回屋睡覺。

從蹲獄到現在，她已經很累了，不過才剛剛碰到枕頭，便睡沉了過去。

她陷入了夢魘。

一會兒夢到自己纏著齊易點燃烽火臺給她慶生，一會兒又夢到溫惜昭拿著一把長劍，要殺了她。

半夢半醒間，「做噩夢了？」有道聲音在她耳邊響起。

還伴著一股極不好聞的龍涎香。

她猛然驚醒。

此時竟已是第二日晌午。

朦朦朧朧的暖光裡，一道修長的身影坐在床邊，正伸出手來拂過她的脊背。

她笑了起來，隨即如纏蛇般纏繞上了溫惜昭的胸膛，光滑的手臂肌膚撫過他的手掌心。

這種勾引人的勾當，她常幹。

早就駕輕就熟。

果然，溫惜昭的手順勢就穿入了她的薄衫，在她潔白的背上緩緩劃過。

他的聲音開始暗啞：「夢到什麼了？」

范靈枝仰頭看著他，似笑非笑道：「夢到您要殺了我。」

溫惜昭眉眼似水墨畫，挺鼻薄唇，氣質冷冽。

聞言，他雙眸微瞇，深邃漆黑，是她完全讀不懂的內容，「為何要殺了妳？」

范靈枝笑道：「您需要我這個臭名昭著的妖妃當擋箭牌，迷惑全天下，以為您不過也是個沉迷溫柔鄉的昏君。」

「然後，趁燕魏二國放鬆警惕，逐個滅之。」

「如此，便可完成大業，功成名就。」

溫惜昭雙眸依舊深深，恍若蘊著汪洋深海。他一眼不眨地看著她，低低笑了起來，「是嗎？然後呢？」

范靈枝：「然後，您就可以殺了我這個腌臢的玩意。從此和祁顏葵幸福地生活在一起。」

溫惜昭：「說得很好，下次不准再說了。」

范靈枝笑道：「所以，別裝了吧，怪無趣的。」

「畢竟你喜歡的是祁顏葵，我？嘻嘻，不過是把工具罷了。」

溫惜昭猛地捏住范靈枝的下頜，終於不再偽裝，他笑道：「既然妳都知道，那就乖一點，配合我。」

「日後待我完成大業，倒是可以留妳一條全屍。」

范靈枝面無表情得點頭，「好的。」

溫惜昭逼近她，「好好做妳的宮妃，若是妳聽話，我可以讓妳日子好過一點。」

她終於看清楚了他漆黑的眼眸深處，含著的是什麼。是嫌棄，是厭惡，是嫌她骯髒的噁心。

范靈枝忍不住又笑了，「你還真是可憐。」

「明明如此噁心我，卻還要和我逢場作戲。」

「貴為帝王又如何，也不過如此罷了。」

她一邊說，一邊嫵媚看著他，緩緩撫摸過他的胸膛。

溫惜昭用力反捏住她的手。他臉上依舊是滿滿的噁心，可扯她衣裳的動作卻絲毫不停。

第06章　避子

粗魯，掙扎。毫無希望。

她忍不住緊緊抱住他，彷彿稍微放手，就會被沖散到潮汐深處。

這一刻，他和她，彷彿置身孤島，普天之下，只剩他二人，孤獨相擁。

直到潮汐一點點退去，溫惜昭終於起身，譏嘲輕笑：「禍國妖妃，果然別有滋味。」

他站在床邊，穿戴整齊，又變回了平日的不苟言笑。

對著門外淡淡吩咐道：「靈貴人勞累體虛，將今日北寒送上的紅參鹿茸送過來。」

候在門外的劉公公略顯尖利的嗓音傳來：「奴才遵旨。」

溫惜昭看向仍躺在床上，臉頰依舊潤紅的范靈枝，笑得溫溫柔柔，「愛妃好生養著，朕改日再來。」

親昵得就像是丈夫對妻子的體貼呢喃。

等溫惜昭走後，范靈枝聲音嘶啞：「芸竹，放水。」

熱氣氤氳裡，她坐在浴桶內，閉目不語。

芸竹忍不住輕輕撫過她受傷的肌膚，幫她清理。

范靈枝睜開眼，面無表情地看著前方，自嘲道：「真是不堪。」

「沒辦法，這輩子，我真是太倒楣了。」

芸竹嚇得臉色微變，低聲道：「皇上……皇上很喜歡貴人呢，如此寵幸您，待日後貴人產下一子半女，便可母憑子貴……」

范靈枝卻像是聽到了什麼笑話般，竟咯咯笑出了聲。

芸竹不敢再說，只沉默地繼續幫她沐浴。

半個時辰後，劉公公又親自來了。

手下的奴才們手中端著一個個木盤，將上頭盛放的人參鹿茸盡數擺放在了華溪宮。

劉公公長得白白胖胖，就像是一個發麵饅頭，他躬著身子對范靈枝笑道：「靈貴人，這是聖上賞您的好物，您可得趕緊喝了，咱家也好回去和聖上覆命。」

一邊說，一邊將自己手中握著的黑色湯藥，擺放在她的面前。

范靈枝看著這碗黏稠的藥水，一陣陣腥味不斷撲入她的鼻尖，讓她忍不住有些噁心。

她笑了起來，「避子湯？」

劉公公笑而不語，臉上的笑十足虛偽，就像是一個面具。

她端起碗，面不改色仰頭喝了。乾脆俐落。

腥氣的藥汁一路順著她的喉嚨滑入了胃中。

劉公公臉上的笑意彷彿真誠了幾分，「靈貴人早些歇息，咱家就不打擾您了。」

等這群死太監離去後，范靈枝正待叫芸竹上晚膳，可猝不及防間，一陣劇烈的痛意襲上了她，竟是讓她眼前猛地泛黑，連站立的力氣都沒了。

黑暗裡，她只覺得有一團火焰在她的小腹深處猛烈灼燒，有點像痛經，可卻比痛經難捱千倍。

她努力想擺脫這片黑暗睜開眼來，可終究徒勞。

小腹處的火焰越來越灼熱，她連意念都快要凝結不起來了，終究沉睡在了黑暗裡。

她也不知自己睡了多久，倒是耳邊終於隱約傳來了聲音。

「皇上，貴人已昏迷了三日了，御醫說、說……」

「無需多說，朕知道了，下去吧。」

緊接著便是腳步聲傳來。

她的手被人握起。

「愛妃，朕會一直等妳。」

范靈枝終於睜開了眼。

她冷冷地看著溫惜昭，想從他手中抽出手，可才剛掙扎出一點，就被溫惜昭重新用力握住。

溫惜昭靠近她，黝黑的眸子帶著冰冷的笑意，「不錯，很乖，我很滿意。」

范靈枝譏嘲道：「你給我吃了什麼斷子絕孫湯？」

溫惜昭低聲：「沒錯，是麝香紅花湯。」

范靈枝面無表情，「果然皇恩浩蕩。」

夜明珠不斷散發出淡淡的暖光。灑在她的臉上，反而將她的臉頰烘托出了一絲人氣。

她的眉眼很漂亮，淡掃蛾眉，眼尾上翹，自帶嫵媚。

哪怕此時臉色蒼白，也掩不住她的嬌豔。

她就靜靜躺在床上，不吵不鬧。彷彿輕而易舉接受了自己再也不能懷孕的事實。

她表現得如此冷靜，倒是免去了他的口舌。

她一直都很聰明。

溫惜昭滿意極了，「朕明日再來看妳，好好調養身子。」

等溫惜昭走後，范靈枝忍不住對著門口方向吐了口口水。

對這個世界，她從來就沒有產生過歸屬感——不會懷孕又如何，她反正遲早要離開。

而且按照科學理論，根本就沒有一種藥物，能讓女性完全絕育。

無非是需要後期好好調養，好好彌補罷了。

第07章　曖昧

溫惜昭走後不久，一道聖旨傳了下來，將靈貴人晉升為靈昭儀。

芸竹十分歡喜，率著各個奴才跪下齊齊道喜，畢竟一人得道，雞犬升天。

傍晚，劉公公又親自來傳話，說是等會聖上會過來。

芸竹很歡喜，連忙幫著范靈枝梳洗打扮。

「娘娘，聖上很喜歡您呢。」芸竹一邊梳過她的長髮，一邊柔聲說：「自從您病好之後，一連多日，日日皆來華溪宮，如此盛寵，娘娘真是好福氣。」

范靈枝看著銅鏡內的自己，眉眼嫵媚，含羞帶嬌。

她對著自己笑了笑，聲音卻淡淡的：「朝堂之上，似有許多臣子在彈劾我。」

「啊……還有民間，罵我的童謠又更新了十幾首，每首都是上京文人先生的得意之作。」范靈枝笑得更甜了，「真是讓我倍感榮幸。」

芸竹臉色變了，連忙跪了下來，「不知是哪個奴才亂嚼舌根！竟說出這般的謊話……」

范靈枝道：「昨日我去御花園，無意中聽到的。」

那兩個侍衛說話時的語氣，帶著濃濃的鄙夷和羞辱。

說禍國妖妃必然滋味極佳，否則豈會連新帝都被她迷得昏了頭。

范靈枝看向芸竹，瞇眼笑了，「他們說的不過是事實罷了，本宮魅力大，能得皇上垂青，就是本宮的本事。」

芸竹暗中鬆了口氣，又笑著吹了幾句范靈枝的彩虹屁，這才退下了。

很快地，溫惜昭如約前來，走到她身後，靜靜看著她。

芸竹幫范靈枝梳了個墮馬髻，髮間插了枝梅花步搖簪，豔色的梅花，卻和她的眉眼相得益彰。出奇地配。

她今日穿了襲百蝶穿花裙，修身的衣裙勾勒出窄窄的腰肢，臀胯卻很是豐滿，帶著別樣的勾人惑色。

不愧是以色侍人的浪蕩女子。

他心中無比厭惡她。

溫惜昭心中冷冷地想，在他摒棄她之前，他倒是願意給她兩分笑臉，讓她心甘情願為他做事。

他臉上浮出一抹淡笑，「今晨剛貢了些南方的水果，朕稍後讓劉公公送來。」

范靈枝看著溫惜昭臉上虛假的笑意，又看向他雙眼的冷漠，她覺得有趣極了，她歪著腦袋笑咪咪的，「那就多謝皇上了。」

溫惜昭道：「只要妳配合朕，賞賜自不會少。」

范靈枝想了想，「我真是好奇，聖上得了空便往華溪宮鑽，不知顏妃娘娘可會生氣啊？」

溫惜昭面無表情，「她乃貴女，自然不會妒婦做派。」

溫惜昭：「今日日光大好，隨朕去御花園走走。」

秋日的風已經帶上了一層蕭瑟，御花園內的大半花卉和大樹紛紛開始泛黃枯萎，顯出幾分蕭索。

二人坐在解風亭內賞魚，姿態十分親昵曖昧。

范靈枝彷若軟弱無骨，倚靠在他懷中，一邊親自餵他吃荷花酥。

溫惜昭便就著范靈枝的手吃著。可范靈枝卻覺得不夠，蔥白長指故意輕輕觸碰溫惜昭的嘴唇，甚是孟浪。

她的手指柔軟無比，觸碰到他時，讓他感到一陣猝不及防的酥麻，從唇上一路蔓延到了四肢百骸。

他雙眸不由自主地加深，伸手捏住了她的手心，低聲厭惡道：「放手。」

范靈枝順勢反握住他的手，似笑非笑，「這不是皇上希望的嗎。」

他需要和她表現出集萬千寵愛於一身的樣子，讓世人都看到他是如何寵愛她、如何色令智昏的。

她當然得賣力表現。

在旁人看來，他們兩個人如此竊竊私語，呢喃低語，就像是新婚夫妻一般親昵無間。

涼亭不遠處的假山角落，一個小宮女睜大眼睛看著亭內發生的一切，然後很快就閃身，消失在了假山裡。

片刻後，有個年長的嬤嬤帶著幾個丫鬟入亭來，手中還提著一個食盒。

張嬤嬤行禮之後，對溫惜昭恭聲道：「聖上，這乃顏妃娘娘親手做的火腿酥餅，是您在邊疆時最愛吃的，特命老奴前來奉上。」

一邊說，一邊將食盒呈了上來，從中拿出了一盤火腿酥餅和若干小食，以及一盅剛熬好的蓮子甜湯。

只是身側一位小宮女為范靈枝倒湯時，竟是手下一滑，於是一大盅的滾燙甜湯便朝著范靈枝劈頭蓋臉潑了過去。

第08章 乖張

幸得她反應迅速，整個人連忙朝著溫惜昭懷裡用力撲了過去，硬是堪堪避開了這滾燙的湯汁。

可依舊有少許湯汁濺溼了她的脊背。

少許的刺感從背上襲來，帶來些許火辣辣的痛意。

范靈枝看得清楚，那小宮女和張嬤嬤的眼中都閃過了一絲憾色，饒是一閃而逝，可還是被范靈枝抓了個正著。

方才那湯若是潑在她臉上，那她便要毀容毀了個徹底了。

她心底冷笑連連，面無表情得站起身來，冷冷道：「還不將這個唐突聖駕的賤婢拖下去亂棍打死！」

這嬤嬤愣了一愣，隨即快速回過神來，拉著那小宮女朝著皇上跪下，「是這賤婢笨手笨腳，還請聖上責罰。」

一邊說，一邊紅了眼眶，「只是聖上，這賤婢卻是顏妃娘娘從祁府一路帶過來的，顏妃娘娘她對下人們宅心仁厚，若是讓她知曉這丫頭不過是手笨了些，就要被靈昭儀賜死，只怕、只怕……」

溫惜昭一直冷漠聽著，一言不發。

范靈枝捂嘴笑了笑，「只怕什麼？妳倒是說下去啊。」

張嬤嬤快速抬頭看了眼范靈枝，眼中是滿溢的恨意。她低下頭去，「只怕有辱靈昭儀聲譽，說您是個心狠手辣的惡毒之婦！」

范靈枝笑了起來：「妳說得沒錯。」

范靈枝聲音輕飄飄的：「那便不要賜死，廢了這小宮女的手筋腳筋，以儆效尤吧。」

張嬤嬤又猛地抬頭，撕破臉皮尖利道：「聖上在此，靈昭儀有何資格越俎代庖！」

又看向溫惜昭，低聲請求道：「聖上，這丫頭不過是不小心……」

范靈枝也看向溫惜昭，只是眸光似笑非笑，眼中寫滿了譏嘲。

溫惜昭從剛才開始就在看她，看她表現出來的乖張模樣，以及眼底那抹毫不掩飾的不屑眸光。

不知怎的，這讓他產生了一種很奇怪的錯覺。

彷彿范靈枝從頭到尾都是用一種局外人的視角看待這一切，他甚至彷彿能聽到她此時心裡一定在發出肆意的嘲笑聲。

這種感覺讓他覺得很莫名，也很不舒服。

更別提這等低劣的手段，如此上不得檯面，簡直是浪費他的時間。

他看都不看張嬤嬤，冷漠道：「將這賤婢拖下去打死。」

張嬤嬤愣愣，不由喚了聲：「皇、皇上——」

范靈枝笑得愈加甜美了，「張嬤嬤管教下屬不力，亦該打二十大板，皇上，您說是不是？」

溫惜昭只是不耐煩地揮了揮手，於是侍衛們便又來將張嬤嬤也拖了下去。

慘叫聲不斷從遠處傳來，張嬤嬤身為祁顏葵的貼身嬤嬤，年事已高，二十大板下去，也差不多要了她老命。

一時間，涼亭內的其餘宮女太監，看向范靈枝時的目光都多了幾分畏懼和恐懼。生怕自己哪裡服侍得不好，一不小心得罪了她，小命不保。

范靈枝又恢復了嬌柔的樣子，委屈巴巴道：「臣妾心緒不寧，怕是受了驚嚇，回了吧。」

溫惜昭倒也給她臉，當場便摟著范靈枝離開了解風亭。

可這邊張嬤嬤和那小宮女被罰的事，很快就傳到了祁顏葵那。還不等他們走出御花園，便見祁顏葵迎面匆匆走來。

她眉眼含愁，悲悲切切地看著溫惜昭，和他四目相對。

然後看著看著，她便紅了眼眶。

她朝他走近兩步，聲音帶上了哭腔：「皇上……」

聲音柔轉，我見猶憐。

她彷彿沒看到范靈枝，滿心滿眼只有溫惜昭一人。

溫惜昭的聲音也軟了下來，他放開了摟著范靈枝腰肢的手，朝著祁顏葵迎了上去，「妳怎麼來了。」

他的語氣變得溫和、輕緩，是和面對范靈枝時完全不同的語氣。

至少范靈枝從來沒聽到過。

祁顏葵的語氣輕顫，落下淚來，「皇上，張嬤嬤陪我多年，是我最倚靠的人。您、您竟——」

溫惜昭依舊溫聲：「宮廷之內，賞罰分明。朕亦無法。」

祁顏葵垂下頭去，不說話了。

過了許久，她才又抬起頭來。只是她眼中的淚已停了，甚至嘴角還擠出了一抹勉強的笑意。

她道：「臣妾明白了。」

然後，她敷衍地請安告退，轉身就走。

只是轉身之時，她的眸光涼涼地瞥向一旁的范靈枝，嘴角的笑意，亦變成了扭曲的隱忍。

范靈枝笑咪咪地在旁邊補刀：「顏妃娘娘，日後可別再將刁奴養在身邊了，多晦氣啊。」

祁顏葵身形微僵，終究走遠。

等回到華溪宮後，溫惜昭在關上房門後的瞬間，將范靈枝重重擒住，然後，將她狠狠甩到床榻之上。

他粗重地捏緊她的手腕，欺身而上，逼她直視自己。

「收起妳的傲慢，范靈枝。」

第09章　傲慢

范靈枝依舊笑著，只是這笑十足地輕蔑。

「你心疼了？」她歪著腦袋看著他，「那就別用我當擋箭牌，這樣，你就可以堂而皇之地寵愛她，由著她的刁奴毀掉我的容貌啊。」

溫惜昭逼近她，近得連他的呼吸都噴灑在了她的臉上。

溫惜昭也看著她，說道：「別想置身事外，妳必須參與這場遊戲，妳逃不走的。」

范靈枝微微愣怔。

溫惜昭緩緩撫過她嬌豔的臉頰，眸中是翻滾的怒色。

他又虛偽地笑了起來，「還想當局外人嗎？記住，是妖妃，就要好好進入角色，直到妳死為止。」

范靈枝面無表情，「好的。」

溫惜昭低下頭，在她的脖頸間輕嗅，呼吸已是不由自主帶上了炙熱。

他伸手撥開她脖頸間的衣裳，露出裡頭白嫩的肌膚。

他用指腹輕輕摩挲，眼中同時瀰漫出輕賤和迷戀，他微啞道：「那個蠢貨也是像我這樣對妳嗎？嗯？」

范靈枝知道他說的蠢貨，是指被大火燒成灰燼的齊易。

不知怎的，她覺得這場遊戲好沒意思。

溫惜昭根本就不像齊易那樣好糊弄，弄個酒池肉林，再弄些豐腴美人，就能將他哄樂，讓他乖乖聽話。

可溫惜昭不同，他心機重，手段狠，是她根本掌控不了的靈魂。

范靈枝突然覺得無趣極了，她依舊淡漠得看著他，「溫惜昭，演戲，何必要演全套。」

她用力地推開他，可卻被溫惜昭輕而易舉躲避開來。

溫惜昭更緊地禁錮住她，看著她眼中不再掩飾的厭惡，竟讓他產生無限快感。

他就知道她在陽奉陰違，從未在心中真正認可。

溫惜昭看著她嬌豔的容顏，莫名產生了巨大的征服欲。他突然笑了起來，在她耳邊低聲道：「演戲自然要演全套，不然如何以假亂真。」

他看著她臉上閃過的痛楚越強烈，他就越覺興奮。

這種感覺真是奇怪至極，就像是一件旁人眼中絕美易碎的貴重瓷器，而他卻可以輕而易舉地摔碎它。

他眼中瀰漫出強烈的光，一邊牢牢地禁錮住她，一邊在她耳邊喘著氣低聲說：「妳一生都要在這牢籠內度過，妳逃不走的。」

范靈枝咬緊牙關承受一切，就連指甲狠狠扣入了掌心，也未察覺一分痛意。

而她如此破防崩潰，彷彿自己不過是世間最低賤的玩物。

這一刻過得極快，又彷彿過得極慢。過了許久，她才終於，再次解脫。

他臉上的迷離尚未散開，范靈枝依舊死死地看著他，許久，煞白的臉上揚起了一個冰冷的笑意，「溫惜昭，是你逼我的。」

溫惜昭對著她圓潤的肩膀重重咬了一口，直到唇邊開始隱約瀰漫出血腥味，才堪堪甘休。

他捏緊她的下頷，「是不是忘了妳的處境，妳若忘了，朕不介意讓妳記清楚一點。」

話落，他重重甩開她，起身沐浴。

一刻鐘後，他又恢復成淡漠冷清的帝王，他站在床邊看向范靈枝，似笑非笑，「范家父子，如今尚在朝中任職。妳若是想他們了，朕倒是可讓你們一家見一見。」

他是在拿她的家人威脅她。

范靈枝面無表情，「臣妾並不想他們。」

溫惜昭嘴角浮出笑意，「只要妳乖一點，范學士自是前途無虞。」

范靈枝：「隨便吧。」

然後，她再也不看他，躺在床上背過身去。

半晌，空氣中傳來一道輕微的花瓶轉動聲，然後很快重新回歸靜謐。

又過許久，范靈枝終於從床上起身，面無表情地走出了華溪宮。

丫鬟芸竹見狀，連忙領著幾個嬤嬤跟了上去。

范靈枝眼角餘光瞥了眼身後緊跟的芸竹，嘴角浮起一抹淡淡的譏笑，可腳步卻不停，一路朝著西偏殿而去。

第10章　冷宮

西偏殿的芙蓉宮，在齊易時期，乃是用來軟禁不受寵的罪妃。

也就是傳說中的冷宮。

芙蓉宮的管事，是個其貌不揚的老嬤嬤，脾氣古怪，力氣極大，一腳就能把嬌滴滴的後宮娘娘踢成殘廢。

范靈枝在來時的路上左拐右繞，不過須臾，就把芸竹等人甩了個乾淨。

然後，她直奔芙蓉宮，對著緊閉的殿門右下角，踢了三聲。

很快地，殿門從裡頭打開，露出了一張暗黃色的、滿是皺紋的臉。

這臉上的一雙小眼睛，閃爍著警惕和冷色。在看到來人是范靈枝後，才終於鬆了口氣。

正是安嬤嬤。

安嬤嬤語氣也沒有多好，只冷冰冰道：「進來吧。」

范靈枝跟著她進入了冷宮，將芙蓉宮的大門重新關上。

芙蓉宮內十分逼仄，裝飾簡陋，小小的正臥內，竟擺著七八張木板窄床，都是曾經給那些被齊易厭惡的棄妃們準備的。

哪怕是白天，殿內的光線依舊晦暗，顯得有些陰森。

安嬷嬷在房內點燃幾枝紅燭，范靈枝徑直問：「妳兒子可還好嗎？」

她道：「依舊在御林軍當差，並未出事。」

安嬷嬷又說：「後宮的這些可憐女人，全被賞了鴆酒，一個不留。」她看向范靈枝，冷哼一聲，「妳倒是命好，整個後宮除了妳還活著，別的可都死得透透了。」

范靈枝懶得理會她話裡話外的刺耳，這個老太婆刀子嘴豆腐心，她早就習慣了。

她直截了當道：「讓妳兒子給我父親傳話，他若是還想活命，就儘快告老還鄉，可萬萬別再做什麼升官發財的春秋大夢，回頭若是他被溫惜昭抓了，可別來求到我頭上！」

安嬷嬷嘖嘖一聲：「瞧瞧妳這狠心的女人，這說的是什麼話。妳如今又成了新帝的寵妃，為了妳，這新皇帝可是力壓朝堂文武百官的壓力，非要納妳為妃子。」

「如今飛黃騰達了，竟然就不認妳爹和妳哥了？」她一邊說一邊搖頭，目帶譴責地看著她。

范靈枝陰鷙道：「是啊，我可一點都不想認他們，他們若是識相，就帶著一家老小滾遠點！」

「否則若是出了什麼意外，我非但不會出手相幫，我還會叫皇上痛快點，直接送他上路。」范靈枝惡狠狠地看著她。

安嬷嬷卻笑了起來，「不錯，我就喜歡妳這股狠勁兒。妳這話我會讓我兒子帶到。」

頓了頓，「沒什麼事妳就回了，免得被人發現，節外生枝。」

范靈枝點點頭，囑咐安嬷嬷照顧好自己，然後頭也不回，離開了芙蓉宮。

兩年前不過是無意中救了安嬷嬷一條命，自此她便成了她在深宮內的得力助手。

遠處日頭普照，范靈枝深呼吸，然後換了條路返回華溪宮。
而等她回到華溪宮許久，芸竹等人也回來了。
她們一眼看到正端坐在圓桌前用膳的范靈枝，面上五顏六色，十分精彩。
芸竹身側的嬤嬤臉色難看地走上前去，乾聲道：「娘娘去哪了，倒叫奴婢們好找。」
范靈枝似笑非笑地看著她，「既然本宮是娘娘，本宮去哪，還需向妳彙報嗎？」她淡淡地，「將這個以下犯上的刁奴拉出去掌嘴，本宮不喊停，就一直打下去。」
在場眾人的臉色都變了變，卻始終無人執行。
范靈枝站起身來，笑咪咪的，「還是，要本宮親自來？」
一語驚醒夢中人。
很快地，其中一個太監連忙走出一步，用力地捏住那老嬤嬤的手。
那太監身旁的另一個小太監，臉色亦驚疑不定，最終似是做了什麼決定一般，也咬咬牙走了出來，幫著一起將那嬤嬤拖了下去。
很快地，院子外傳來了掌摑的聲音，還伴隨著那嬤嬤的慘叫聲。
房內眾人各個臉色難看至極，低垂著腦袋，不敢多說一句。
范靈枝緩緩掃過他們的臉，語氣嬌嬌柔柔：「在華溪宮辦事啊，可得時刻謹記規矩才行呀，知道了嗎？」
眾人唯唯諾諾，各個顫抖。

第11章　寡淡

夜深，已是亥時。

新帝從明黃伏案前抬起頭來。

桌上的奏摺堆得比山高，大部分都是各地郡守呈上來的狗屁奉承，讓人倒胃口。

他放下狼毫筆捏了捏眉心，劉公公立刻迎了上來，恭聲輕緩道：「夜深，聖上歇息了吧。」

溫惜昭點頭，站起身來，劉公公緊跟他身後，「回寢殿，還是去後宮？」

溫惜昭腳步微頓，然後淡聲：「未央宮。」

劉公公應了是，擺著座輦直直朝著未央宮而去。

祁顏葵本快入睡，收到消息後便起身沐浴，片刻不停。

等到溫惜昭進來時，她正換上一件輕薄的衫裙，若隱若現，讓她極度羞澀。

她本不願穿，可馮嬤嬤卻告訴她，聖上血氣方剛，她只需稍微使些小小的心機，自能讓聖上成為她的裙下之臣。

於是貴女祁顏葵，也學著放浪的范靈枝，穿上了性感的薄紗。

果然，溫惜昭看著她身上的衫裙，眸光微頓，注視良久。

祁顏葵有些緊張又害羞地看著他：「皇上……」

溫惜昭嘴角浮起笑意，雙眸深處卻淡淡的，他朝她迎了上去，徑直將她打橫抱起，上了床榻。

祁顏葵羞得滿臉通紅，一動不動地躺在床上，任由溫惜昭隨意處置。

和范靈枝的明豔嬌媚不同，她長得清麗脫俗，卻莫名得顯得有些寡淡。

可溫惜昭很快回過神來，皺了皺眉，繼續。

他附身吻上她，可她毫無回應，就像是一條砧板上的魚，無趣至極。

「溫惜昭，你還真是賤啊。」

恍惚之間，他似乎聽到范靈枝在陰詭地嘲笑他。

嘲笑他竟在祁顏葵身邊時想到她。

可與此同時，澎湃的情動念想卻如潮汐般朝他洶湧而來，讓他忍不住重重喘息。

他緊緊閉上眼，在心中惡狠狠道，『賤貨。』

『妳這讓人作嘔的蕩婦。』

『朕要妳跪地求饒！』

他忍不住閉上眼。

「皇上，臣妾、臣妾真的好愛您……」

陡然間，祁顏葵的聲音猛地傳入他的耳畔。

就像是一盆冷水，朝著他劈頭蓋臉澆下，不過瞬間，便讓他徹底清醒，從洶湧的潮水中盡數拉了回來。

此時此刻，他渾身僵硬，鳳眸陰寒地看著祁顏葵。

祁顏葵不明就裡，甚至被溫惜昭的目光看得有些害怕，她忍不住道：「皇上，您……怎麼了？」

溫惜昭卻猛地起身，竟是匆匆穿戴了衣衫便拂袖離去，再不做停留。

祁顏葵看著自己此時的狼狽，半晌，她終是捂唇哭泣，從未覺得如此心痛。

她堂堂天之嬌女，竟沒能讓皇上盡興。

那、那范靈枝呢？范靈枝是不是就可以讓他盡情了？

祁顏葵臉上的悲切，終究逐漸轉變成了猙獰，在燭光的映照下，顯得十分可怖。

很快地，馮嬤嬤疾步走了進來，一眼便望見癱坐在床上痛哭的祁顏葵，忍不住心痛道：「我的好小姐，您這是怎麼了？可是聖上欺負您了？」

祁顏葵緊緊捏住她的手腕，佶長的指甲掐到馮嬤嬤的深肉裡。她一字一句道：「皇上對我沒興趣，半途而廢，匆匆離開。」

馮嬤嬤忍不住失聲道：「怎會如此？老身不信，不信皇上會如此！」

祁顏葵又流下了屈辱的淚來，「方才便是證明。」

馮嬤嬤心疼得將祁顏葵摟在懷中，她伺候了小姐十餘年，從未見過她如此失魂落魄的傷心模樣。

電光火石間，馮嬤嬤陡然浮現出一個念頭，忍不住道：「會不會是……皇上不行？」

第12章　阿刀

祁顏葵低低笑了起來，可眼中卻滿蓄淚珠，「馮嬤嬤，何必自欺欺人，皇上在范靈枝那，明明行得很吶。」

馮嬤嬤可心疼壞了，說道：「小姐何必為了那等腌臢貨發愁。她不過是個小小的昭儀，您才是妃，她既位居您之下，還不是任由您處置？」

「且她的母家地位低微，她父親不過是個小小的五品翰林學士，她哥哥更是低賤，不過是在京兆府裡做個小小的七品司倉參軍。」

「小姐您可不同，老爺如今乃是官居一品的大將軍，公子如今繼承了老爺的兵權，剛被封了鎮北侯。」

「她不過是靠著美色侍人，皇上只是一時迷了心智罷了。」

祁顏葵看向她，某種悲切終於逐漸消失。她柔聲道：「是啊，本宮才是妃，是大齊的貴女，她？她不過是個塵埃裡的賤泥，如今上了廳堂，竟也當起了權來。」

祁顏葵湊近馮嬤嬤耳畔，低語了幾句，馮嬤嬤聽罷，忙應了「是」，然後匆匆退下了。

夜色深深，窗外的彎月高懸簷頂，帶著冰冷的淒美。

祁顏葵走到窗戶邊，望著愈黑的蒼穹，半晌，終是彎眼笑了。

殿內圓桌上，香爐雕著青花纏枝，正散發著一縷淡淡的梨花香。

香爐的旁邊，擺放著兩盤糕點和果子，嬌脆欲滴的美人指葡萄，上頭還布著一層新鮮的薄露。

范靈枝穿著濃紫色煙羅裙，手中捏了一顆葡萄把玩著，一邊玩味地看著下跪的二人。

正是昨日第一時間站出來，壓著那老嬤嬤掌摑的那兩個小太監。

當時第一個站出來去拿捏那嬤嬤的太監名阿刀，不過才十四歲，臉頰脆生，跪著的姿勢卻異常挺直。

後跟著站出來的太監名小桂子，十六歲，偶爾偷偷飄向范靈枝的眼神中，帶著抹無法掩飾的害怕。

范靈枝只是笑咪咪地看著他們，說道：「你們表現得很好，日後，本宮這宮裡的大小事，全都交給你們去做。」

「阿刀做主掌事，小桂子為副，日後這殿內的一切大小事無巨細，就都交給你們了。」

「哪怕是芸竹，也由你二人管。」

二人皆是一愣，可隨即便是巨大的欣喜，連連叩拜謝恩。

范靈枝吩咐了些瑣事，便讓小桂子先退下了，整個殿內只留下阿刀一人站在原地。

去了勢的太監，細皮嫩肉。

阿刀面容清秀，更顯唇紅齒白。

十四歲的少年靜靜立在下頭，略帶忐忑地看著范靈枝。

范靈枝亦靜靜地回看著他，柔聲道：「阿刀，你該是個聰明人。知道既然是在華溪宮內當值，那麼只有我，才是你唯一的主子。」

她似乎有些感慨，「哪怕你們都是由聖上分派過來的，還帶著監視我的任務，」她輕輕笑了聲，「可那又如何？你們如今已踏進了華溪宮，生殺大權就是掌握在我手裡。」

「聖上安插了你們，卻是顧不上你們死活的。」

「說到底，你們不過是螻蟻，哪裡值得聖上在意呢。」

她輕聲說著，帶著輕輕的感慨：「既是聰明人，便該好好認清楚，誰才是你的主子。」

阿刀又對著范靈枝跪了下來，「奴才知曉，奴才願誓死追隨娘娘！」

范靈枝彎眼道，「真是個乖孩子。阿刀，日後，你便是我的好刀，你聽命於我，我自會保你性命周全。」

阿刀重重叩首，「阿刀定會肝腦塗地，萬死不辭！」

「你過來。」

阿刀站起身走向她，清澈的眼中滿是凝重之色。

范靈枝從衣袖中掏出一個早已發硬的饅頭，遞給他，「每日寅時三刻，御前侍衛皆會經過御花園解風亭，屆時，你想辦法將這饅頭交給一個名叫陸耕的御前侍衛。」

阿刀毫不遲疑伸手接過這饅頭，收到袖中放好，這才作揖退了下去。

第13章　衣飾

第二日一大早，就有人前來稟告，說是阿刀在御花園頂撞了御前侍衛，受罰了。

那小太監不知是抽了什麼風，趁著御前侍衛在御花園巡邏時，竟突然撞到了其中一位御前侍衛的身上，嘴中則大聲嚷嚷著「找恩公」。

說是恩公陸耕曾在他入宮前給他吃了個窩窩頭，如今他入了宮，在宮中貴人身邊當值，便想報一報當年的恩。

他話音未落，便有一個長相周正的男子從御前侍衛的隊列裡走了出來，正是陸耕。

阿刀很欣喜，當場掏出一個發硬的冷麵饅頭交給他，以報當年窩窩頭之恩。

只是他也因衝撞了御前侍衛，被罰了五個板子。

那板子又粗又重，且御前侍衛皆是習武之人，哪怕已看在陸耕的面子上從輕發落，也依舊讓阿刀皮開肉綻，吃了苦頭。

消息傳到范靈枝這時，她正在用早膳，慢慢喝著蛋黃雞絲粥。

芸竹將消息說罷，一邊暗中打量她的臉色。

阿刀成了華溪宮的掌事，芸竹雖有不甘，可終究無話可說。當時懲罰張嬷嬷時她並未站出來，而是讓阿刀搶了先，她落了一著，怕是再也無法得到昭儀重用。

她雖懊惱，可也無可奈何。

范靈枝聽罷，只點點頭，淡淡道：「從庫房支些金瘡藥，給他送過去。」

芸竹應了聲是，便退下了。

直到她走後，范靈枝才緩緩地，浮出了一抹笑意。

阿刀雖然稱不上聰明絕頂，卻也算還過得去。

至少他完成了她交代的任務。

她需要培養一個能直接和陸耕聯繫上的線人，若是每次都得前往冷宮找安嬤嬤吩咐事情，次數多了難免會被溫惜昭察覺。

溫惜昭可不像齊易那麼昏庸。

陸耕正是安嬤嬤的兒子，在宮內當御前侍衛。

最重要的是，陸耕的住處離范府極近。

她最近的預感越來越不好，她那狼心狗肺的爹實在是顆定時炸彈，她還是得早做打算，免得到時范府上下被溫惜昭拿捏。

至於那個饅頭，那饅頭空空如也，什麼都沒有，就是個最普通的饅頭。

她不過是試一試阿刀，到底是不是把好刀。

如今看來，雖算不上好刀，但也不算太差。

阿刀和陸耕碰了頭，她覺得很歡喜，等到了午後，她讓芸竹去了尚宮局一趟，去取最新製的衣物和首飾。

還有四日便是新皇的行賞宴，尚宮局皆是卯足了勁為新帝的首宴做準備。半個時辰後，芸竹帶著幾個丫鬟從尚宮局回來了，手中端著尚宮局為她新做的釵環衣裙。

如今溫惜昭的後宮籠統不過祁顏葵和范靈枝兩位宮妃，因此尚宮局的作業並不算重。大抵也是因為作業並不重的緣故，范靈枝發現這次為她準備的衣裙格外繁複精緻，雲錦布製成的裙擺上，繡著好一幅精緻的鳳凰南飛圖，在祥雲之間翱翔，栩栩如生，奪人眼球。

尚宮局送來的頭面亦是精緻，乃是一整套穿花戲珠頭花，珠子又大又圓，折射出貴氣的美感。頭花裝在紅木盒中，范靈枝只是瞥了眼便收回神，卻又忍不住嗤笑了一聲。

溫惜昭倒是捨得下血本，第一次宮宴，便砸了重金。看來誓要讓天下人看看，看她范靈枝是如何受他恩寵的。

可身旁的芸竹卻有些疑惑又緊張地看著她。

范靈枝擺擺手，「將這些收好，本宮很滿意。」

芸竹鬆了口氣，帶著丫鬟們退下了。

方才她去尚宮局取物時，尚宮反覆懇求她，若是靈昭儀不滿意，還請她萬萬要替她們美言幾句，她們實在不想挨板子。

靈昭儀深受陛下寵愛，脾氣甚大，動不動就杖斃奴才的傳聞，早已傳遍了整個宮闈。

這些傳聞范靈枝自然也知道，回想著方才芸竹小心翼翼的樣子，她就覺得有趣。想了想，又忍不住笑了起來。

只是半個時辰後，范靈枝正在午憩，可突地就聽院子內傳來了一陣刺耳的喧囂聲，堪堪打斷了她的美夢。

第14章　鳳釵

芸竹很快衝了進來，急聲稟告：「娘娘，顏妃娘娘又來了，還帶了幾個侍衛。」

范靈枝懶洋洋地從床上坐起，忍不住笑了起來，「還真是不厭其煩啊。」

她還是很佩服祁顏葵的，畢竟身為溫惜昭的白月光，溫惜昭卻如此冷落她，她反覆來找自己的碴，好像也情有可原。

可她范靈枝的字典裡就沒有「情有可原」這四個字，她有膽就去和溫惜昭鬧，找她范靈枝鬧算什麼垃圾本事。

她范靈枝就從不搞宮鬥，人不犯我我不犯人。

要想解決麻煩，還是得從根本上解決問題。

而溫惜昭才是根本，才是源頭。

范靈枝厭惡透頂宮鬥的這點伎倆，故意慢騰騰地收拾自己，硬是生生拖了半個多時辰，才堪堪走了出去。

院子內果然浩浩蕩蕩站了許多人，而站在最中央被簇擁著的，正是祁顏葵。

她的身側站著幾個丫鬟和嬤嬤，以及果然還有幾個侍衛。

足足四個帶刀侍衛，渾身泛著肅殺之氣，一見到范靈枝，卻皆失神愣怔。

暖陽下，范靈枝穿著濃郁的紫紅色袖裙，薄紗微攏，和她整個人的氣質融成一體，帶著逼人的豔色。

讓人根本挪不開眼。

祁顏葵亦意識到眾人的失態，更是氣憤不已，她咬牙努力維持冷靜，「范靈枝，妳倒是好大的架子，如此傲慢無禮。」

一語驚醒夢中人。在場失態的眾人紛紛回神，方才的驚豔消失不見，取而代之的是毫不掩飾的厭惡和殺氣。

彷彿恨不得將她就地正法。

范靈枝毫無波動，只是歪著腦袋笑咪咪地對祁顏葵嬌笑道：「顏妃娘娘，您怎麼又來了，不知今日又是為了何事啊？」

祁顏葵嘴角露出了冷冷的笑，「張嬤嬤。」

張嬤嬤立刻從她身旁走出一步，跪了下去，顫抖著說道：「今日、今日……老奴去尚宮局為娘娘您取宮宴所需的釵環時，卻意外撞見靈昭儀的丫鬟阿春鬼鬼祟祟地從房內鑽了出來。」

「老奴並未察覺什麼，只當那丫頭沒規矩亂闖亂撞，可、可老奴去取娘娘您的釵環時，卻發現聖上專門吩咐為娘娘打的波斯夜明珠頭面，少了個四尾鳳釵。」

「那套頭面老身在尚宮局監工多次，遺失的那個鳳釵十分精美，鳳凰銜珠，那珠，便是被磨成小顆的夜明珠！」

「鳳凰四尾，亦是聖上對顏妃娘娘的愛意，真命龍鳳，天生一對。寓意顏妃娘娘，乃是聖上欽定的未來皇后！」

張嬤嬤說著說著，語氣變得激昂起來，怒道：「御賜之物消失了，老身自是第一個懷疑那鬼鬼祟祟的阿春！」

說及此，張嬤嬤已抬起頭來，直指著站在范靈枝身旁的丫鬟阿春，厲聲道：「說！妳鬼鬼祟祟地去了放置顏妃娘娘釵環的房間，是有何居心？」

范靈枝也看向了阿春，擰著眉頭沉目以對。

阿春是個尚未及笄的小丫鬟，跟在芸竹身後做事，范靈枝對她最大的印象，就是她總是一副唯唯諾諾的膽小模樣，偶爾讓她沏杯茶，都忍不住手抖。

范靈枝不去理會咄咄逼人的張嬤嬤，只看向阿春，柔聲道：「妳可曾拿了那釵？別怕，儘管說實話，自有本宮替妳撐腰。」

張嬤嬤卻像是抓到了什麼把柄，聲音尖利地對祁顏葵道：「顏妃娘娘，您可聽到了？靈昭儀剛剛可說了，她要為她的奴才撐腰！有這等上梁不正的主子，也怪不得手下人做出偷盜的事來！」

張嬤嬤冷冷看著阿春，「那釵，到底是不是妳拿的？妳一個小小的宮女，拿那等貴重之物做什麼？」

頓了頓，又道：「妳若是說實話，顏妃娘娘自會主持公道，絕不冤枉任何人。」

第15章　明珠

阿春早已跪在了地上，她渾身顫抖，一雙眼睛滿含淚水看著張嬷嬷，「回嬷嬷，是、是靈昭儀，是靈昭儀讓奴婢偷的，奴婢好怕、好怕啊！」

她才十四歲，身體單薄瘦弱，膽子也是極小，此時她跪在地上如此膽怯地說著，任誰都不會懷疑她說的是謊話。

范靈枝面無表情地看著阿春，半晌，終是輕輕笑了起來。

她彎起雙眼，柔柔地問道：「哦？是嗎，原來是本宮指使妳去偷那鳳釵的啊。」

張嬷嬷繼續逼問阿春：「那釵呢？被妳放到哪了？」

阿春依舊哭著：「就、就在靈昭儀盛放頭面的那盒子裡……最裡頭！」

張嬷嬷對著身邊的丫鬟使了個眼色，「還不快去給我搜！」

范靈枝始終只是臉色淡淡地聽著，此時才微微瞇了瞇眼，說道：「搜什麼，直接拿出來就是了。」

一邊說一遍給身邊的芸竹使了個眼色。

芸竹始終臉色蒼白，此時才像是突然回過了神，腳步倉皇地轉身拿那木盒去了。

木盒很快取來，打開，果然在最底下藏著那個四尾鳳釵。

那鳳釵果然做工精緻，鳳凰四尾，羽毛分明，嘴中銜著一顆小小的夜明珠。

張嬤嬤見范靈枝打量這鳳釵，面帶傲色，「這波斯夜明珠十分難得，波斯國距此路途遙遠，千難萬阻才來一趟，更遑論這夜明珠，哪怕是這小小一顆，也是價值連城！」

張嬤嬤冷笑道：「靈昭儀眼紅嫉妒顏妃娘娘，便指使人偷了這個鳳釵，著實讓人不恥！」

范靈枝彎眼笑道：「那，張嬤嬤想如何啊？」

張嬤嬤冷色，「自是按照宮規，偷盜者按三十大板處置！」

一邊說，一邊給旁邊的侍衛們遞了個眼色。

那些侍衛們亦十分配合地冷冷看著她。

范靈枝面無表情地朝著阿春走去。

張嬤嬤見狀，連忙衝到阿春面前，一副護著她的樣子將她攔在身後，冷笑地面對著范靈枝，「靈昭儀，阿春都已說出實情了，您該不會還想逼迫她改口供吧？」

范靈枝不理她，只是似笑非笑地看著阿春，說道：「本宮的內寢不允許妳們這些二等丫鬟進去，妳不知情也正常。」

張嬤嬤皺了皺眉，不耐煩道：「靈昭儀這是在說什麼蠢話？老奴怎麼聽不懂！」

范靈枝捂嘴笑了起來，「妳繼續聽，就能聽懂了。」

范靈枝眼波流轉，嬌嬌柔柔地繼續道：「本宮的內寢啊，光牆壁上就鑲嵌了四顆波斯夜明珠，」她歪著腦袋，一眼不眨地緊盯著張嬤嬤，一字一句道：「各個都和橘子那麼大，一到晚上就散著柔和的白光，可美了……妳說氣不氣？」

張嬤嬤愣愣地看著范靈枝，許久都未回過神。
范靈枝笑咪咪地繼續道：「就這釵上的這點夜明珠，我方才若不仔細看，都找不著它在哪。」
范靈枝：「真寒酸。」
張嬤嬤和祁顏葵的臉色都變得難看起來。
張嬤嬤說話都忍不住結巴了起來：「老、老奴不信！」

第16章　追責

范靈枝對芸竹使了個眼色，她便走出一步朝著張嬷嬷伸出手去，示意邀請她一齊入內寢瞧瞧。

張嬷嬷倒也不信邪，果真跟著芸竹一齊走了進去。

而很快地，就臉色難看地退出來了。

看張嬷嬷的樣子，一切不言而喻。

范靈枝看向祁顏葵，「顏妃娘娘您呢，您不去看看？」

她歪著腦袋看著她。

祁顏葵掩在袖下的手緊緊握起，她淡淡道：「不過是夜明珠，有何好看的。」

范靈枝捂嘴。

齊易昏庸，國家被他治理得相當破敗，根本沒有鄰國願意來拜賀。他們自然不覺得她會有波斯夜明珠，更別說那麼大的四顆。

可齊易雖不是明君，國庫裡卻有列代先皇積累下來的財富寶藏，別說是夜明珠，就連南洋的寶石也有。

張嬷嬷此時已恢復臉色，嘲諷道：「就算有夜明珠又能代表什麼？這不過是俗物罷了。」

她說：「可這四尾鳳釵卻不同，這代表著聖上對娘娘的愛意，更代表著權力，靈昭儀命人偷了這釵，便是覬覦皇后之位，以下犯上！」

張嬤嬤說得激昂澎湃，死灰復燃：「還不快將這罪婦壓下，亂棍打死！」

此話一出，祁顏葵面無表情，侍衛臉帶獰色，范靈枝身邊的丫鬟面帶恐懼，紛紛側頭看向范靈枝。

范靈枝面無表情地看著眾生相，嘴中發出嗤笑聲。

「切。」

祁顏葵壓下眉，一眼不眨地看著她。

范靈枝亦回望她，笑道：「原來是想讓我儘快死，何必這麼麻煩。」

范靈枝給她出主意：「還不如啊，直接給我下毒毒死我，又或者，找個武功高強的人一劍殺了我，也算是乾脆俐落。」

她一邊說，一邊嘲諷地看著她，「也好過像現在這樣，您看看，您堂堂貴女，卻要做這種上不得檯面的汙穢活，多可憐。」

祁顏葵看著范靈枝眼中毫不掩飾的嘲笑，只覺得心底有把火在對著她灼燒，將她的體面和高貴全都燒了個乾淨，只剩下內在的卑鄙和陰暗，暴露在眾人面前。

特別是范靈枝的眼睛，那麼明亮，將她自己的樣子倒映出來，就像是一個可憐巴巴的跳梁小丑！

祁顏葵覺得害怕極了，與此同時湧出無數的恨意來，她突然厲聲道：「還不趕緊把這個毒婦壓住！杖斃！」

下午的日光陡然變得刺眼，刺得她忍不住別開眼，不想再看范靈枝。

祁顏葵聽到自己發出了尖銳的聲音，這是連她自己都覺得格外陌生的，帶著扭曲的聲音。身側的侍衛們果然對著范靈枝一擁而上，范靈枝身側的丫鬟奴才想要衝上來阻止，可范靈枝卻對著他們使了個眼色，他們全都只能停了動作，不敢上前。

范靈枝任由侍衛們壓著她，將她狼狽地推在地上，高高舉起木棍便要對她施以刑罰。妖豔高貴的范靈枝，此時頭髮散亂摔倒在地，就像是被人拉下了神壇，成了卑微的落泥。

可饒是如此，她的臉，依舊美得觸目驚心，讓人心顫。

眼看那粗棍就要落在她身上，可陡然間，「還不快快住手！」一道尖銳的聲音突然在眾人耳邊響起。眾人紛紛側頭看去，才注意到不知何時溫惜昭竟已入了殿門，正臉色沉沉地站在那，眸光陰森。

范靈枝頓時來一個仙女落淚，聲音淒切，好似美玉將碎：「皇上，您……您終於來了。」

祁顏葵臉色微白，卻依舊鎮定，微微行禮後先發制人：「皇上，靈昭儀命人偷了臣妾的四尾鳳釵，還請聖上給臣妾作主。」

她的語氣亦帶著委屈，還帶著一絲撒嬌。

溫惜昭面無表情地走上前來，最終目光鎖定在壓著范靈枝的那幾個侍衛身上。

范靈枝心中冷笑連連，卻適時拋出了皇上最想要的話題，聲音嬌柔微微啜泣：「那鳳釵，不過是下人拿錯罷了。這便值得顏妃娘娘如此大費周章嗎？」

「倒是顏妃娘娘，貿然領著御前帶刀侍衛出入後宮，竟像入無人之境，未免太過可怕，」范靈枝看著祁顏葵，輕飄飄地說道：「不知是誰有這般大的權力……這整個後宮，竟像是探囊取物一般呢。」

第17章　聰明

祁顏葵的臉色瞬間變了。

她猛地看向溫惜昭，聲音急急地解釋：「是臣妾私自去侍衛府求來的，和旁人無關，聖上莫要聽靈昭儀妖言惑眾！」

范靈枝虛抹了抹眼角淚痕，低聲道：「是啊，顏妃娘娘隨意露個臉，便可差遣御前侍衛。若是臣妾去侍衛府，怕是要被他們亂棍打出來。」

范靈枝：「若是臣妾沒有記錯，領侍統領祁大人乃是顏妃娘娘的親哥哥。」

「祁大人手握重兵，身居高位，乃是聖上不可或缺的左膀右臂，」范靈枝說：「御前侍衛們以他馬首是瞻，自然會賣顏妃娘娘一個顏面，任由顏妃娘娘調兵遣將。」

范靈枝微嘆一聲，楚楚可憐，「不過是聖上的後宮罷了，又有什麼打緊的。自是顏妃娘娘想要多少侍衛，便派給您多少侍衛。」

祁顏葵的臉色已經黑沉得宛若灰炭一般。

她冷戾道：「住嘴！」

又看向溫惜昭，一邊朝他快步走去，「並非如靈昭儀所說的那樣，臣妾乃是強逼著這四個侍衛來的，不關哥哥的事——」

溫惜昭臉色陰沉至極，他看著她，「祁言卿怠忽職守，任由宮妃支配侍衛，濫用權力，革職三月，罰俸半年。」

祁顏葵吶吶道：「皇上。」

溫惜昭又臉色稍霽，伸手揉了揉祁顏葵的腦袋，「妳不過是不懂事罷了，這並非妳的過錯。」

溫惜昭的眼神逐漸溫柔，「來人，送顏妃娘娘回宮。」

祁顏葵還想再說什麼，可身側的太監已走上前來，將她「請」了出去。

又將那幾個私入後宮的侍衛罰了軍規，溫惜昭這才十分憐惜地親自抱著受了驚嚇的范靈枝回了內寢。

只是才剛入內寢，溫惜昭臉上的憐惜瞬間退卻，轉而變成了毫不掩飾的冷漠。

范靈枝離開他的懷抱，含笑吟吟地看著他，「滿意嗎？」

溫惜昭瞇了瞇眼，「幹得不錯。」

范靈枝依舊笑嘻嘻的，「祁言卿革職的這三個月，足夠你做很多事情了吧。」

溫惜昭：「拔掉幾個祁家的能將，安插朕的人。」

范靈枝：「皇上英明。」

溫惜昭看著她的目光哪怕依舊帶著蔑視，可到底多了兩分審視和認真，「妳很聰明。」

范靈枝道：「是啊，不聰明的女人，都被你賜了鴆酒，死透了。」

溫惜昭勾了勾唇，「所以，妳要乖乖聽話，繼續合時宜地聰明下去。」

范靈枝格外乖巧地點點頭，應了聲好。

她轉身去取桌上的水，嘴角露出了一絲不易察覺的冷笑。

她看著自己眼前的系統頁面，上面是一行水墨風的大字：將計就計，甩鍋祁言卿。

此時任務完成，這行大字終於漸漸散去，而右上角的進度條，又往前進了一小格。

她的目標，怎會是這小小的後宮，而是透過這小小後宮，所輻射出去的朝堂政事。

這段時間內務府一直都在忙著籌備溫惜昭選秀女的事，屆時各位朝堂要臣會將自家的貴女送入宮來，到了那時，才是真正熱鬧的時候。

她是妖妃，脾氣不好，卻深受皇上寵愛。

於是她就可以名正言順地飛揚跋扈，高調地為他除掉他的阻礙。

再也沒有比她更合適的人選了。

范靈枝強忍笑意，微微彎腰，覺得好玩極了。

卻渾然不覺身後的溫惜昭，正眸光深深地注視著她的背影。

她的腰身和別的女子全然不同，屁股十分挺翹，腰肢卻很是纖細，長裙影影綽綽，勾勒出無比旖旎的弧度。

特別是她微微屈身時，是他從未發現過的風情。

不知怎的，他又想起那日夜裡，他竟會在祁顏葵的床上，莫名想起范靈枝。

溫惜昭眸光愈深，忍不住朝著她走了過去。

第18章　敷衍

他從背後摟住了她，呼吸全都噴灑在她的脖頸間。

他的聲音帶上了濃重的沙啞，然後不等范靈枝反應，徑直抱住她，扔在了床上。

范靈枝面無表情地看著他，漂亮嫵媚的眼睛裡，此時盡是毫不掩飾的冷色。

范靈枝道：「溫惜昭，既是利用我，何必非要假戲真做。你完全可以在外人面前與我『恩恩愛愛』，可關上門，你我井水不犯河水，不好嗎？」

「你如此厭惡我，何必還要這樣，沒的讓你多些噁心罷了。」

溫惜昭卻捏住了她的下巴，嘴角泛起惡劣的笑，「誰說朕不喜歡。朕，明明喜歡極了。」

雪沾臘梅，雨打芭蕉。潤水滴石，狂風暴雷。

在後宮，恩寵是解藥也是毒藥，少一分，救不了妳；多一分，卻能要妳的命。

她感到煎熬又痛苦，就像是地獄熾火，將她猛烈灼燒。

事後，溫惜昭又衣冠楚楚恢復原樣走了，范靈枝則坐在床上，愣愣地看著窗外發呆。

她的腰上都是血，是他用指甲重重刮出來的。

他好像格外喜歡折磨她的腰肢。

過了許久，范靈枝才面無表情地讓芸竹為她洗浴，全程再不說話。

接下去幾日，祁顏葵再沒有出她的未央宮一步，而溫惜昭亦是日日都來她的華溪宮，只是很多次，都是來了就從密道離開，只為了給外界營造一種他日日夜宿華溪宮的錯覺。

殊不知他的人，一直在御書房埋頭苦幹猛刷政績。

轉眼間，行賞宴已到。

行賞宴的前一夜，溫惜昭倒是真的夜宿在了她的華溪宮。他從未在她這過夜，這倒是破天荒的第一次。

夜色已是極深，事後溫惜昭將她摟在懷中，一下又一下安撫著她的脊背，竟讓范靈枝無比彆扭地感受到了一絲詭異的溫情。

范靈枝渾身雞皮疙瘩掉了一地，她想從他懷中掙脫，可溫惜昭卻十分強勢，更緊地抱住了她，彷彿和她就像是一對正正經經的民間夫妻。

她抬起頭，冷笑看著他。

她的眼神十分冷靜，直直地看著他，不知怎的，竟讓溫惜昭心下忍不住微微一顫。

他真是討厭她的眼神。

他低笑，輕輕拍打她柔軟的肩膀，說道：「妳何必如此看朕，妳如此用心待朕，朕自不會虧待妳。」

范靈枝嘴角浮出了譏笑，可嘴中卻順從道：「那臣妾就謝過皇上了。」

他也討厭她臉上的嘲笑，讓他很不舒服。

這個該死的女人。

溫惜昭繼續柔聲：「明日行賞宴，朕，要封妳為貴妃。」

他垂眸看著她，滿溢溫柔，「妳可歡喜？」

范靈枝道：「歡喜，臣妾自然歡喜。」

他也反感她虛偽的敷衍。

要不是她還有利用價值，他此時也不會躺在她的床上抱著她虛與委蛇。

溫惜昭冷冷地想著，這個女人，果然是不知好歹。

他又笑道：「朕就知道妳會喜歡。」停頓，「明日宴會上，朕還給妳準備了一份禮物。」

他又看著她，眸光深深，「妳會喜歡的。」

范靈枝打了個哈欠，「那就先謝過皇上。」

溫惜昭：「……」

二人相對，一夜無眠。

第二日一早，整個皇宮就變得格外繁忙。內務府早早地將整個御花園布置妥貼。

一直到了傍晚時分，文武百官已帶著各自家眷入宮來了，皆齊聚在後宮。

范靈枝亦是早早開始梳洗打扮，換上了鳳凰南飛錦織裙，頭戴整套穿花戲珠頭面，嫵媚端莊。

等她入宴時，文武百官早已到齊，帶著各自的女眷，鶯鶯燕燕齊聚一堂，是皇宮從未有過的熱鬧和人氣。

范靈枝看得分明，眾人看到她時，眸中皆透著又鄙夷又豔羨的複雜神色，想來心中罵她的應該不是少數。

可饒是如此，他們依舊要給她請安。

她就喜歡看他們看不過她卻又無可奈何的樣子，多有趣。

范靈枝故意走得極慢，從入宴到她的座位，短短的一百公尺距離，硬是被她走了十分鐘，將妖妃氣質拉滿，後宮界紅毯巨星。

直到她扭著腰肢緩緩地坐到了自己的位置上，才聲音嬌軟道：「各位大人無需多禮，起了吧。」

第19章　生氣

眾人這才紛紛起身。

范靈枝笑意吟吟地掃過各位官家小姐，其中不少都是齊易的大臣。

他們倒也能屈能伸，如今換了個皇帝，也能繼續面帶微笑地跟著山呼萬歲。

和她范靈枝比，不過也是半斤八兩。

比如站在最前頭的左相衛祿，這個老不死的以前跟著齊易的時候，就喜歡和她過不去，幾次三番要齊易殺死她。

他倒也知道齊易當不了多久的皇帝，在齊易還在位時把自己的寶貝女兒送到鄉下別院養著，就怕好色的昏君一道聖旨把他女兒接入宮。

如今昏君死了，新帝接任，他倒是機智，轉頭就把嬌豔的女兒從別院接了回來，趕著參加新帝的第一場宴會，讓女兒在新帝面前露露臉。

范靈枝看著站在衛祿身旁的嬌豔少女，臉上的笑意更深了。

大抵是范靈枝的目光太過熱烈，引得衛詩寧亦朝她看了過來。

衛詩寧長相明媚，一雙鳳眼帶著十足的嬌氣，隱隱透著一股盛氣凌人。她看著范靈枝，半晌，便面無表情地別開了眼，連一個虛偽的笑意都不曾給她。

范靈枝覺得開心極了，祁顏葵太死板，哪裡有這樣嬌俏的小姑娘好玩呀。她可太期待衛詩寧入宮的那一天了。

范靈枝繼續百無聊賴打量著文武百官，但凡家中有適齡女兒的，此番全都將女兒帶出來了。

想當初齊易舉辦宮宴的時候，他們可一個個都只將家裡的八十歲老祖母帶進宮來，一眼看去遍地銀髮滿臉皺紋，導致齊易只有親自微服出宮找美女，也實在是慘。

而就在范靈枝百無聊賴之時，祁顏葵也入場了。

她穿戴亦是華麗異常，頭戴由夜明珠磨製成的鎏金頭面，在高高攏起的髮髻裡散發著盈盈的柔光。愈襯得她美得脫俗，不像凡人。

只是她的臉色不算好，渾身上下透著淡漠的光，在看到范靈枝時，很快便移開了視線，彷彿就當沒有范靈枝這個人。

祁顏葵的位置緊挨著范靈枝，不分上下。

而跟在祁顏葵身後，緊接著入場的，卻是個模樣清秀的男子。

這男子長得白白淨淨，渾身透著一股十分舒服的書卷氣，和他身上的白色長衫相得益彰。

范靈枝忍不住多看了兩眼，可就聽到身側傳來一陣輕輕地譏嘲。

她側頭看向祁顏葵，微微挑眉，「顏妃娘娘，有何指教啊？」

祁顏葵厭惡道：「靈昭儀盯著我哥哥瞧做什麼？真是孟浪！」

范靈枝有些意外，忍不住嬌聲道：「那美男子竟是您哥哥，哎呀……真是讓人心動。」

祁顏葵瞬間怒炸了，強壓著聲音道：「范靈枝！」

范靈枝嬌羞，「您哥哥竟長得如此好看，又是大將軍，真是讓人著迷。」

范靈枝：「若是能和您哥哥在一起……那將是何等滋味啊。」

祁顏葵猛地站起身來。

文武百官瞬間全都看向了她。

祁顏葵的臉色難看得就像是死了爹娘，她咬緊牙，深呼吸許久，才又緩緩坐了下去。

她緊捏雙手，咬牙道：「賤貨，妳怎會如此不知廉恥！此事我定要稟明皇上，讓皇上認清妳的真面目。」

范靈枝無所謂地聳聳肩，「那就快去，屆時只要我落兩滴淚撒個嬌，您猜皇上是信您還是信我。」

祁顏葵猛得伸手捏住了茶杯，一雙眼睛惡狠狠地看著范靈枝。

祁顏葵：「為何世間會有妳這般噁心的女子！」

范靈枝笑道：「大抵就是為了專門噁心您吧。」

范靈枝：「您若是實在看不過，便將眼閉上嘛。」

她的聲音又軟又嗲，氣得祁顏葵渾身顫抖，捏著茶杯的手都在微微顫抖。

范靈枝懶得再逗她了，免得她被氣出乳腺增生，她還想祁顏葵小可愛活到九十九呢。

亦在此時，終於聽到遠處傳來了一陣熟悉的太監尖喝聲，是溫惜昭到了。

第20章　隱情

溫惜昭入場，眾人山呼萬歲，十分浩蕩。

他穿著絳紫五爪金龍蟒袍，頭戴九珠聖冠，身姿挺拔，氣場凌厲，帝王之氣盡顯無餘。

他是天生的帝王。

當初范靈枝所綁定的妖妃系統，給的終極任務就是：等待真命天子溫惜昭造反成功，然後將她賜死。

如此，她就算是圓滿完成任務，可以回家了。

而她的妖妃行徑，也是在給溫惜昭打輔助罷了，讓炮灰齊易變得更昏庸，這樣溫惜昭造反才會更順利。

范靈枝心中感慨萬千，眼看著溫惜昭一步步落座龍椅之上，這才緩緩收回目光。

須臾之間，溫惜昭也朝她看了過來，在文武百官面前，溫惜昭毫不吝嗇地給了范靈枝一個溫柔的笑意。

范靈枝亦十分上道，當即擺出一個嬌羞的表情，將寵妃的氣質拉滿。

底下眾人自是看在眼裡，一時之間眾人目光更是紛紛掃向范靈枝，讓她成為眾矢之的。

只是這些目光終究被溫惜昭的聲音拉了回來。

新帝宣召這次「清君側」有功的將士們入場，並一一給他們加官進爵，賞賜萬千。

這次造反之中，除了祁家有功，還有一股勢力表現十分驚豔，乃是溫惜昭自己從民間一手扶持上來的一員猛將，正是小將關厲。

關厲長得高大黑壯，一身蠻力，武藝高強，將一把繚風刀耍得行雲流水，殺傷力十足。相比早已樹大根深的祁家，溫惜昭自是更信任和他一起出生入死的心腹。

此番溫惜昭著重賞了關厲，將他封為平南大將軍，率領兵卒三萬，官拜三品，官職緊次於祁言卿。

最重要的是，關厲有個親妹妹，名叫關荷，此番亦入了宮來。

這妹妹模樣竟甚是清秀嬌小，和她哥哥的孔武有力完全不同，瘦瘦小小略帶膽怯地站在他背後，和他形成了鮮明的對比。

溫惜昭看著關荷，臉上流露出了一絲柔軟，溫聲問道：「幾歲了？」

關荷穿著淡粉色對襟襖裙，對著溫惜昭微微一福身，有些拘謹回道：「回皇上，民女十、十四歲。」

溫惜昭微微彎起眼，「馬上就要及笄了。」

溫惜昭：「關將軍，令妹靈動可愛，甚和朕眼緣，朕想召她入宮，不知你可捨得？」

他微微笑著，似乎是在打商量，可說話的語氣卻根本不容反駁。

關厲的臉色微微變了，他還想再說什麼，可就聽溫惜昭已淺笑道：「就封荷才人，賜永安宮。」

可關厲卻依舊皺著眉頭，並不謝恩，直爽的漢子顯然捨不得妹子入宮，跟那麼多女人搶一個男人。

場面一度有些詭異地尷尬起來。

倒是此時，不知人群中哪個女子小聲說了一句：「關將軍像是有隱情，並不願啊。」

關厲這才回過神來，猛地拉著關荷朝著溫惜昭跪了下去，沉聲道：「皇上，舍妹心眼單純，人亦甚蠢，怕是……」

溫惜昭的聲音微涼，淡淡道：「怕是什麼？」

關厲沉聲道：「怕是……會被人欺負，屆時連死都不知道是怎麼死的。」

饒是關厲是他的心腹大員，可如此當眾駁他顏面，溫惜昭亦是無比怒意，他徹底沉了臉，「關將軍這是何意，難道朕的後宮，是什麼龍潭虎穴？」

范靈枝也覺得很是好玩，好整以暇地作壁上觀，看著這對兄妹，權當看一場好戲。

一旁左相的女兒衛詩寧適時補刀，嬌脆的聲音無比清晰：「關將軍必然是在擔心，怕荷妹妹會被後宮的某位娘娘欺負吧？」

范靈枝忍不住挑眉。

嗯？妳禮貌嗎？

可關厲卻只是更垂下了腦袋，並未反駁。

可見衛詩寧所說的，也就是他的想法沒錯。

范靈枝當即勸道：「荷妹妹別怕，顏妃娘娘人可好了，定不會欺負妳的。關將軍也大可放心。」

關厲：「……」

衛詩寧：「……」

以及一旁的祁顏葵：「……」

在場眾人全都對厚臉皮的范靈枝無語了。

第21章　點化

衛詩寧還想再說什麼，可她身側的母親張氏卻對她搖了搖頭，用眼神制止了她，她這才作罷。

而就聽溫惜昭順勢道：「顏妃性格柔軟，自然不會欺負新人。關將軍儘管放心。」

眾人：「……」

哪怕在場眾人再痴傻，也已經聽出來了新帝這分明就是在偏心范靈枝。

明明就是范靈枝動不動就杖斃下人，虐待奴才，外界早就將范靈枝宣揚刻畫成了一個妖妃毒婦，黃蜂尾後針，他們就不信新帝對此毫不知情。

可見新帝果然是中了范靈枝的蠱，竟還順著范靈枝的話茬，將無辜的顏妃娘娘拉出來。

溫惜昭態度堅決，饒是關厲再如何不同意，也終究無法忤逆皇恩。

他姿態筆直地跪在地上，臉上毫不掩飾的難堪之色，許久，才聽他語氣僵硬道：「臣……領旨！」

小小的插曲過去，宴會繼續。

既是新帝的第一場宴會，各位貴女自是卯足了勁兒使出看家本領，為皇帝獻藝。

其中為首的就是衛詩寧，衛詩寧一曲太平樂點足舞嬌豔無雙，靈動的舞姿配著熱烈的樂曲，讓在場眾人都忍不住沉浸其中。

一曲舞罷，眾人紛紛喝彩，衛詩寧出盡風頭，一時無兩。

溫惜昭亦十分欣賞，讚美過後，問她想要什麼賞賜。

可衛詩寧卻只是謙虛一笑，說道：「臣女之舞，和靈昭儀比起，怕不過是小巫見大巫。都道當年靈昭儀一支鼓上舞，成名天下知。靈昭儀在海棠花堆砌而成的花鼓上獻舞，卻輕易將那滿地的海棠都比了下去，襯得那片海棠都失了顏色，就像是一堆俗物。」

「從那之後，滿上京的海棠都被移到了靈昭儀的殿中，民間再無海棠紅。」衛詩寧一邊用豔羨的語氣說著，一邊嚮往地看向范靈枝，「不知詩寧可有這等福氣，能親眼目睹一番靈昭儀的鼓上舞嗎？」

莫名其妙又被點到名的范靈枝：「這種福氣妳自然沒有。」

衛詩寧：「？」

范靈枝似笑非笑，「本宮如今乃是聖上的昭儀，後宮的宮妃，本宮從今往後，只會給聖上一人獻舞，只跳給聖上一人看。」

「至於那些海棠，」范靈枝輕輕一笑，「早在半年之前，本宮便做了個夢。」

「本宮夢到了南海的觀世音菩薩，菩薩她在夢中點化本宮，說再過五月，便會有真正的真命天子清君側、除暴君，成功起義，將天下可憐的百姓們拯救於水火之中。」

「菩薩命本宮在前朝昏君的後宮臥薪嘗膽，努力等到真命天子來拯救本宮的那一天。」

「當時夢醒之後，本宮自覺受了觀音大士點化，便命人將殿中那一整片的海棠，全都移植到了京郊青雲寺，向觀音大士一表本宮之心。」

「果不其然，再過五月，皇上果真來了，果真不負本宮的一片苦苦等待……」

范靈枝十分澎湃地說著，說到後來連自己都信了，為自己的辛苦等待而感動起來，熱淚盈滿眶。

一時之間，竟讓眾人都忍不住懷疑，這娘們說的到底是真的還是假的狗屁話。

范靈枝又心血澎湃地對著溫惜昭跪了下來，激昂道：「聖上乃是菩薩欽定的真命天子，日後定能一統江山、萬朝來賀！」

這帽子又高又大。

官員們一聽，心裡紛紛給這搔首弄姿的娘們點了個讚，不服不行。

於是紛紛也跟著跪了下去，緊跟著范靈枝說道：「聖上英明，日後定能一統江山、萬朝來賀！」

「聖上英明，日後定能一統江山、萬朝來賀！」

「聖上英明，日後定能一統江山、萬朝來賀！」

氣勢洶湧，震耳欲聾。

直接將晚宴推上了最高潮。哪裡還記得剛才衛詩寧跳了什麼狗屁舞蹈。

衛詩寧下跪在眾人之中，覺得恨極了，袖下的雙拳忍不住緊緊捏起。

第22章　小道

宴會進行過半，新帝封賞完畢後，暫且退場，讓文武百官都中場休息片刻。

男子們可在御花園閒逛，裡頭布置了諸多小遊戲，猜字謎、蹴鞠之類的，中者皆有賞。至於女眷們，則是分外貼心地將御花園附近的一處偏殿承喜殿收拾整理了出來，供女眷們暫且使用。

等在場的女眷們都走得差不多後，范靈枝也退下了，好歹去上個廁所，再順便整理整理妝容。

她已經很久沒有見到這個寂靜的宮裡如此熱鬧，不禁讓她有些感慨萬千。於是想著想著，乾脆腳下一拐，撇下了跟隨的宮人，獨自抄著一條偏僻的小路溜走了。

這條小道正巧能通往芙蓉宮，自從上次去芙蓉宮見了一次安嬤嬤之後，她已經很久沒有再去看她。

今夜整個皇宮都如此熱鬧，就連灑掃浣衣的小奴才都能跟著沾光，拿到兩錢銀子的賞賜，安嬤嬤怕是依舊自己一個人，獨自守著那偌大陰鬱的冷宮。

她好歹也該去見她一眼，給她送一隻鴨腿，再塞給她一個玉鐲。

畢竟那老娘們最愛錢。

范靈枝去芙蓉宮將一袋子鴨肉和一個成色上好的鐲子送過去後，果然換來了安嬤嬤的笑臉，嗔她到底有幾分良心，還能記得她這個死老太婆。

范靈枝又笑著和安嬤嬤打趣了幾句，便離開了芙蓉宮，繼續朝著華溪宮而去。

這條小道甚是隱蔽，連宮燈都分布得很是稀疏，光線便顯得十足昏暗，黯淡的光線，將人影拖曳得極長。

范靈枝獨自走在路上，心情卻是從未有過的平靜。

話說回來，若是沒有太多糟心的事，她其實在這後宮安安靜靜地養老，也挺好的。

可想及此，她又忍不住露出自嘲的笑意，養老？養老是不可能的，可別痴心妄想了。

就在此時，寂靜的羊腸小徑上，突然又冒出幾道腳步聲。

范靈枝心念一動，瞬間閃身到了一旁的黑暗裡，躲在一棵老槐樹的背後。

那幾道腳步聲越來越近，與此同時，便聽到有兩道聲音在說話。

夜色靜謐，那兩道聲音清晰傳來，一字不落。

一道帶著冷漠的女聲道：「是靈昭儀要見您，奴婢又豈會知道是為了何事。靈昭儀做事，根本就不講究前因後果，她想做就做了，哪裡有什麼理由。」

緊接著響起的，是一道脆生生的女孩聲音：「那、那靈昭儀可還說了什麼別的？她只說要見我，別的什麼都沒說嗎？」

冷漠的女聲再次響起：「是，別的什麼都沒說。」

這道脆生的聲音，范靈枝才剛剛在宴會上聽到過。

正是那關厲將軍的妹妹關荷的聲音，她的聲音脆脆柔柔，很好辨認。

范靈枝躲在樹下，忍不住挑起眉。

她什麼時候說要見關荷了？

黑夜裡，她忍不住挑起了唇來，覺得有趣極了。

這個皇宮，還真是時刻都能給她驚喜。

她躲在暗夜裡冷眼看著，看到這偏僻的小道上，一個略微年長的宮女走在前頭，而她的後頭，是亦步亦趨小心翼翼跟著的關荷。

那宮女路過了范靈枝，走到了前頭，而就在關荷即將也要路過范靈枝時，范靈枝突然眼疾手快地從黑暗裡猛然伸出手來，將關荷重重拉了過去。

關荷驚得小臉慘白，可看到范靈枝後更是驚得說不出話來。

而走在前頭的那宮女顯然也聽到了動靜，她當即臉色變得陰狠無比，瞬間朝著范靈枝和關荷的方向衝了過來，一邊鬼氣森森地說道：「關荷小姐，您逃什麼？還不快出來，難道您要忤逆靈昭儀嗎？」

黑漆漆的光線下，這宮女殺氣混著鬼氣，看上去就像是深宮裡的女鬼，恐怖極了！

說時遲那時快，范靈枝早已重重捏住關荷的手，朝著前方無聲逃去。

第23章 太監

范靈枝對這後宮無比熟悉，她拉著關荷左拐右繞，不過瞬間，便將身後那緊逼的宮女徹底甩了出去。

她拉著關荷躲回了芙蓉宮，二人氣喘吁吁，髮型衣飾全都散亂了，十分狼狽。

安嬤嬤一邊磕著瓜子打量著她倆，一邊嘖嘖稱奇：「老婆子我倒是第一次見到靈昭儀如此狼狽的時候，今日可真是開了眼了。」

范靈枝和安嬤嬤打趣半晌，一邊將自己收拾妥當，這才又看向始終站在身側角落，用膽怯眼神看著自己的關荷。

大抵是見范靈枝在看她，關荷終於提起勇氣，喊了一聲：「靈、靈昭儀……」

范靈枝朝她淡淡地微微頷首，便開門見山問道：「宴會散中場後，妳都經歷了什麼？一五一十說來聽聽。」

饒是關荷再無知，也該感覺到了這一切不對勁。

她連忙道：「我從御花園去了承喜殿後，沒過多久左相之女衛詩寧姑娘便來和我搭話，然後過了約莫一炷香的時辰，突地便有一個宮女走了進來，說她是靈昭儀您的侍女，說靈昭儀要召見我，於是我……我便跟她去了。」

說罷，她後怕道：「所以那侍女，其實根本就不是您的人！您也從未要召見我，是不是？」

范靈枝笑了起來，嬌嬌柔柔道：「新人這還沒入宮呢，就已經這麼精彩了啊。」

闞荷歪著腦袋，不解地看著她。

范靈枝道：「待會兒妳便一直躲著，由我去會一會，到底是誰如此迫不及待地想要給我一個下馬威。」

闞荷道：「靈昭儀，您要我怎麼做？」

范靈枝對她揮揮手，闞荷乖巧地走到了她身邊，附耳過去。

她在她耳邊輕聲說了幾句，末了，闞荷乖巧地應是，范靈枝則愉悅地瞇起了眼睛。

她可太喜歡這種好戲了。

二人又在芙蓉宮待了好半晌，然後范靈枝才慢悠悠地起身，率先離開了芙蓉宮，回到了自己的華溪宮去。

倒是她才剛回到華溪宮，後腳就聽芸竹上前來稟告，說是門外有個劉公公派來的小太監來傳話，讓靈昭儀跟他走一趟。

范靈枝忍不住挑眉，當即出了華溪宮，果然看到華溪宮的門口，站著一個小小的太監。

這太監很是面生，范靈枝並不曾見過。

他一見到范靈枝，便作揖稟道：「見過靈昭儀，皇上在御書房要見您，劉公公特命奴才前來請您過去。」

又補充：「皇上還特意吩咐，讓您獨自一人前去即可。」

范靈枝點頭，「行。」

說話間，二人已一前一後朝著御書房方向走去。

只是走著走著，這路便走偏了。

范靈枝忍不住停下了腳步，似笑非笑道：「怕不是走錯路了？這條路，可到不了御書房。」

這小太監也停下了腳步，他轉過身來，一張慘白的小臉在宮燈的照射下顯得有些滲人。

他朝她微微一笑，說道：「果真什麼都瞞不過您靈昭儀的眼睛。」

小太監道：「其實皇上並不在御書房，皇上在前頭的太平宮，皇上說有事要向您吩咐，卻不想讓別人知道，這才讓小的說個謊。」

范靈枝面無表情地看著他，淡淡道：「哦？那你知不知道，太平宮是什麼地方？」

小太監道：「奴才自然不知。」

范靈枝詭笑了起來，「太平宮，乃是盛放後宮慘死宮妃棺槨的陰地。皇上他，怎會去那種不乾淨的地方啊？你怕是搞錯了吧？」

第24章　謀殺

小太監不再偽裝，臉上冷冰冰的笑意退去，只留下滿臉的空洞和殺氣，直直地盯著范靈枝。

危機感如潮水般朝她湧來，范靈枝忍不住開始緩慢後退，一邊繼續說話穩住他：「你到底是誰派來的，想幹什麼？」

小太監卻徑直從衣袖中掏出了一把尖銳的匕首來，銀色的刀刃在宮燈下反射著冰寒的冷芒。

他猛地朝著范靈枝撲了過來，一邊冷獰道：「這問題，還是等著下陰曹地府去問閻王吧！」

范靈枝猛地朝身後跑去，可誰知這小太監竟是身手極快，甚至可稱得上武藝高強，不過須臾，他已閃身到了范靈枝的身後，輕輕鬆鬆便將范靈枝緊緊禁錮，然後，高舉手中匕首，便朝著她的心臟處直直地刺了下去！

這一瞬間就像是慢動作一般在范靈枝眼前播放，她被嚇得緊閉雙眼，不敢再看。

只是沒想到她竟然會死於暗殺，未免有點和她想像得不太一樣。

不過其實也無所謂吧，總歸只要系統給的任務沒完成，就算這具身體死了，她也會重新進入一具新的身體，然後一切繼續。

范靈枝腦子裡亂哄哄的，一邊等著死亡降臨。

可料想中的劇痛並未來臨，倒是耳邊響起了一道重重的悶哼聲。

范靈枝惶惶睜眼，一眼便望見一道修長的身影正立在她面前，手中長劍之上還透著幾滴新鮮的血液。

而剛才還舉著匕首要殺她的太監，此時已躺在了血泊中，領了便當。

此時離得近了，她才看到這人的白衣之上，還繡著精緻的祥雲仙鶴，用淡色的絲線所繡成，倒是和他的氣質相得益彰。

范靈枝彎起眼來，露出甜甜的真切笑意，「多謝祁將軍。」

她此時已換了件更顯輕便的紫色長裙，長髮挽成一個彎彎的髮髻，脖頸白皙修長，就像是一隻漂亮的天鵝。

她是妖妃，是如今整個大齊，都在深深唾罵的女子。

可此時此刻她彎著眼睛對他嬌笑的樣子，卻如此真摯，哪裡有一絲一毫禍國妖妃的影子。

略顯昏暗的宮燈下，祁言卿站在原地，眼睛忍不住從她身上移開看向別處。

不知怎的，他開始莫名覺得空氣有些炎熱，還帶著些莫名局促。

他努力控制自己的情緒，溫聲道：「靈昭儀可有受傷？」

范靈枝忙搖頭，「並未受傷，幸好祁將軍及時趕到，將我救下，否則只怕此時我已成了一抹後宮冤魂。」

祁言卿看著地上已經氣絕的太監，皺眉，「此人反應極快，武藝高強，怕不是普通的太監，只怕是……」

范靈枝睜大眼睛看著他，「怕是什麼？」

祁言卿看著她一副好奇樣子，想了想，還是將「殺手」這兩個字吞入了腹中。

她到底只是一介女流，未免會驚嚇到她。

於是祁言卿道：「此事我自會稟告聖上，還請靈昭儀安心，這樣的事，絕不會再出現第二次。」

范靈枝自然也知道其實還跟她輕敵有關，她以為不過是宮鬥的手段，可誰知原來不是宮鬥，是謀殺。

她也有些後悔自己的輕敵，暗中打算回頭找溫惜昭要幾個武功高強的人來保護自己的安全才行。

而祁言卿已對她擺擺手，轉身便要離開。

可范靈枝又快走幾步追了上來，攔住了他的去路。

祁言卿微挑眉，就聽范靈枝認真道：「從今往後，祁將軍便是范靈枝的救命恩人，若是祁將軍有事要我相幫，我盡力而為。」

祁言卿忍不住失笑，「保護宮妃，不過是祁某職責，靈昭儀無需如此寄掛。」

說罷，他又對她作了一揖，便轉身離開。

范靈枝看著他離去的背影，想了想，趕緊也跟了上去。

第25章　忠言

很快，宮宴繼續。

文武百官再次齊聚一堂，看上去一派其樂融融。

就像是一層虛假的表象。

底下歌舞昇平，不斷有貴女自告奮勇要給聖上展示才藝，期待自己能得到聖心，入主後宮。

范靈枝坐在位置上，面無表情地仔細掃視著底下眾人。

左相一家正和幾個尚書相互敬酒，注意力根本不在她的身上，幕後黑手應該不是這個老匹夫；翰林院的文官們都在仔細欣賞著歌舞，雇傭殺手這種髒活顯然不是那幾個迂腐老頭做的，他們不過是嘴毒一些，倒也不至於做出這樣下三濫的事來。

范靈枝一個一個仔細觀望，倒是猝不及防間，她的眸光和一個長相貴氣的華貴老婦人相對而視。

老夫人坐在角落裡，打扮也並不起眼，可她渾身的氣質卻格外出眾，不同於後宅婦人的溫和，反而帶著一種格外的淩厲。

最重要的是，她的眉眼……和祁顏葵有好幾分相像。

在和范靈枝的目光相接觸後，老夫人嘴角浮起一個淡淡的冷笑，拿起酒杯，眸光冰冷地朝著范靈枝舉了舉。

范靈枝眼皮重重一跳，她亦露出一個譏嘲的笑意，回敬酒杯，當作回禮。

就在此時，關厲疾步從外頭走了進來，打斷了場中貴人的獻藝，下跪厲聲道：「聖上，舍妹失蹤，遍尋不得，還請聖上派人搜尋！」

此話一出，在場眾人一片譁然。

溫惜昭凝眉，「從何時開始失蹤的？」

很快就有一旁的貴女接話：「關小姐是被靈昭儀派人請走的，怎會至今未歸……」

此話一出，眾人又紛紛看向范靈枝。

范靈枝面無表情，「是嗎？可本宮根本就沒有派人去請關小姐，本宮和關小姐素未相識，好端端的，請她做什麼？」

衛詩寧在一旁插嘴：「誰人不知靈昭儀脾氣甚大，許是見聖上召了關小姐入後宮，便起了妒心……」

范靈枝低低笑了起來，「本宮只會做讓皇上歡心的事，皇上喜歡關小姐，本宮恨不得明日關小姐便能入宮陪伴聖上，又豈會做出傷害關小姐的蠢事，沒的讓聖上厭惡？」

「靈昭儀果然牙尖嘴利。」突然間，一道沉沉的婦人聲音在人群中響起。

眾人放眼望去，便見方才那位貴婦人從人群之中走了出來，一路走到了關厲身側，然後，跪在了關厲身側。

溫惜昭的語氣放緩：「王夫人年事已高，無需多禮，且站著說話。」

王夫人，正是祁老將軍之妻，祁顏葵和祁言卿之母。

她身為普通閨閣女子，這一生竟也跟在祁老將軍身邊走南闖北，巾幗不讓鬚眉。

她直視著聖上，聲音凜冽：「皇上，關厲將軍跟著聖上一路闖蕩，不知滅了多少敵軍，殺了多少敵將，才終於成功輔佐聖上走到今天，為這大好江山立下的何止汗馬功勞！」

「如今關厲將軍的舍妹竟被妖婦范靈枝召去，久久不尋，可見范靈枝對關厲之妹根本沒安好心，怕是起了迫害之心！」

「且這妖婦如此不吉，前朝昏君被她攬到覆滅，為何聖上還要將她留在身邊？」王氏一口氣說完，說的話越來越尖銳，定定地看著聖上，「難道聖上就不怕重蹈前朝昏君的覆轍嗎？」

說及此，她快速伏身，重重叩首，「忠言逆耳，可一字一詞皆是為聖上考慮！還請聖上賜死這妖婦，讓天下蒼生定心！」

王氏的話音落下，整個宴會靜悄悄的，誰都沒敢接話。

第26章　辯駁

王氏眸光陰森地直瞪著范靈枝，心中卻已是大笑連連。

雖說她派出去的王嬤嬤返回稟告，說是關荷半途莫名消失了。可王嬤嬤尋了那麼久，也找不到她，鬼知道她去了哪裡。

皇宮地勢複雜，估計是迷路在了某個偏殿裡也未可知。

不過沒關係，只要關荷還沒出現，那她就可以盡情地抓住這件事，給范靈枝來個重創。

這一次，她就不信弄不死這禍國妖妃！

范靈枝亦回望著王氏，然後，她似笑非笑地別開眼去，忍不住抬頭去看了眼溫惜昭。

便見他的臉色隱藏在黑暗裡，讓人根本看不真切他的神情。

王氏這是在拿所有武將來壓他，也是為了提醒他，他能坐上這個皇位，和將士們的賣命脫不了關係。

說起來這王氏還真是聰明，知道要從武將下手，利用關厲的妹妹來做切入點，讓關厲先跳出來，然後她再來個昇華，爭取對范靈枝一招致命。

這種道德綁架，就相當於是直接把所有武將都綁在了溫惜昭的對立面——只要溫惜昭不答應處死范靈枝，那就是不把眾多為國賣命的武將放在眼裡，那不就是第二個齊易昏君？

王氏為了替祁顏葵出頭，還真是拚盡全力啊。

范靈枝微不可察地挑了挑唇，徑直說道：「祁夫人，女人何苦為難女人。她落下了傷心的淚，「我不過是個平平無奇的弱女子，前朝覆滅的原因，焉能扣在我的頭上？自古昏君，總會拉個女人出來做擋箭牌，讓世人唾罵女人妖妃禍國，卻殊不知，妖妃根本別無選擇，明明是昏君逼她的，可她卻要背負一切罵名。」

范靈枝：「祁夫人身為女中豪傑，本宮以為您會和別的閨閣女子不一樣，至少不該如此壓迫女性，在男權之下，努力爭取女性權益，才是您應該做的，不是嗎？」

范靈枝：「是齊易昏君非要將所謂的恩寵強行施加給我，我這樣一個弱女子，除了硬生生承受著，還能有別的選擇嗎？我不過是個可憐人罷了，幸得新帝慈悲垂憐，這才免去一死，祁夫人又為何非要如此逼我，非要將我至於死地呢？」

范靈枝站在女權的角度洋洋灑灑賣了個慘，一邊伸手擦掉了自己眼角的眼淚，然後緊接著便是語氣一轉，低低笑道：「不過說來也巧，本宮方才在後宮散步時，恰巧遇到了在後宮亂走的關荷。」

「關荷同本宮說，有個嬤嬤借著本宮的名義，要將她請到一座偏殿裡，」范靈枝緊盯著王氏，饒有興致地說著，「可您說奇不奇怪，本宮根本就沒有派人去請關荷妹妹，怎麼會有人打著本宮的名義，說本宮要見她呢？」

范靈枝歪著腦袋，笑咪咪道：「想必該是有人想藉著關荷妹妹的事，借機向我發難吧？祁夫人，您說是不是？」

王氏心底重重一跳，她沉眉冷厲道：「靈昭儀果真能言善辯，不愧是名滿天下的妖妃！」

王氏聲音更沉：「皇上，莫聽這妖妃的一面之詞，還請皇上快快下旨，將這個妖妃處置了才是正經！否則天下萬萬將士，如何心安！」

第27章 貴妃

這婆娘話裡話外，都是滿滿的戾氣。

身為武將親眷，可以邀功，可卻不能反覆邀功。

第一次尚且情有可原，可同樣的話術反覆多次，只會徒遭帝王反感。

果然，范靈枝斜眼望去，就見溫惜昭的雙唇緊抿，眸中已閃過隱忍的不快。

溫惜昭低低一笑，語氣已帶一絲不易察覺的戾氣：「按照夫人之意，靈昭儀是非死不可了？」

王氏依舊態度強硬，「自然！」

她就不信范靈枝有這麼巧，會剛好在在後宮遇到走丟的闞荷！

范靈枝輕笑，「祁夫人莫急，還是將闞荷妹妹請出來，問一問，不就什麼都知曉了？」

老太婆到底是太過心急了，可見她有多想讓范靈枝死。

范靈枝心中譏嘲不已，面上卻拍了拍手，讓宮人去芙蓉宮將闞荷請出來。

於是不過須臾，闞荷便重新出現在了宴會上，引得眾人又是一陣竊竊私語。

范靈枝亦朝著溫惜昭跪了下來，十分委屈，「可見分明便是有人想要栽贓嫁禍於我，還請聖上作主，查清此事！」

溫惜昭眯眼，當即下旨立即搜查那個頂著靈昭儀名義去「請」闞荷的老嬤嬤。

眾位宮人應是，當即整個皇宮都陷入了排查模式。

在等待排查結果的過程中，范靈枝一眼不眨地緊盯著王氏，可王氏卻氣定神閒，連一絲驚慌都不曾有。

她甚至還對著范靈枝冷冷地笑著，彷彿在嘲笑她的幼稚。

范靈枝當然知道那老嬤嬤怕是已經死了，可她並不在乎——她不過是，想藉由此事，讓滿朝文武的人都看看，看新帝對她范靈枝是如何地寵愛，絕不會讓她受到一絲一毫的委屈。

至少在人前是這樣。

果然，過了足足小半個時辰後，有宮人來報，說是在後宮的一處抄手回廊下，找到了一具老嬤嬤的屍體。

皇上讓闞荷去認屍，闞荷一瞧，果然就是當時那個聲稱是靈昭儀派來「請」她的老嬤嬤。

那老嬤嬤乃是內務府的人，皇上震怒，當即將內務府上下都重打了一遍，直打得眾人血流當場，空氣中都滿布一股血腥味。

這場插曲，將喜氣洋洋的行賞宴變成了修羅場，受罰太監們的慘叫聲宛若細密絲線一般，將眾人的心臟緊緊包裹，讓他們各個都大氣不敢喘。

而王氏的臉色，亦是十分難看。她緊抿雙唇，略顯渾濁的雙眸中透著壓抑的戾氣。

直到行刑畢了，溫惜昭這才緩和語氣，表示讓眾人受驚了。

然後又話鋒一轉，看向王氏，淡淡說道：「夫人，靈昭儀也是受害者，憑著闞荷失蹤，便要治靈昭儀的罪，未免太過。」

王氏又對著溫惜昭跪了下去，沉聲道：「可靈昭儀她乃是禍國妖妃，如此不祥——」

不等她說完，溫惜昭已冷厲地打斷了她，自負冷笑：「不祥？朕可不信這套！朕就是命定的真名天子，別說是一個范靈枝，便是十個，也阻不了朕一統天下！」

「如此，朕封范靈枝為靈貴妃，」溫惜昭聲音冷寒無比，卻透著更濃的譏誚，「朕就不信，一個范靈枝，能不祥到什麼地步！」

王氏猛地抬起頭來，震驚又錯愕地看著溫惜昭。畢竟連祁顏葵也不過是顏妃，而不是貴妃。

她竟比祁顏葵還要高了一截。

文武百官亦集體靜默，根本不敢在發怒的龍鱗上撒鹽。

只有王氏囁囁道：「聖上，您、您竟——」

她還想再說些什麼，可卻被范靈枝身側的祁顏葵迅速出聲打斷：「那，本宮便先恭喜靈貴妃了。」

說罷，祁顏葵尚且對著座下的母親王氏，使了個沉沉的眼色。

第28章　禮物

宴會結束後，溫惜昭率先退場，緊接著文武百官也各懷鬼胎各自離開。

范靈枝正待走人，可王氏和祁顏葵二人正站在原地，不懷善意地盯著她。

她對著她們二人遠遠地露出挑釁一笑，這才扭著腰肢緩緩走了。

王氏低聲道：「這妖妃，著實可恨！」

祁顏葵已是六神無主，她忍不住緊緊捏住王氏的手，聲音微微顫抖：「母親，如今來看，聖上對她，已是用情甚深……」

王氏安撫地拍了拍祁顏葵的肩膀，「聖上不過是一時鬼迷心竅罷了。我祁家偌大兵權，全力輔佐他當上帝王，卻不是讓他轉過身來欺負咱們祁家的。」她的臉上浮現厲色，「此事，我定會如實告知妳父親，讓妳父親去找聖上要個交代！」

祁顏葵猶豫道：「父親身子已是不大好了，此事、此事還是……」

祁陳山身體不好，早年在戰場上以命博前程，如今已是不大好了。就連這次行賞宴都沒有入宮來。

王氏面容放柔，「葵兒無需擔憂，此事我自有尺寸。」

祁顏葵這才緩緩點了點頭，應下了。二人又相互囑託了些許事宜，這才依依不捨地告別了。

而范靈枝，前腳離開，後腳就直接奔向御書房。

可劉公公來報，說是祁言卿正在御書房內和聖上討論正事，讓她在偏殿稍等片刻。
范靈枝便耐心在偏殿喝了一壺茶，這才等到劉公公姍姍來遲將她請進了御書房。
只是等她走入御書房前，在門口又遇到了正從御書房出來的祁言卿。
范靈枝對他柔柔一笑，打招呼道：「祁將軍。」
祁言卿依舊溫溫潤潤，看上去溫柔極了。他亦對范靈枝微微頷首算作回禮，可走了兩步，終究還是停了腳步，側頭對她道：「靈貴妃遭遇刺客一事，本將已經稟告聖上。」
范靈枝道：「您說了？真是麻煩您了。」
她一邊說，一邊又露出甜甜的笑來。
就像是一朵極盡芬芳的海棠花，散發著致命又極度迷人的吸引力。
祁言卿又忍不住微微別開眼，欲語還休，終究將剩餘的話全都吞下了腹中，作揖告別。
范靈枝被他這番欲言又止的態度攪弄得不明就裡，倒是一旁的劉公公適時提醒她，才終於讓她回過神來，大步朝著御書房踏了進去。
御書房內，溫惜昭坐在龍椅高座，正埋首寫著什麼。
直到范靈枝與他請了安，他方才放下狼毫筆，抬起頭來。
他在她面前從不需要偽裝，此時此刻，他又退去了人前的高冷嚴肅，低笑道：「靈貴妃，滿意嗎？」
范靈枝懶得理他，徑直劈頭蓋臉道：「有人想殺我，竟直接派了殺手入宮行刺。皇上，您這後宮，也未免太好闖入了吧？」
范靈枝越想越氣，忍怒道：「若不是祁言卿適時出現——」
可話說到此，她的聲音，卻在溫惜昭那雙充滿譏嘲的鳳眸中，戛然而止。
不，不對。
她突然就回過味來。
她的臉色猛地發白，然後，忍不住後退一步。
溫惜昭從龍椅上站起身來，然後，一步一步緩緩地走下高座，朝她走來。
他的面容陰鷙，眉眼帶笑，讓人忍不住有些害怕。
范靈枝愣愣地看著他，然後，「噗嗤」一聲，笑了出來。
她凝視著他，一字一句道：「那殺手，是你派來的？」
溫惜昭瞇起眼來，「靈貴妃果然聰明。」
他走到她面前，將她輕輕擁入懷。他在她耳邊低聲道：「如此，祁言卿才可對妳英雄救美，滿意嗎，朕的愛妃？」
范靈枝面無表情地看著前方，「滿意，真是滿意極了。」
范靈枝道：「原來，皇上說的要送給我個禮物，是要送給我個英雄救美啊。」
溫惜昭伸手摟上她的腰肢，雙手在她腰肢間細密遊走，他的語氣愉快極了：「朕已吩咐祁言卿，朝廷內外，想殺靈貴妃之人甚多，靈貴妃性命堪憂，朕心甚憂。」

「從今往後，便由他親自掌管華溪宮的安危，時刻保護靈貴妃，以保護靈貴妃的周全。」

原來如此。

怪不得，怪不得剛才祁言卿臨走前，那般欲言又止地看著她。

原來是因為，從此以後他成了她的貼身侍衛。

范靈枝嗤笑了起來，聲音嬌媚地對溫惜昭道：「皇上果然英明。」

第29章　出宮

范靈枝成了貴妃，聖上的賞賜如流水般地抬進了華溪宮，一時之間，朝堂內外再次將她推上風口浪尖，成了眾矢之的。

甚至民間還新編童謠，專門嘲諷范靈枝妖女禍國。

而接下去幾日，大抵是受了祁陳山的示意，最近朝堂上彈劾靈貴妃的摺子堆得如山高，甚至有不少武將進言，若是聖上依舊堅持要繼續寵愛范靈枝，他們便自辭職位離去，不再為國效力。

溫惜昭對待此事倒也十分強硬，當即便批了准，准了他們的離職，絲毫不心慈手軟。

可皇帝這般果斷，反而讓那些武將很尷尬。

大家都是豁出了性命跟著溫惜昭出生入死，這才走到了今天這步，得到了嘉獎和冊封，如今這好日子還沒開始過上兩天，就真的被革職了，未免太過兒戲！

因此其中兩個受了祁陳山的意，才去參范靈枝一本的武將，還真的被溫惜昭革了職後，便非常生氣，連夜趕到了祁將軍府，要求祁陳山給他們一個交代。

祁陳山卻連面都沒有露，只讓府中侍衛將他們趕緊趕走，匆匆打發了他們。

此時此刻，溫惜昭將此事說給了范靈枝聽，末了，陰鷙道：「祁陳山這老不死的，實在是礙眼哪。」

范靈枝一邊捏過一串葡萄吃，一邊似笑非笑，「祁老將軍如今身子一日不如一日，連皇上的行賞宴都不曾參加，可見也是活不了多久了。」

溫惜昭嘴角挑起一道笑意，再不言語，也不知那雙幽深的眼眸深處到底在想些什麼。

二人吃了些水果甜點，只是吃著吃著，便又吃到了床上去。

范靈枝的腰，又被好一頓折磨，讓她忿忿難平。

只是離去前，溫惜昭吩咐：「半月後便是選秀，屆時，妳可去京郊青雲寺小住兩日。」

他需要她表現出嫉妒的樣子，如此才能更好地在以後的日子裡，做一個飛揚跋扈、心狠手辣的妖妃。

范靈枝了然點頭，應承下來。

自從行賞宴之後，祁顏葵就再也沒有出現在范靈枝面前。

范靈枝倒也自在清淨，亦躲在華溪宮兀自做瑜伽、做健身運動、做美容面膜，努力保持容貌和身材。

除了溫惜昭依舊日日前來侮辱她之外，這樣的慢節奏生活其實很得范靈枝的嚮往。

一直等到了溫惜昭選秀開始的前一日，范靈枝按照約定那般，讓阿刀收拾了滿滿一大箱行李，便坐上了馬車，慢悠悠地出宮去了。

皇宮之外，天藍草青，春夏之際，姹紫嫣紅，混著嘈雜的人聲鼎沸聲，整個空氣都瀰漫著一股自由的味道。

范靈枝忍不住閉上眼，深呼吸了幾次，只覺心底的鬱卒都消失了大半。

她忍不住十分輕鬆地笑了起來，感慨道：「自由，真好啊。」

阿刀在一旁笑道：「這趟出宮，倒是可以多住幾日。」

溫惜昭的意思是，她可徑直住到選秀結束，各位新人都入宮之後，再行回宮。前前後後，差不多需要半個月的時間。

也就是說，這半個月，她都可以住在青雲寺。

范靈枝高興得瞇起眼來，「這一次，可得好好玩一玩。」

芸竹在一旁忍不住道：「靈貴妃還是要將安全放在第一……」

只是不等芸竹的話音落下，突然聽到馬車的後頭傳來了一陣疾疾的馬蹄聲。

范靈枝忍不住撩起車窗簾子向後望去，便見後頭趕來的那匹汗血寶馬上，坐著一位身形筆挺、身著絳紫長衫的男子。

日光下，這男子眉眼溫潤，透著正色，正是祁言卿將軍。

第30章 微醺

靈貴妃要去青雲寺「禮佛」小住，他身為她的侍衛，自是要時刻跟隨，護她周全。

正巧這段時日他被暫時革了職，如此一來，既能讓他遠離侍衛府，方便溫惜昭安插自己的人手，又能物盡其用讓他來和范靈枝培養感情，一舉多得。

范靈枝心裡分析了個透徹，忍不住感慨溫惜昭的腦袋和齊易真是雲泥之別。

貴妃降臨青雲寺，青雲寺的住持早已收到了消息，將廂房早早讓了出來，宮人們已提前三日趕去收拾，因此等范靈枝到了清明院時，整個院子已被布置得十分奢華，非常符合范靈枝的定位。

范靈枝稍作歇息後，便戲很足地真的去跟著方丈和一群小師父們一起誦經禮佛，接受神佛的洗滌。末了，她又心血來潮求了支籤。

她在心中默問菩薩，到底何時才能回家，籤文卻說，「待得苦難厄受盡，仙子自歸靈臺處」。

她將求來的籤文交給一旁的方丈。可方丈看了好半晌，這才恭敬道：「范施主還請繼續臥薪嘗膽，他日自會得道飛升，回歸靈臺。」

范靈枝但笑不語，告辭方丈回到清明院，心中卻是不置可否。得道飛升，切，她又不是仙子，也不想當什麼仙子，她只想回家啃香噴噴的洋芋片用 5G 上網。

傍晚，范靈枝努力感受生活，又親自下廚用祕製燒法熬了一鍋素湯，然後命阿刀繼續熬煮，準備吃火鍋。只是入鄉隨俗，並未準備葷菜，只準備了各色蔬菜用來涮火鍋。

火鍋味美，饒是沒有葷腥，卻也是飄香十里，引人垂涎欲滴。

范靈枝命人去將祁言卿也叫來，起初他總是不肯，還是范靈枝親自又去請，才終於將他請來。

二人圍鍋而坐，一邊喝著清香的果酒，一邊吃菜。

只是祁言卿到底礙於禮數，十分勉強，並不自在，多數時候只是范靈枝雙眸亮晶晶地看著他說話，他只是淡淡應著。

果酒雖淡，可喝得多了，也有些難捱。

范靈枝雙頰染上了一層緋紅，祁言卿亦有些微醺。范靈枝雙手支著下巴，歪著腦袋對著他笑得俏皮，「祁將軍，您長得真好看。」

燭光下，她的眉眼就像是淬了微紅點翠的美玉，彷彿渾身都在散發著一層朦朦朧朧的光。嬌豔欲滴，惹人著迷。

祁言卿雖是微醺，可腦袋卻是十分清明，他忍不住別開眼去，又握著酒杯抬頭猛喝了口酒。

他強迫自己別開眼去，語氣帶上了連他自己都未察覺的冷色：「下臣乃是堂堂男兒，皮囊好看有何用。」

范靈枝有些許受驚地看著他，「祁將軍，您生氣了？我也只是有感而發罷了，還請將軍莫氣。」

祁言卿這才意識到自己反應有些大了，他又將語氣放柔，乾咳一聲：「貴妃怕是喝多了，下臣讓宮人扶您離開。」

說話間，祁言卿作勢就要站起身來。

「將軍別走。」

范靈枝當即伸出手去拉他衣袖，可誰知祁言卿一時不察，竟是將范靈枝整個人都帶得往地上斜斜摔去！

幸得祁言卿眼疾手快一個閃身閃到了地上，這才堪堪將她摟在了懷中，免了范靈枝的這一跤。

可亦是由此，祁言卿此時已將她緊緊摟著，她身上獨特好聞的蘭草味道盡數將他籠罩，甚至能感受到她此時此刻略顯急促的呼吸聲。

她的眼眸水潤含春，嫵媚多情，就像是透明的黑玉；她的嘴唇紅潤嬌軟，唇瓣飽滿，就像是熟透的櫻桃……

祁言卿望著她近在咫尺的五官，徹底失神。

第31章　淪陷

范靈枝在他耳邊輕聲道：「將軍為何如此看我？」

祁言卿惶惶然回神，一雙溫潤的眼眸之中閃過無比赧然的羞恥和慌張。他慌忙想從她身上離開，可誰知不過才剛起身，就被范靈枝又勾了回去。

范靈枝一雙眼眸就像是春雨之時，被雨水滴答踐踏卻依舊努力綻放的扶桑花，讓人心生憐惜。

她深深地，深深地看著他，雙眸微溼，「將軍何必避我如蛇蠍。我雖是宮妃，可從未有人懂我憐我，只有將軍，只有您，會義無反顧地救我性命，哈哈……」她低低笑著，眼淚卻止不住地滑落，「這後宮，這天下，到處都是想殺我的人，可願意救我的，怕是只有將軍您了。」

范靈枝緊緊地握著他的胳膊，彷彿在抓住最後一根能救贖她的稻草。她湊近他耳邊，沙著嗓子低聲道：「將軍乃是正人君子，人中龍鳳，倘若將軍喜歡，靈枝的身子這等破敗殘花，倒也算是高攀了；倘若將軍不願，靈枝內心，亦永遠追隨將軍。」

他是將，是臣，是堂堂立足、頂天立地的男兒。

他以為他一生奉獻沙場，戎馬人生，百年孤獨，可從未想過有朝一日，會被一個女子的眼淚，攪亂了一潭心池。

他心中覺得難過極了，只默默將她扶起，然後靜靜看著她。

范靈枝輕輕靠在他的胸前，「將軍是君子，是龍鳳，是靈枝從未遇到過的好人。」

許是果酒醉人，又許是她的眼淚太過滾燙，燙得他心慈手軟，失了理智。

他竟未推開她。

她的身形筆直單薄，靠在他懷中，他有些出神地看著她，舉起的手又掙扎著放下，始終不敢將自己的手放在她的肩膀上。

他垂下眼眸，低聲道：「貴妃喝醉了。」

范靈枝道：「是啊，我喝醉了，竟說了那麼多胡話，唐突了將軍，真是內疚啊。」

祁言卿道：「日後，貴妃不得再與外人飲酒。」

范靈枝低低笑了兩聲，「是，我記下了。日後，我只和將軍一人喝酒。」

祁言卿未再接話，亦並未拒絕。

祁言卿照顧著范靈枝躺在床上休息，直到范靈枝睡熟之後，才輕輕地離開了她的寢房。

只是半夜時分，范靈枝覺得口乾，起身飲茶，透過微弱的燭光望向窗外，竟見院子內，祁言卿依舊守著她，並不曾離開。

范靈枝心下一暖，她忍不住彎眼笑了起來。

祁言卿，真的是個很好的男人。

可惜她，到底配不上他。

第二日，范靈枝讓阿刀陪著，一大早就去了後山採摘漫山遍野盛開的梨花。

等下山後，她親自給祁言卿送了一大束的粉白色梨花，並幫他插在了他的寢房裡。

她的寢房距離他的並不算遠，以便他更好地「保護」她。

接下去幾日，她總是給他送些小玩意，有時是她親自繡的小荷包，又或者是她親手做的汗巾，只是每個小玩意兒上，都會繡著一個「靈」字。

只是每次她給他送禮物時，祁言卿總不喜歡，可只要范靈枝微微傷心地看著他，他便皆會伸手接下，再說不出拒絕的話。

第32章 暗殺

夜色撩人，范靈枝無心用膳，乾脆獨自坐在樹下飲酒。

背後悄然響起腳步聲，停在她身側。

范靈枝依舊仰頭看著天空，頭頂幕布淒清，圓月高掛，遍布星辰，透著絕色的美感。

她斜倚在貴妃椅上，長指捏著酒杯，瞇眼輕笑，「今晚夜色真美啊。」

她仰頭又要喝酒，卻被一旁伸出的長手攔下，堪堪奪過了她的酒杯。

祁言卿的聲音溫溫傳來：「喝酒傷身。」

范靈枝順勢倒在他的懷中，仰著腦袋彎眼看他，「有將軍在，我有何怕。」

她身上的蘭草香混著果酒的清香，雜糅成了一種十分特別的香氣，盡數飄入了祁言卿的鼻端。彷彿讓他也染上了微醺。

祁言卿沉默不語，卻沒有推開她，而是親自彎腰，扶起她的胳膊帶她回屋。

可二人尚未轉身，突然有支長箭從暗處直直射來，帶著逼人的箭氣，殺氣騰騰！

幸得祁言卿迅速摟著范靈枝飛身躲過，才堪堪避開了這枚箭羽，有驚無險！

可不等二人鬆懈，突地便從暗處跳出了十餘個黑衣人來，將他二人團團包圍，范靈枝嚇得臉色大變，祁言卿當即吹響了口哨，可誰知他的侍衛卻久久不曾趕來。

其中一位黑衣人陰冷地盯著他們冷笑道：「別等了，他們中了迷藥，早已不省人事。今日，老子便要取了禍國妖妃的項上人頭，換取高額賞金！」

話音未落，這人揮了揮手，轉瞬之間，所有黑衣人全都一擁而上，朝著祁言卿和范靈枝撲了過去！

亦在同時，祁言卿緊緊摟著范靈枝一個飛躍，便朝著遠處夜空飛了出去，只是一路行去，卻見整個青雲寺雖有燈火，卻再無人聲，想來整個寺內的人全都中了迷藥，只有范靈枝和祁言卿二人因未曾用晚膳而逃過一劫。

青雲寺位於七里山山腰處。

七里山，越往山上走，地勢就越陡峭。

祁言卿擁著范靈枝朝著山上而去，夜色裡，他飛得又急又穩，范靈枝緊緊擁抱著他的腰際，絲毫不敢放鬆。

迎面吹來的風帶著一絲夜裡的微涼，她忍不住側頭看他，卻不覺得害怕，只覺得新奇又刺激。

她道：「他們要殺的是我，敵強我弱，若是萬不得已，還請將軍保護好自己，別再管我了。」

可祁言卿只是神情肅殺，並不理她，繼續朝著山頂隱祕處而去。

這些黑衣人各個身手不凡，可見是有人花了大錢買通頂級殺手，非要了范靈枝的命。

身後黑衣人緊緊追趕，雙方幾次差點擦肩，祁言卿帶著范靈枝一個轉身便消失在了夜色裡。

黑衣人們手握彎刀，對著偌大的七里山開始地毯式搜索，不放過任何一個角落。

祁言卿拉著范靈枝躲在暗處的一處山坳中，比人還高的雜草很有助於他們偽裝。夜色裡，祁言卿緊緊護著范靈枝，一手還捂住了她的嘴唇，一邊緊盯著那些殺手，眸光如狼。

眼看那群黑衣人就要搜索到他們的藏身之處，可就在此時，突地聽遠處傳來了一陣奇怪的腳步聲，在寂靜的夜裡顯得格外明顯。

這腳步聲瞬間吸引了這群黑衣人的注意，立刻對著那個方向一擁而上。

等黑衣人們漸行漸遠，范靈枝明顯感覺到祁言卿渾身都鬆懈了些，可亦在此時，他才終於後知後覺回過神來，他此時和范靈枝靠得有多近。

二人身體緊緊相觸，連一絲縫隙都無。

近得他甚至能感受到她呼吸時身體軟軟的起伏，和他緊緊摟住的，是多溫軟的腰肢。

幾乎是一瞬間，祁言卿渾身忍不住燥熱起來，就連空氣都像是帶上了一層曖昧的旖旎。

他的身體不受控制地起了羞恥的變化。讓他猛地鬆開手，根本不敢再看范靈枝的眼睛。

可范靈枝卻像蛇般纏繞上了他，她一個翻身將他壓在身下，聲音帶著勾人的魅惑，沙著嗓子輕聲道：「此處危險，將軍是不是帶我離開此處……嗯？」

她說的話熱呼呼的，一眼不眨地看著他，讓他大腦幾乎有片刻空白。

他猛得閉上眼，努力壓下心底的欲望，便重新摟著范靈枝朝著夜色而去。

那些殺手來勢洶洶，怕是不殺死范靈枝絕不甘休。他帶著范靈枝徑直下了山去，然後在山底的一戶農莊內稍微落腳，二人皆喬裝打扮了一番，這才冒充了一對農家兄弟，朝著入京方向而去。

只是范靈枝長相極美，饒是往醜的打扮，卻依舊眉清目秀，引得路人頻頻看望。

祁言卿並未直接帶她入京，而是在附近轉著彎，前後左右走起了彎路。

入夜，二人便在京郊的一處小客棧落腳，同睡一房。

祁言卿不敢離開范靈枝半步遠，便讓范靈枝睡在床上，而他則躺在地上。

二人用了簡單的晚膳，正是一人一碗紅燒牛肉麵。

麵雖簡陋，可味道卻是極香，也是別有一番風味。

只是飯後沒過多久，約莫半時辰光景，范靈枝只覺得自己渾身越來越燙，連帶著空氣都顯得無比火熱。

她忍不住從床上坐起，白嫩的小臉此時已泛起了撲撲的紅，她忍不住嗚咽道：「將軍，好熱。」

可話才剛說出口，連她自己都嚇了一跳——她的聲音嬌媚嚶嚀，如此誘惑。

第33章　險

她忍不住靠近他，一頭栽到了他懷裡。他身上有好聞的皂角香，透著冰涼的清爽，讓她覺得舒服極了。

她的理智開始飄遠，只剩下最原始的身體反應，她不斷朝著他靠近，嬌軟的嘴唇貼在他的唇上，渾身香汗淋漓。

理智告訴他，他該將她推開的，可她的身體芬芳撲鼻，就像是熟透的蜜桃，引人採摘。

讓他忍不住想要共沉淪。

她身上的衣衫變得越來越少，腰間的衫裙不知何時已經退盡，燭光之下，她的肌膚白裡透紅，嬌豔欲滴。

那一瞬間，他理智全無。赤紅著雙眸一個翻身便將范靈枝覆在身下。

他聲音沙啞，一字一句道：「別逼我。」

范靈枝卻無法回應他，嘴中發著含糊不清的嗚咽聲，雙眸渙散，根本毫無理智。

他忍不住低下頭去，重重覆蓋她的嘴唇。

雨打芭蕉，相互纏綿，難捨難分。

可恍惚之間，他似乎又聽到她在他耳畔含淚說著悄悄話。

從未有人懂我憐我，只有將軍，只有您，會義無反顧地救我性命。

這後宮，這天下，到處都是想殺我的人，可願意救我的，怕是只有將軍您了。

前一刻尚且被欲望支配的理智，此時盡數恢復清醒。

所有的旖旎全部散盡，只剩下一地的悲色，從他心中細細密密鋪開，然後，蔓延全身。

她如此信任他，將他視作唯一能拯救她的倚靠。可他卻如此趁人之危，與那些一心想要她死的人，又有何異！

祁言卿猛然起身，將毫無理智的范靈枝用細繩捆綁，又親自去取來冰水，為她細細擦身。

一寸一縷，心無雜念。

他閉上眼擦著，不斷在心中念著心經，這等藥物，藥效頂多兩個時辰，便能慢慢散去。

他為她擦身，亦是身不由己。

若是她不介意，他已打定主意，等回了上京，便去和皇上負荊請罪——他對靈貴妃的大不敬之罪。

倘若皇上要殺他，他亦無二話。

祁言卿一遍又一遍擦拭著她的身體，冰涼的水竟都被染成了溫燙。

又連續換了好幾次冰水，范靈枝才終於漸漸從滿嘴胡話，逐漸變得冷靜下來，到了最後，已是呼吸平緩地進入了夢鄉，藥效徹底過去。

祁言卿鬆了口氣，繼續守夜照顧范靈枝，連何時睡去也忘了個乾淨。

第二日的暖陽灑入房內，范靈枝睜開眼來，只覺身體清爽乾燥，被換了套乾淨的男子衣衫。

她想起昨夜失去理智前的記憶，忍不住心底一緊。

可很快的，她發現自己的身體根本毫無異樣，可見他根本就沒有對她做逾矩之事。

祁言卿正趴在她的床邊入睡，呼吸平穩，可見睡得極沉。

不愧是正人君子，竟然坐懷不亂，並未傷她。

范靈枝彎起眼來，甜甜笑了。然後輕輕為他蓋上薄衣，可衣裳才剛觸碰到他，他就猛地睜開了眼來。

見范靈枝醒了，他不由鬆了口氣，「醒了，可有不適？」

范靈枝搖頭，只是笑咪咪地看著他。

祁言卿正待再說，可范靈枝不由分說便對著他的臉頰親了一口。

祁言卿瞬間臉色變紅了，就連耳朵都變成了粉紅色。他別開眼去，乾巴巴道：「貴妃自重。」

他說得極輕，引得范靈枝咯咯輕笑。

范靈枝突然俯身上前，伸手撐著下巴，歪著腦袋看著他。

退去脂粉氣，她的容貌反而生出一股別樣的俏皮來。

范靈枝道：「將軍真好。」

祁言卿依舊別著腦袋並未看她，倒是一雙耳朵變得越來越紅。

他道：「不過是我該做的。」

范靈枝道：「該做的？普天之下，不管換了哪個人來保護我，都不會再有將軍這樣對我細心呵護的人了。」

她活了這麼久，從沒遇到過這樣正直的男人。

不落井下石，尊重女性，武功高強，心思也是肉眼可見的純粹。心繫江山安危，保家衛國。

倘若她當真再也回不了家了，那麼，餘生若是能和祁言卿在一起，也不錯。

范靈枝看著他白淨的臉頰，溫潤的眉眼，越看越歡喜，連帶著雙眼都亮了起來，彷彿含著小星星。

她忍不住嘿嘿一笑，湊近祁言卿低聲道：「將軍，我有個祕密要同您說。」

祁言卿果真被她吸引，不由看向她。

范靈枝道：「等溫惜昭統一了天下，必會尋個由頭將我殺死。您若捨不得我死，屆時，您便想個辦法，將我救出來，可好？」

祁言卿看著她的臉色逐漸變得冷靜和肅穆，「聖上如此寵愛您，如何會殺您。」

范靈枝無所謂地聳肩，說道：「將軍不妨再想想，聖上寵愛我，到底是為了什麼？」

「是為了表象的迷惑，是為了蒙蔽敵國，也是為了掩飾真相。」

「世人真的以為我是他的愛妃，所以接下去，只會有越來越多的人想暗殺我，讓我死。」

「當所有苗頭都指向我，便能更方便溫惜昭做他真正想做的事，卻無人會注意到他。」

范靈枝平靜說完，頓了頓，又道：「若是將軍不棄，屆時您便想個法子將我救出來；可您若不願意，便當我沒有提過。」

她看上去依舊輕鬆極了，笑呵呵的，「總歸不過是條賤命，早該死了的，因緣際會，竟讓我至今未死。」

祁言卿心底一緊，「貴妃莫要胡言亂語。」

祁言卿：「倘若當真如此，屆時本將定會用盡一切辦法救您。」

他鄭重地看著她，彷彿在下什麼約定。

范靈枝心底一熱，順勢摟住他的脖頸，在他耳邊輕聲道：「如此，那便是靈枝的福氣了。」

范靈枝又笑了起來，「屆時，我便時時刻刻跟著您，您若是厭棄了我，我也厚臉皮纏著您。」

祁言卿的耳朵又紅了起來，他輕輕解開范靈枝勾著自己脖子的雙手，卻依舊看著她一字一句道：「定不食言。」

范靈枝亦回望著他，臉上的笑意終究慢慢消失，只剩下滿腔的柔軟在心底蔓延。

他是將士，是錚錚男兒，一言既出，駟馬難追。

她信他定會救她。

范靈枝道：「好，我等著您。」

二人用了早膳，這才又喬裝打扮出了客棧，繼續朝著上京內緩慢趕路。

有人給范靈枝下藥，說明他們的行蹤已經暴露。

只可惜敵暗我明，被動凶險。

第34章　回

等范靈枝和祁言卿回到上京，已是兩日後。

上京之內一切風平浪靜，寵妃和權臣齊齊失蹤，卻並未引起一絲波瀾。

大街上，商販在售賣什物，百姓熙熙攘攘，明亮的日光灑在地面，好一個大齊盛世。

祁言卿帶著她並未直接入宮，而是去了城西明昌縣的一處別院，讓她暫時下榻在了那處。

別院內有幾個年長的管事和嬤嬤，見少爺帶著一個女子上門，十分自覺得並未多話，權當沒看到。

用了午膳後，祁言卿讓一個嬤嬤來照顧范靈枝，這才道：「您好生在此待著，等我解決了宮內的事，自會來找您。」

范靈枝靜靜地看著他，半晌，才突然道：「難道，您不覺得詭異嗎？」

祁言卿眸光微閃。

范靈枝道：「您這麼聰明，明明就已經猜到了，不是嗎？」

祁言卿柔聲道：「別胡思亂想，一切等我入宮，稟告了聖上再說。」

范靈枝冷笑道：「青雲寺整寺被歹人下了迷藥，聖上最寵愛的宮妃失蹤了，這等足以轟動整個朝堂的大事，此時卻一點風聲都沒有，溫惜昭，還真是算得一手好棋啊！」

「怪不得，怪不得那些頂級殺手如此輕易就放過了我們，哪怕我們的蹤跡早已在沿途暴露，卻始終沒有人再來刺殺，反而只是給我下了莫名其妙的髒藥，」范靈枝厭惡極了，「所以那些殺手，根本就是他派來的。」

范靈枝定定地看著他，「他這樣做的目的，您該知道是為了什麼。」

——目的，為了控制祁言卿。

他手握重兵，整個大齊大半的將士皆聽命與他。

祁陳山身體每況愈下，其中自然有一大半的緣由是因為溫惜昭從中作梗，神不知鬼不覺下點慢性毒藥什麼的，他自是順手拈來。

祁言卿根本不像他父親祁陳山那般奸詐，祁陳山將兵權傳給了祁言卿，對溫惜昭來說自然是天大的好事。

看，他不過是稍微用點手段，就能輕易把祁言卿掌握在手心。

——若是他不願意，只要溫惜昭將這次祁言卿帶著他最愛的寵妃一起消失了兩天三夜，光是這一點，就足以把祁言卿釘在恥辱柱上。

范靈枝突然握住他的手，「祁言卿，別入宮。」

祁言卿看著她的手，潔白似玉，連骨節都不甚分明。

她就像是一盆珍貴的花卉，該嬌嬌養著。

他輕輕地將她的手掃落，溫笑道：「我未愧對江山，亦未愧對聖上，聖上不會為難我。」

范靈枝有些生氣了，「他分明是設了圈套，等著你往下跳去，你怎能如此被動？」

祁言卿卻突然笑了起來，他揉了揉范靈枝的腦袋，「您這樣鼓著氣的樣子，倒是有些像金魚。」

范靈枝：「？」

祁言卿道：「我不會有事，您信我。」

祁言卿眸光認真地看著她，「我會想辦法，保全娘娘名聲。既然此事聖上已全面壓下，便說明尚有餘地。」

祁言卿朝著門外走去，范靈枝連忙小跑幾步，攔在他面前，「祁言卿，你如此為我考慮，為了我的名節，便要如此委屈自己。」

她眸光深深地看著他，「你，是不是喜歡我了？」

天晴有風，草色微動，祁言卿白皙的臉頰，漸漸地、漸漸地，染上了一層暖暖的粉紅。

他微微別開眼，神情並不自然，「娘娘莫要誑語。」

范靈枝道：「你若不喜歡我，便無需為我做到這般地步。祁言卿，在我脫離溫惜昭掌控之前，我沒法許諾給你什麼。」

「可等我離開溫惜昭後，我願永遠追隨你。」

「還請你努力惜命，活到那一天。」

祁言卿一步一步朝著范靈枝走來，然後將她擁入懷中。他在她耳邊道：「好，我等著那一天。」

然後，祁言卿放開她，轉身大步走出了別院，很快消失在了門口。

過了許久，范靈枝才收回了目光，回到屋內，專心等著消息。
她微微闔眼，心中一片冷漠。
祁言卿是個好男兒，相比之下就顯得溫惜昭特別狗。她甚至一想到即將要回宮對面溫惜昭那張臭臉，她就快要吃不下飯。
她又看了眼眼前的系統介面，那該死的帝王值進度條才冒出了個小尖尖，可見後面還有很多該死的任務等著她。
她從來只把自己當作毫無感情的執行機器。
可如今心底卻被埋下了一棵色彩斑斕的小種子，讓她忍不住想細心澆灌。
她深呼吸，努力給自己加油打氣——沒關係，來日方長，苦中作樂也是別有滋味。
一直等到了天黑，范靈枝終於等到祁言卿來接她。
馬車內光線昏暗，她努力睜大眼看著他，終於勉強看清他此時臉色甚是難看。
范靈枝道：「他如何為難的你，說來聽聽？」
祁言卿：「不曾。」
范靈枝：「逼你交出兵權了？」
祁言卿：「不曾。」
范靈枝：「逼你做你不願做的事？降你的職？又或者——」
祁言卿輕輕打斷她：「都不曾，娘娘莫要胡思亂想。」

范靈枝徹底生氣了，她撲到他懷中，不由分說對著他的嘴唇重重咬了下去。

直到咬出了一絲血腥氣，才堪堪鬆口。

范靈枝冷笑道：「你若不說，等待會兒進了宮，我便衣衫不整地下馬車，讓整個皇宮都見識到你我的苟且。」

祁言卿終於正視她。

他眸光沉沉，「不過是讓我答應幾個條件罷了。」微停頓，聲音帶著怒氣，「倒是娘娘，還請娘娘矜持待人，如此孟浪，像什麼樣子！」

范靈枝面無表情地坐回自己的位置上，哼道：「孟浪又如何，我就算浪到天上去，也不關將軍的事。」

祁言卿愈沉：「范靈枝！」

這還是他第一次叫她的名字。

范靈枝嘲諷道：「罷了，日後若是將軍被溫惜昭害死了，我自會到將軍墳頭給您上兩炷香。」

說話間，馬車已入後宮門。

等馬車堪堪停下，范靈枝便下了馬車。

可一抬頭，便見前頭宮燈下，溫惜昭正身著明黃衣衫，站在原地。

眉眼幽深，唇角帶笑。

那是得意的笑容，彷彿在宣告他的勝利。

身後祁言卿亦下了馬車，溫惜昭迎了上來，正待說話，可一眼就看到祁言卿的嘴唇高高腫著，像是剛被人咬了一口。

他臉上的笑意逐漸消失。

第35章　變

他負手走上前來，滿臉是偽裝的柔情，「愛妃回來就好，這幾日妳受驚了。」

范靈枝似笑非笑地看著他，「讓聖上擔心了。」

她的眼神輕飄飄的，說話語氣怎麼聽怎麼欠揍。

溫惜昭心底湧起厭惡，深深地看著她，「朕深愛愛妃，牽掛愛妃，也是應當。」

他一邊說，一邊走到她面前，將她摟在懷中。他伸手輕刮她的耳朵，姿態曖昧親昵。

范靈枝下意識想躲，可溫惜昭的力氣極大，根本不給她掙扎的機會。

她忍不住看向一旁的祁言卿，果然就見祁言卿站在一旁，臉色逐漸難堪。

祁言卿後退一步，躬身告退，然後轉身離開。

月色下，他的背影被月光拉得極長，看上去落寞極了。

范靈枝的心底猛地刺痛了一下。

直到祁言卿的背影消失，溫惜昭這才猛地鬆開了她，幸災樂禍地嘲笑道：「怎麼，捨不得了？呵，有本事妳就追上去。」

范靈枝回過神來，對著溫惜昭重重白了一眼，然後大步朝著她的華溪宮走去。

溫惜昭在身後跟上，冷嘲熱諷：「這才短短七日，妳就喜歡上他了？」

「不愧是禍國妖妃，朝三暮四，放浪形骸。又一個男人拜倒在妳的石榴裙下，妳一定很得意吧？」

「祁言卿家風甚嚴，他爹娘可不會允許一個殘花敗柳入他祁家大門。」

「就算妳離開了朕，祁言卿也絕不會納妳為妾。」

他的話尖酸刻薄，就跟長舌婦沒什麼兩樣。

回宮第一天，范靈枝本不想和他發生口角，可他如此咄咄逼人，那可就怪不到她頭上！

於是她擼起袖子，轉過身去，凶狠地看著他。

范靈枝開始肆意嘴炮：「最近是政務太空還是後宮美女不夠多，讓皇上整天把注意力放在臣妾身上啊？」

「臣妾覺得您的注意力可不該浪費在臣妾身上，不如睜大您的眼睛多看看這個美麗的世界，少管美女的事！」

「還有，臣妾年方十八，正是含苞待放的好時候，怎麼殘花怎麼敗柳了？臣妾遇人不淑談了兩段失敗的戀愛就算殘花敗柳了？您這套 PUA 可真是用得得心應手啊，可惜臣妾不吃這一套！就您若是跟臣妾回臣妾的家鄉，您這樣的還叫後宮種馬呢！」

范靈枝劈里啪啦說了一大堆，嘴炮 max，直罵得溫惜昭愣怔許久不曾回神。

過了半晌，他才猛地回過神來，衝到她面前，重重捏住她的手腕，臉色陰沉得有些可怕，「後宮種馬？」

他的力道大得出奇，捏得她好些疼痛。

她繼續激他，故意笑道：「您再捏下去，除了種馬還得再加一條家暴，嘖……您這樣的在臣妾家鄉，可娶不到媳婦兒。」

溫惜昭實在是恨極了她臉上的飛揚跋扈，他沉聲道：「范靈枝！」

范靈枝亦不甘示弱，大聲喝道：「溫惜昭！」

溫惜昭捏著她的手就朝著華溪宮而去。

出宮一趟，她變得愈加乖張。

她竟如此辱罵他，羞辱他！

原因呢？是為了什麼？

祁言卿嘴唇上的那個咬痕，足以說明一切。

她喜歡上了祁言卿，甚至開始為了祁言卿來刺傷他。

溫惜昭心底憤怒的火焰越燒越大，他臉色陰森得可怕，一路拉著范靈枝回了華溪宮，姿態粗魯。

沿途有宮人撞見，皆是嚇得大氣不敢再出，各個跪在地上，低垂著腦袋，不敢多看。

溫惜昭將她甩在床上，欺身而上。

溫惜昭將范靈枝壓在身下，逼她和他四目相對，眸光發狠，「范靈枝，妳變了。」

范靈枝面無表情，拒絕說話。

溫惜昭突然輕笑起來，「妳喜歡他什麼？權勢？兵權？朕早晚會將他手中的兵權全都收回，范靈枝，妳會後悔的。」

范靈枝定定地看著他，突然道：「他溫柔正直，尊重女性，一身正氣，」說及此，她頓了頓，「最重要的是，他脾氣好，從不打人。」

溫惜昭臉瞬間比鍋底還黑，他咬牙道：「朕何時打過妳？」

范靈枝掙扎著從他身下起身，溫惜昭總算鬆了力道，讓她解脫出來。

她這才臉色好了些，嬌笑道：「聖上明明如此厭惡我，您若真的想讓臣妾敬重您，那不如約法三章，遵守合作原則。」

溫惜昭：「約法三章？」

范靈枝道：「我可以陪你演戲，替你做事，可相對的，你我之間私下井水不犯河水，你不得逼我肌膚相親。」

溫惜昭慢慢回過味來，他冷笑道：「禍國妖妃尋到了真愛，竟也開始打算為心愛的男子守護貞潔了？」

范靈枝無所謂道：「不，我只是單純不想和你再發生點什麼。」

她的目光似有若無地掃過溫惜昭的下半身，輕飄飄道：「講真的，體驗也不太好。」

溫惜昭：「……」

他的臉色瞬間更黑了，他強忍著暴走的衝動，重重甩袖，「好樣的！」

溫惜昭氣得轉身出了范靈枝的華溪宮。

范靈枝看著他氣呼呼離開的背影，忍不住在床上打滾大笑，她來到這個世界這麼久，第一次覺得爽極了！

她一個鯉魚打挺從床上坐起，又叫來早已回宮的芸竹為她沐浴更衣。

這幾日在外奔波，她渾身早已泥濘不堪，痛快泡了個熱水澡，又換上宮妃華服，先前還像個俊俏少年的她，瞬間又回歸成了嫵媚妖妃。

芸竹等人在青雲寺內迷藥勁兒過後醒來，見她不在身邊，自然就知道了她和祁言卿失蹤了的消息。

可范靈枝可不怕芸竹這些下人會將這些事張嘴亂說，畢竟她身邊的宮人都是皇上的人，沒準他們早已收到了皇上的示意，讓他們睜一隻眼閉一隻眼呢。

阿刀已為她備妥了熱乎乎的晚膳，涼拌羊肉絲、菌菇豬肚湯，全都是她愛吃的。

范靈枝揮退了芸竹，只留下阿刀和小桂子在旁服侍。

范靈枝一邊緩緩用著膳，一邊聽著阿刀稟告這七日內後宮都發生了什麼。

她雖才離開一個星期，可這個後宮，已發生了巨大的變化。

其中當首的，便是溫惜昭選秀，新納了十餘個秀女。

其中為首的，正是左相之女衛詩寧、鬭厲之妹鬭荷、兵部尚書之女張清歌，「以及，五品翰林學士范賀之女，范靈蘭。」

阿刀的話音未落，范靈枝猛地變了臉色。

第36章　罰

她重重摔了筷子，她眸光凌厲地掃向阿刀，嘴邊卻露出了詭異的笑意，「你說什麼，再說一遍。」

阿刀垂首，低聲道：「五品翰林學士范賀之女……」

這一次，不等阿刀將話說完，范靈枝已重重打斷了他的話：「可曾侍寢？」

阿刀低聲：「目前尚未。」

范靈枝掩在袖下的手緊緊捏起，恨意鋪天蓋地朝她湧來，讓她快要失去理智。

她那殺千刀的爹竟然如此糊塗，竟然把尚未及笄的么妹也送入了宮來，簡直就是個被榮華富貴的美夢沖昏了頭腦的蠢貨！

她聲音愈冷：「她如今在哪？」

阿刀道：「被封蘭才人，賜冰泉宮。」

范靈枝二話不說便朝著門口而去，阿刀和小桂子見狀，連忙跟了上去。

冰泉宮，相當偏僻。這樣偏僻的宮殿，通常來說聖上是根本不會來的，因為路程實在太遠，太浪費時間。

所以一般來說，皇帝到底喜不喜歡這個女孩，就看皇上賞賜的宮殿離他的寢宮有多近，就能窺見一斑。

比如范靈枝的華溪宮，位置又正又好，離御書房和皇帝的寢宮都相當近，簡直就是寵妃標配。

至於冰泉宮這種聽上去就不太吉利的宮殿，講真的，差不多也就和冷宮無異了。

她又想起靈蘭那怯懦的樣子，心底覺得沉痛極了。

她的生母張氏是個上不了檯面的戲子，范賀太狗，玩弄了人家卻又不願將她抬回家做妾，怕被翰林院的那群迂腐文官參個半死，於是就把她養在外頭當外室。

可憐張氏待產之時差點一屍兩命，若不是四歲的她及時拉著母親趕到，才堪堪把范靈蘭從她母親肚子裡救了出來。只是張氏到底還是去了。

從那之後范靈蘭就被母親養在身邊，和范靈枝一起長大。

她的性格也隨了她的母親，怯懦又膽小，連家宴上夾根雞腿都害怕父親責罵。

范靈蘭特別黏她，任何事都要問問她的意見。如今她被父親送進了宮，還被安排在了這麼鳥不拉屎的殿內，她實在是不敢想像這幾天她是怎麼過的。

范靈枝一邊走一邊百感交集地想著往事，往事都回想了一遍了，這鳥不拉屎的冰泉宮還沒走到，直到又過了一炷香後，范靈枝這才氣喘吁吁地站在了冰泉宮的殿門口。

早知道如此浪費時間還累人，她就乘著座輦過來了。

喘息片刻，范靈枝這才緩過神來，朝著大門走去。

冰泉宮的牌匾都已年久失修，冰字掉了兩點水，泉字掉了個「白」，只剩下可憐兮兮的「水水宮」在夜風中如夢似幻。

阿刀敲了好久的門，才終於聽到殿內有道刁蠻的聲音罵罵咧咧傳來：「大半夜的，哪個狗養的奴才如此吵鬧，讓老娘睡不好覺……」

一邊說，一邊開了門來，露出門後頭一張年輕丫鬟的臉。

這丫鬟看上去約莫二十幾歲左右，許是長久浸淫宮門，眉眼帶著典型的尖利樣子，一看就是踩地捧高的老手。

果然，這丫鬟在看到門外究竟是何人之後，嚇得臉色都變了，隨即猛地換上了另一副跪舔的神情，像極了路邊的哈巴狗。

丫鬟忙地大開殿門，當即對著范靈枝跪了下去，顫聲道：「奴婢不知是靈貴妃來臨，失了禮數，還請靈貴妃賜罪！」

——靈貴妃不是去青雲寺小住了嗎？怎麼會在此時回來！

她不由得害怕極了。

可很快地，她就又想起了殿內那蘭才人此時的遭遇，她不由得更害怕了，甚至整個人都開始顫抖了起來。

阿刀在一旁厲聲道：「沒教養的賤人，竟如此衝撞貴妃，來人，將她壓下！」

很快便有人將那丫鬟壓著，提到了院子裡跪下。

范靈枝大步朝著正殿而去，可才剛走到門口，就見這殿內竟只點了一枝蠟燭，十分昏暗，到處都透著一股陰森氣。

她努力控制住自己的呼吸，繼續朝裡走。

小小圓桌上放著的竟是餿了的點心飯菜，范靈枝還沒走近，就聞到了一股重重的異味。

她繼續往前走去，可還沒看清呢，就突然看到暗色裡，有一道嬌小的身影朝著她飛奔而來，一下子就撲到了她的懷裡。

然後，她耳邊響起了一道帶著哭腔的聲音：「阿姊，妳來看我了！」

范靈枝眼淚一下就下來了，她忍不住將她緊緊摟在懷中，一邊不斷安撫她的脊背，「小蘭乖，別怕，阿姊來接妳了。」

范靈蘭更重地將她摟著，哭著道：「阿姊，我好想妳啊，妳不在，我好難過！每天都好難過啊！」

范靈枝說不出話了，她只是一遍一遍地撫摸著她的脊背，再無言。

直到范靈蘭的情緒穩定下來，她這才拉著范靈蘭的手，打算帶著她走人。

可才走出兩步，她就察覺到了不對勁，范靈蘭步伐沉重，幾乎是挪著走的，且身體微微彎曲，不太正常。

范靈枝凝眉，「小蘭？」

范靈蘭道：「阿姊，我肚子疼。」

范靈枝瞇起眼，陰冷道：「那些捧高踩低的賤貨，趁我不在竟如此欺負妳，我要他們付出代價！」

范靈枝讓阿刀吩咐下人扶著范靈蘭回華溪宮，又兵分兩路派人去請御醫，自己則帶著阿刀去了院子，將整個冰泉宮的下人們都召了過來。

——其實整個院子也不過才四個宮人，范靈枝坐在椅子上，命人將這四個宮人全都打到半殘，一時之間，哀嚎之聲響徹天際，院子內血流成河。

范靈枝笑咪咪地看著，直到這幾個人都快要斷氣了，這才慢悠悠地讓他們停了棍刑。

范靈枝站起身來，輕飄飄道：「將這些狗奴才拖入御花園，警示三日，給後宮的奴才們正正風氣。」

范靈枝又道：「啊，可千萬別讓他們死了，本宮還要留著他們的賤命，每日給本宮行禮跪拜呢。」

扔下這句話，范靈枝這才大步走了。

只留下幾個殘破的身子，在院子內苟延殘喘。

待回到華溪宮後，范靈蘭已被餵下了胃藥。她這幾日皆在吃食不乾淨的東西，不引發急性腸胃炎才怪。

只是古代醫療水準太低，哪怕是小小的急性腸胃炎，嚴重起來都有可能要人性命。

范靈蘭擦淨了身，又換了衣裳，此時的狀態終於好多了。

第37章 計

范靈蘭長像隨了生母，一張水嫩的娃娃臉，顯小，看上去白白淨淨的，透著嬌憨。

范靈枝捏住她的手，劈頭蓋臉問：「緣何入宮？是妳爹安排的？妳哥他竟沒有阻攔嗎？」

她的手瘦瘦的，帶著微涼。

范賀雖然迂腐又好色，也不至於剋扣自己的孩子不給她飯吃，可她從小到大就都是瘦瘦的樣子。

范靈蘭亦緊緊握住范靈枝的手，雙眼紅彤彤的，透著委屈，「您之前讓陸侍衛給父親帶話，讓父親儘快解職，告老還鄉嗎？父親收到消息之後，在家中發了好大一通氣，說阿姊您忘恩負義，不顧家族興旺，只顧您自己享福。」

范靈蘭氣道：「我和哥哥聽不下去，便與他大罵了一頓，我與哥哥都覺得阿姊您說的有道理，上京太不平穩，且阿姊您的處境如此艱難，家中確實應該儘快離開是非漩渦，去外地過活。至少不該給您拖後腿。」

可大哥范清議和小妹范靈蘭和范賀罵了一通之後，便讓范賀更氣了，直言他范賀倒了八輩子大楣，才生了一窩狼心狗肺窩裡反的小畜生！

范賀氣得砸了好幾個花瓶，又親自拿出鞭子對范清議家法伺候，對著他甩了三、四道鞭子，才終於勉強消了氣。

范清議是他的獨苗，到底不會往死裡打。

然後，范賀便命人將范靈蘭軟禁了起來，等到快到要選秀的日子時，他尋了個由頭叫過范清議，說是收到了老族長的信件，遠在安州的祠堂年久失修，連年漏水，實在是子孫輩的不肖。

他讓范清議代替他回安州一趟，修理祠堂去了。

范清議不疑有他，第二日便動身去了安州。

可誰知等范清議一走，范賀轉頭就把范靈蘭的名字報了上去，讓她去參加選秀。

而一直等到選秀之日，范靈蘭才被人直接從軟禁的閨房裡接了出來。她還以為是父親消了氣，可沒想到等待她的，竟是一頂抬她入宮的轎子。

范靈蘭氣得當場表示要撞柱，范賀則威脅她乖乖聽話，否則他便向皇上進言范靈枝勾結御前侍衛陸耕，全家一起死了算了。

范靈蘭果然怕了，無奈之下，只有上了轎子，入了宮來。

而等她入宮之後，溫惜昭倒是根本就沒有給她眼神，只冊封了幾個出身顯赫的貴女，又隨意挑了幾個家世一般的當才人，剩下的便都遣散出宮去了。

一口氣說完這些，范靈蘭頓了頓，十分忐忑地看向范靈枝，「阿姊，我如今被封了才人，還能出宮嗎？」

范靈枝忍不住心念微動。

不知是否是她的錯覺，她總覺得方才范靈蘭在提起陸耕時，神色很不自然。

她心底閃過念頭，說道：「入了宮，自是不能再出宮了。」

范靈蘭的臉色果然變得更難看了，她雙唇緊緊抿著，一雙眼睛水波蕩漾，彷彿下一秒就要哭出來。

范靈枝道：「不如明日阿姊便去找陸耕，讓陸耕去和爹爹傳話，就說靈蘭此生深居後宮，恨他一生。」

范靈蘭聲音陡然拔高，愈顯悽楚：「阿姊，別，此事別讓陸侍衛知道。」

范靈枝笑了起來，說道：「原來小蘭喜歡陸侍衛。」

范靈蘭臉頰紅得像是有火在燒，她垂下腦袋，落寞道：「我如今已是才人，阿姊，我怕是再也見不到他了……」

范靈枝道：「那他呢？他可喜歡妳？」

范靈蘭的臉頰愈紅，可眼底卻湧上了說不清的蜜意。

陸耕是她多年的朋友，她當然知道他是個什麼人。若是他能和靈蘭組成良配，倒也不失為一段寫意良緣。

且她在深宮，陸耕若是成了自己人，那自是錦上添花。

范靈枝緩緩撫過她的脊背，「妳若喜歡，阿姊有辦法送妳出宮。」

范靈蘭抬頭看她，眸中寫滿了不敢置信。

可很快地，她又搖了搖頭，「阿姊是不是要去求皇上？若是皇上為難您……」她猛地搖頭，「小蘭不要阿姊難為！」

范靈蘭看著她，正色道：「不，妳錯了。阿姊需要的，是讓妳離開後宮，離開這裡！」

「這裡是漩渦，是深淵，一旦陷入，無法自拔。」

她繼續道：「深宮之內，我孑然一身，毫無軟肋，辦事便可不留餘地。可現在不同，妳成了我的軟肋，成了我的弱點，從此她們和他們，就可以利用妳，輕而易舉地傷害我。」

范靈蘭自然明白她的意思。

她亦變得堅定起來，「阿姊您說，要我如何做。我全都聽您的。」

范靈枝附在她耳邊輕言了幾句。

說罷，她忍不住彎起眼，低低詭笑了起來。

范靈蘭被養在了范靈枝的華溪宮，暫居偏殿。

可就算是華溪宮的偏殿，也比那漏風的冰泉宮豪華舒適百倍。

范靈蘭被接到華溪宮的消息很快傳遍了後宮，各家唾罵有之，鄙夷有之，懷恨在心亦有之。

后位空缺，范靈枝就是六宮之首，她回來後，各家都需要早起，來向她請安。

原本品階最高的祁顏葵，如今竟也成了需要向范靈枝行禮問安的人，衛詩寧和張清歌便有些看不起她。

衛詩寧和張清歌雖是這次選秀才入宮的新人，可她們從小嬌生慣養被家中供著，自然心氣也是很高。

她們既討厭那一副妖女孟浪做派的范靈枝，可也同樣看不起被范靈枝踩在腳底下的祁顏葵。

這祁顏葵太不爭氣，明明是她跟著新帝闖天下，可沒想到事成之後，貴妃之位都會被范靈枝捷足先登，簡直就是爛泥扶不上牆！

因此一大早這幾個女人到范靈枝這聚集請安時，簡直日日都是一場好戲。

這幾個女人來請了兩次安，自然也就看到了待在華溪宮裡的范靈蘭。

眼下一大早，不過是天濛濛亮，衛詩寧和張清歌便又在范靈枝的院子裡碰了頭。

這兩個嬌滴滴的貴女，皆打著哈欠，一副睡眼朦朧的樣子，就算上了全妝，也掩飾不住她們眼下重重的黑眼圈。

就因為那個該死的范靈枝，說是太后的忌日馬上要到了，要讓她們寅時三刻就來集合，一齊誦經，為已故的太后祈福。

可這兩人到了之後，就見范靈枝的屋內連燈都沒亮，顯然還在被窩裡睡懶覺，卻逮著她們使勁蹉跎，這不要臉的臭娘們！

第38章 罰

衛詩寧重重地對著范靈枝的寢房方向翻了個白眼，氣得不行。

而緊跟著，別的幾位才人也都陸續到了，十幾個風華正茂的鶯鶯燕燕站在院子裡，各有相貌，倒也養眼。

轉眼便到了卯時，可范靈枝的寢房依舊不曾有動靜，衛詩寧實在是忍不了了，含怒道：「誦經祈福可是靈貴妃提的，如今她又帶頭睡懶覺，真是兩面三刀、心機重！」

聞言，一旁的張清歌低低笑著，「寧昭儀這話，有膽子就當著靈貴妃的面去說。」

張清歌乃是兵部尚書張正天的愛女。張清歌的長相，和衛詩寧的嬌豔完全不同，是另外一種別有風情的御姐風。

身材很好，膚白貌美，和衛詩寧站在一處，顏值能和衛詩寧對打。

可惜張清歌再御姐，只要她站在范靈枝旁邊，就顯得寡淡不夠看，遠遠不及范靈枝的媚豔。

范靈枝就像是一簇濃郁的海棠，把別的宮妃都襯托成了暗淡的狗尾巴花。

張清歌這樣說，衛詩寧自是不服氣，嘲諷道：「清昭儀還真是會過河拆橋，昨日您還在我宮裡氣急敗壞地罵靈貴妃獨占著皇上不要臉呢，怎麼今日就轉頭嘲笑起我來了？」

她說話的聲音有些響亮，嚇得張清歌臉色微變，忙四顧看了眼周圍，見旁邊的這些才人們各個都低了腦袋當作自己沒聽到，這才鬆了口氣。

剩下的才人們當然不敢插話，她們的家世加起來都沒有衛詩寧和張清歌顯赫，她們除了裝死，根本別無選擇。

張清歌氣得不行，對著衛詩寧壓下眉道：「妳瘋了？」

衛詩寧哼了一聲，不理她了，氣呼呼地站在一旁繼續吹涼風。

幾人一時相顧無言，現場陷入了一種異常尷尬的場面。

而過了須臾，祁顏葵也來了。

她的眼睛微微發腫，滿臉冷色，可見這位娘娘也是心懷怨懟，卻不得不隱忍伏低。

一直又等到了卯時二刻，范靈枝的房內才終於亮起了燈。

房內窸窸窣窣的聲音傳來，很快地，便有宮人魚貫出入，服侍著裡頭的貴人沐浴更衣。

這般浩大的做派讓在場的妃嬪都驚了一驚，直到他們看到了大內總管劉公公之後，才恍然回過神來——皇上竟是夜宿在這了！

眾人一時又驚又喜，特別是衛詩寧和張清歌，驚的是不知方才那些話可曾被皇上聽到，喜的則是今日竟能看到皇上，實在是刺激。

當時間，一行人連忙理了理自己的妝面衣衫，爭取以最好的姿態在皇上面前露臉。

呃，高冷的祁顏葵除外。

又過須臾，劉公公似笑非笑地走到了院子來，眸光發涼地對著衛詩寧和張清歌道：「聖上口諭，請二位昭儀進去一趟。」

衛詩寧和張清歌：「……」

他媽的，怕什麼來什麼！

二人顫巍巍地入了寢殿，一眼便見溫惜昭穿著九爪蟒袍坐在貴妃榻上，而范靈枝正嬌媚地斜倚在他懷中，像極了話本裡描述的那種臭不要臉的狐狸精。

溫惜昭的臉色很是冷冽，直接開門見山：「寧昭儀與清昭儀以下犯上，侮辱貴妃，罰三月俸祿，降為貴人——」

可不等溫惜昭說罷，范靈枝已軟軟地撒嬌：「皇上，別氣。妹妹們年紀小，不懂事，還是別降貴人了。」

「妳如此辛苦服侍朕，卻被她們如此編排，朕實在是心疼妳，」溫惜昭撫著她的脊背，面對她時迅速變成了另一種面孔，溫柔道：「罷了，妳一向心腸軟，那妳說，該如何罰她們？」

范靈枝天真地眨巴著眼睛，「不如就罰她們抄《金剛經》五百遍吧？由臣妾親自監督，但凡寫錯一字便從頭開始。便當給太后祈福了，皇上您覺得如何？」

溫惜昭大為受用，連連稱嘆愛妃一片孝心，感天動地，感人肺腑，感謝她全家祖宗。

同時又大力斥責了衛詩寧和張清歌如市井長舌婦，竟然在背後如此辱罵貴妃，簡直丟上京貴女的臉。

溫惜昭一番捶打，打得衛詩寧和張清歌腦袋發懵耳朵長鳴，這才大步離開去上早朝了。

衛詩寧和張清歌眼淚在心底流了十幾升——五百遍的金剛經，該死的范靈枝，妳簡直狼心狗肺！

當然了，她們只是在心裡狠狠地把范靈枝吊起來鞭屍，面上卻還是故作鎮定地接受了懲戒。

范靈枝很奇怪，「妳們兩個的腳抖什麼？」

衛詩寧和張清歌異口同聲：「跪久了，腳有些軟……」

范靈枝非常體諒她們，表示妹妹們缺乏運動，於是大手一揮，讓她們在院子裡蹲馬步，以此達到強身健體的作用。

並十分好心地表示她們日後可天天到她院子裡來蹲馬步鍛練身體，但遭到了衛詩寧和張清歌含淚拒絕。

可見她們對此也是深為感動。

處理了這則小插曲，除了在院子裡蹲馬步的兩個昭儀外，范靈枝帶領著剩下的妃嬪去了偏殿禮佛，為溫惜昭的逝母祈福。

自然，住在華溪宮的蘭才人也在。

等禮佛結束後，眾人這才魚貫退出偏殿，只是，還不等眾人走出華溪宮，突地就聽身後的偏殿內，傳來了一陣花瓶被摔碎的劇烈聲音。

緊接著，便是范靈蘭激動的聲音傳來：「您是我的親姊姊，聖上日日歇在您這兒，您為什麼如此小氣，不肯將我引薦給聖上？」

范靈蘭一邊哭著一邊嚎啕：「您真是自私極了，連親妹妹都不願幫一把，您巴不得我回到那又冷又偏的冰泉宮去，是不是！」

范靈枝的聲音緊跟著傳來，竟是帶上了委屈的哭腔：「本宮從小到大將妳帶著長大，如今妳便是這樣回報我的？妳真是讓本宮失望！」

一眾尚未離開華溪宮的妃嬪們全都愣怔了，各個都愣在了原地想要繼續看戲，可很快地，阿刀便衝了出來，冷著臉道：「各位娘娘還不離開，是想留在咱華溪宮用午膳嗎？」

華溪宮享著盛寵，就連宮裡的太監都格外有底氣，挺著腰杆子居高臨下地和她們說話。

眾人雖看不慣這狗奴才仗勢欺人的模樣，可也不敢再多逗留，紛紛撤了。

倒是人群中的祁顏葵，忍不住轉過頭，朝著那偏殿多看了一眼。

然後，她忍不住挑唇，微不可察地笑了。

第39章 見

衛詩寧的摘星宮，距離張清歌的玉清宮相當近，相互挨著，是一對鄰居。

這二人的宮殿距離祁顏葵的未央宮也不算遠，散個幾分鐘的小步，也就到了。

衛詩寧和張清歌從華溪宮出來後便備受打擊，對范靈枝的恨意又上升了好幾個百分點。

想那妖妃出身卑微，又連續服侍了兩屆帝王，竟然還能得到皇帝如此喜歡，簡直……就像是會妖法。

以色侍人，色衰愛弛，她們皆比范靈枝年輕，她們就不信她能榮寵一輩子！

衛詩寧越想越氣，將桌上茶盞拋擲到了地上，咬牙切齒道：「憑什麼，憑什麼她一個腌臢貨竟能讓皇上如此喜歡！明明妳我才是上京的貴女，才是整個大齊最高貴的女子！」

張清歌眸光帶著冷戾，「她的模樣傾國傾城，皇上被她所迷，也是正常。」

衛詩寧道：「我呸！」

張清歌哼道：「妳若是不服氣，便努力想個法子去將皇上的心勾過來，也好過在這怨天尤人，自怨自艾。」

衛詩寧被她堵得說不出話來。

可一想到深宮時光漫長，若是日後每天都要被范靈枝如此蹉跎，可該如何是好。

想及此，她又忍不住悲從中來，平日裡總是嬌蠻任性的一對眸子，竟也泛起了紅光。

「早知如此，我還不如不要進宮了，也好過這般受氣。」衛詩寧聲音帶上了哽咽。

張清歌沉默半晌，突然道：「倘若妳是范靈枝，妳的軟肋會是什麼？」

衛詩寧愣了愣，「是什麼？」可突然她又覺得不對，當即皺起眉來，緩緩道，「妳是說，范靈蘭？」

張清歌微微瞇眼，「是了。范靈蘭是她的妹妹，今日妳也聽到了，在我們面前如此高高在上睥睨眾生的范靈枝，竟會被她的妹妹生生氣哭，妳說，這是不是很解氣？」

「范靈枝竟然也會哭嗎？」她低低笑了起來，「既是如此，妳我何不好好利用范靈蘭。」

衛詩寧醍醐灌頂，忍不住睜大眼睛看著她，等著她說下去。

張清歌心底很是看不起這個只知道刁蠻耍性子的衛詩寧，簡直拉低了她的檔次。

可如今她根本找不到第三個合夥人，也只有勉強先和她捆綁在一起，從長計議。

張清歌恨鐵不成鋼道：「妳我不過是小小昭儀，憑什麼去和范靈枝鬥？就算當真要鬥，也得再拉個擋箭牌的。」

衛詩寧這下機靈了，「——祁妃！」

等蹲馬步的酸爽勁兒舒緩過來後，二人便領著各自的丫鬟去了未央宮。

她們剛入宮來時，很是看不起祁顏葵，覺得這位真是扶不起的阿斗，把最好的牌打得稀巴爛，連范靈枝都鬥不過。因此入宮到現在都不曾踏入未央宮行禮。

可今日她們吃過了生活的苦，才組團來未央宮，便讓馮嬤嬤很不喜她們。

此時日頭甚大，馮嬤嬤冷著臉表示祁妃娘娘正在午憩，讓兩位昭儀在院子內稍等片刻。然後便率人離開了。

只留下衛詩寧和張清歌二人臉色僵硬地應是，一邊接受午日太陽的摧殘，直晒得臉色發紅，頭暈目眩。

一直到了未時三刻，馮嬤嬤這才又姍姍來遲地迎了出來，說是祁妃娘娘醒了，一邊將兩位昭儀迎了進去。

而走入正殿，祁顏葵正坐在貴妃榻上看書，眉眼清明淡漠，哪裡有一絲一毫剛睡醒的樣子。

衛詩寧肚中積了一肚子火，還是張清歌按捺得住，依舊溫聲道：「給祁妃娘娘請安。」

張清歌又往前一步，命丫鬟們將她們準備的見面禮呈上，這才一臉羨慕地拍馬屁：「祁妃娘娘果真和傳聞中的一樣高貴貌美，若謫仙一般呢。」

祁顏葵這才放下了手中的書，看向她們。

祁顏葵似笑非笑道：「今日在范靈枝手中吃了苦頭，這才想起尋我了？」

她的話直截了當，開門見山，讓張清歌和衛詩寧都有些赧然。

這個話題衛詩寧愛聽，當即壓下方才晒日頭的怒氣，故作傷心地戚戚然道：「祁妃娘娘，那范靈枝實在欺人太甚，竟如此折磨我們，要我們手抄五百遍的佛經便罷了，竟然還要她親自監督。」

她哭著道：「那麼多的字，寫錯一個，就要重新開始，她實在是欺人太甚了！」

張清歌亦道：「靈貴妃氣量狹小，無法容人，可勁兒地欺負我等新人，還請顏妃娘娘為我等作主啊！」

祁顏葵冷哼道：「如今她是貴妃，我不過是妃，她上我下，我如何為妳們作主？」

張清歌正待說話，可突然轉過身去，揮退了身後丫鬟，開始清場。等殿內只剩下她們幾人，這才低聲道：「顏妃娘娘，您才是陪著聖上打江山的人，那貴妃之位，本該是屬於您的！」

祁顏葵不發一言，臉色明滅，雙眸沉沉，也不知她在想些什麼。

張清歌道：「後宮之道，與戰場無異，亦講究兵法三十六計，成王敗寇，全靠自己謀劃。顏妃娘娘，臣妾便有一計，不知當說不當說。」

說及此，祁顏葵這才眼神微閃，假裝不在意道：「說來聽聽。」

張清歌又靠近祁顏葵一些，低聲道：「范靈蘭乃是范靈枝的親妹妹，可這二人似是不和。不如便利用范靈蘭，給范靈枝……」

一邊說，一邊做了個下藥的動作。

一旁的衛詩寧也附和道：「范靈蘭似是很討厭她這姊姊，此計可行。」

祁顏葵心底冷笑，這兩個傻貨若是有膽子，那就儘管自己去做就是了，幹嘛非要找上門來「獻計」？還不是想利用她來做這種腌臢事，她們倆倒是可以漁翁得利。

想及此，祁顏葵道：「此計甚好。」

張清歌一喜，「那是自然，只要將范靈蘭請來，好好勸告，再將毒藥交給她……」

祁顏葵輕飄飄地打斷張清歌的話茬：「如此甚好，此事不如就交給妳去做，想必清昭儀定是個經驗豐富的，能將此事安排妥當。」

張清歌被她堵得說不出話來，許久才吶吶笑道：「臣妾才剛入宮，一無人脈，二無路數，根本就接觸不到華溪宮去……」

祁顏葵瞬間沉下眉來，「這等小事妳都辦不好，兵部尚書之女，未免太過沒用了吧？」

一旁的衛詩寧是真的無語了，敢情小丑竟是她們自己！

第40章 信

祁顏葵徹底冷下了臉，「真是讓本宮失望！」

說罷，她站起身來，高聲道：「馮嬤嬤，送客。」

於是張清歌和衛詩寧被馮嬤嬤趕了出來。

二人站在未央宮的殿門口，門口反光的紅柱上，倒映出了她們倆有些發黑的臉龐。

大抵是為了應景，兩隻烏鴉在此時飛過，對著她們的腦袋哇哇亂叫了兩聲。

總之，非常晦氣。

衛詩寧氣急，對張清歌怒道：「都是妳出的餿主意，害我如此丟人！」一邊說，一邊大步走遠了。

張清歌亦是氣得紅了眼眶，她堂堂天之嬌女，一天之內竟被後宮兩個最有地位的女人連續羞辱，她真的有些繃不住了，委屈得想哭！

她深呼吸，努力控制住自己的情緒，這才在衛詩寧的身後，慢慢跟上。

而另一頭，未央宮內。

馮嬤嬤走到祁顏葵身邊，柔聲道：「娘娘。」

祁顏葵低「嗯」一聲，便輕笑起來，「這兩個蠢貨，怪不得會被范靈枝玩得團團轉。」

馮嬤嬤道：「她們到底年紀尚淺，又是初入後宮，自是遠遠不及范靈枝的手段。」

馮嬤嬤又道：「可她們到底家世顯赫，左相衛祿如今掌控內閣；兵部尚書亦手握上京兵力，這兩位昭儀，娘娘若能為自己所用，便再好不過。」

祁顏葵道：「是啊，她們再笨，只要利用得當，也會是枚好棋子。」她輕飄飄地，「只可惜我今日心情不好，誰讓她們撞了槍口呢？」

馮嬤嬤撫過祁顏葵瘦削的肩膀，「娘娘順心了才最要緊，等晚上老身命人給她們二位送些回禮過去，算是示好。」

祁顏葵點點頭，又道：「不過，范靈蘭，本宮是要見上一見。」

馮嬤嬤道：「何時見？由老身來安排。」

祁顏葵看向窗外花開爭豔的大朵芍藥，忍不住笑了起來：「本宮親自去找她。本宮開的條件，她定會心動……」

一邊說，一邊站起身來，朝著院子走去。

這芍藥，可真礙眼啊。

不如毀了清淨。

接下去幾日，眾位娘娘去華溪宮禮佛時，總能撞見或者聽到范靈蘭與范靈枝的爭執聲。

今日是范靈蘭嫌范靈枝給她安排的丫鬟太木訥，必是范靈枝不肯讓出機靈的丫頭，因此和范靈枝吵了一架；

昨日是范靈蘭嫌華溪宮偏殿的光線沒有正殿的好，指責范靈枝如此苛待妹妹，實在讓她失望透頂；

再前日是皇上眼看要來華溪宮，范靈枝竟尋了個由頭將范靈蘭支走了，等范靈蘭回過神來趕回華溪宮時，皇上早已離開，於是又吵了一架……

華溪宮內發生的這些事，傳播得很是迅速，如今整個後宮都知道了范靈蘭和范靈枝二人的關係越來越劍拔弩張，簡直到了快要水火不容的地步。

此時此刻，范靈枝正在院子內嗑瓜子，配著掐嫩尖兒的銀針白毫，再配著她自製的辣條小吃，別有風味。

溫惜昭坐在她對面，擰著眉頭看著她。

范靈枝看也不看他，「皇上若是想吃，儘管自取。」

她吃的東西真是噁心，紅彤彤的滿是辣椒，還滴著油，看著都倒胃口，他瘋了才會去吃。

溫惜昭面無表情，「如今整個後宮皆是妳和妳妹妹的風言風語，所以，妳究竟在打什麼主意？」

范靈枝這才看向他，然後，粲然一笑，「您猜？」

溫惜昭瞇起眼，也涼涼地笑了起來，「讓朕來猜一猜，妳是打算用些不上道的手段，想法子把妳妹妹送出宮？」

范靈枝點點頭，「皇上真是機智，對啊沒錯，臣妾確實如此打算。」

溫惜昭譏嘲道：「妳還真是大言不慚臉皮厚。朕將妳妹妹召進宮，妳該知道是為了什麼。妳覺得，朕會那麼容易放人嗎？」

范靈枝放下了手中的辣條，正眼看他。
她臉上浮現出詭笑來，緩緩道：「可很多時候，縱然您是皇上，也無法獨裁很多事情啊。」
溫惜昭實在恨極了她此時的這副樣子。
神祕又陰鷙，讓他覺得事態不可控。
每次她露出這樣的表情，總沒好事發生。
溫惜昭強忍指著她鼻子大罵一頓的衝動，面無表情地站起身來，「如此，朕拭目以待。」
他才是皇帝，整個天下，都是他說了算！
他故意將范靈蘭召入宮來，自是為了牽制范靈枝。
若是她不聽話，他便去找范靈蘭，聊聊人生。
范靈枝極寵范靈蘭，屆時，為了護住她的親妹妹，她也將不得不向他低頭。
可不知怎的，溫惜昭此時眼前又浮現出了范靈枝那雙狡黠又嫵媚的眼睛來。
那裡頭不知在打什麼鬼主意，讓他覺得很不舒服。
想及此，溫惜昭停下了腳步，沉聲吩咐：「派人盯著范靈蘭。」
身後劉公公瞬間應是，派人執行去了。
溫惜昭這才朝著御書房而去，繼續處理公務。
而就在溫惜昭埋頭處理這一大堆的政務時，突地便有千里加急的邊疆信使，送來了一份信件。
溫惜昭將信件打開，便見這信件，竟是魏國和燕國的聯名信。

為了慶賀大齊新帝即位，二國將派皇子前來覲賀，送上他們深深的祝福。
自然，到底是祝福還是探底，還很不好說。
陡然之間，他的記憶瞬間就回到了兩年前，他還在邊疆時的日子。
當時他征戰沙場，還是個邊疆的小將軍，曾和魏國的大皇子有過一面之緣。
那大皇子器宇軒昂，身手不凡，最重要的是，不知為何，他似乎對他有著很深的恨意。
恨到什麼程度呢？
恨到那大皇子才剛一見到他，就高舉著鋒利長矛對著他的心臟襲來，想要將他一劍斃命。
若不是他眼疾手快快速避開，他怕是早已成了那大皇子的手下亡魂。
可他明明與他素未蒙面，從未見過。
於是他便命人去查了這魏國大皇子的背景，可從呈上來的資料裡看，他確確實實沒有和他又過任何交集。
可他卻想直接要了他的命。真是讓他匪夷所思。
從回憶中回過神來，溫惜昭看著眼前的這封信件，鳳眸浮浮沉沉許久，才終於將它放下。
然後，他提筆寫了回信，表示對二國的皇子無任歡迎，將於下月三十，月底設宴，迎接皇子。
寫完之後，他才將信交給了信使，讓他回了。

第41章　藥

范靈蘭的身邊多了個嬉皮笑臉的小太監。

她還在御花園內一邊吃辣條一邊閒逛，誰知一回頭，身後就多了條小尾巴。

她讓他別跟著她，可他卻硬要跟著，甩都甩不掉。

范靈蘭回了華溪宮，小太監也跟著她去了華溪宮。

范靈蘭進入范靈枝寢宮，才終於將他擺脫了，他只能站在門外乖乖等著她。

范靈蘭道：「阿姊，有個奇怪的太監一直跟著我。」

聞言，范靈枝頭也不抬，「小傻瓜，那是皇上派來監視妳的。」

范靈枝依舊刺著手中的荷包，上面是一隻頭大身體小的玩意兒，疑似貓科動物，綠白相間，脖子上還掛著一個黃色的小鈴鐺。

阿姊總會繡些奇奇怪怪的玩偶，名字也很獵奇，什麼魯班七號安琪拉，她也搞不太明白。

范靈蘭有些緊張，「那我該如何做？」

范靈枝面不改色，「當他不存在就是了。」

說罷，她終於放下了手中繡了一半的荷包，凝眉沉默須臾，高聲喚道：「阿刀。」

阿刀很快從門外進來。

范靈枝道：「將門外那小太監留在院內，別讓她再跟著蘭才人。」

阿刀應是退下，范靈枝留著范靈蘭欣賞了一會她的荷包，又讓范靈蘭對她的荷包極盡讚美之詞，這才願意放范靈蘭離開了。

范靈蘭有些好奇：「阿姊的荷包，是要送給誰？」

范靈枝笑咪咪的，「此事還需麻煩妳一趟。陸耕在祁言卿手下當差。妳與妳陸哥哥一向親密，還得麻煩妳將這荷包替我交給陸耕，再勞煩陸耕替我送到祁言卿手裡。」

「祁言卿？是祁將軍嗎？」范靈蘭道，「阿姊為何不直接自己送給祁將軍？」

范靈枝嘆道：「他在京郊軍營，我在深宮，我又如何能見到他？也只有麻煩陸侍衛了。」

祁言卿被溫惜昭停了三個月的大內侍衛長的職，且自從上次她和祁言卿一齊從宮外回來之後，溫惜昭就不再讓祁言卿繼續保護她。

所以祁言卿也不用再到深宮裡來當值了，這段時間上班的地點變成了城外兵營，每日操練士兵。

她繡的荷包和帕子，也只有透過陸耕，才能送到他手裡。

范靈蘭自是滿口應是，她入宮之後，再也沒見到陸耕一眼，讓她心裡發慌。

如今有了機會再去見他，她如何能不歡喜。

只可惜阿姊的這荷包並未繡好，否則她今日便能見到他了……她忍不住又有些遺憾起來。

當日下午，范靈蘭又去了御花園玩，倒不是御花園的風景有多好，而是阿姊說，每日下午，大內侍衛們皆會路過御花園巡邏一次，所以她便想守株待兔，哪怕能遠遠見到一眼也是好的。

而那個跟著她的小太監果然不見了，也不知阿刀是用了什麼手段。

春夏交替，天氣已經開始逐漸炎熱，吹來的風也不再像之前那般舒爽，已是帶上了一絲逼人的熱氣。

范靈蘭坐在解風亭內，百無聊賴地一邊賞著池內的魚景，一邊磕著椒鹽瓜子。

就在她磕得正香時，就聽身後傳來一道腳步聲。

緊接著便是一道年長的聲音響起：「蘭才人，您可有空？我家娘娘想見您一面。」

范靈蘭回頭看去，就看到身後人正是祁妃娘娘身邊的馮嬤嬤。

馮嬤嬤正笑咪咪地看著她，語氣亦是和善。

范靈蘭防備道：「見我做什麼？」

馮嬤嬤道：「自是有要事相商。」

范靈蘭依舊防備，可馮嬤嬤卻上前一步，靠近她低聲道：「關乎大計，定不會讓蘭才人失望。」

范靈蘭轉了轉眼，露出了笑意，這才跟在馮嬤嬤背後亦步亦趨地去了。

未央宮內，祁妃和范靈蘭二人大眼瞪小眼。

祁妃開門見山：「妳討厭妳阿姊，對嗎？」

范靈蘭面無表情，「是啊。」

祁妃道：「她獨占聖上恩寵，哪怕妳是她的親妹妹，也不願將妳引薦給皇上。」

范靈蘭道：「是這樣沒錯。」

祁妃低笑起來，「妳就不想逆風翻盤嗎？」

范靈蘭道：「我想啊，可是我姊不肯給我機會，我有什麼辦法？不過說起來，皇上每月的初一、十五都會到您這來，今天正好是初一，祁妃娘娘，您既然想幫我逆風翻盤，不如今夜的侍寢便讓給我吧？」

范靈蘭上前一步，語氣十分激動：「您若是能將侍寢的機會讓給我，我一定會好好表現、爭取逆風翻盤的！」

祁顏葵：「？」

妳他媽在說啥？

祁顏葵的臉色瞬間就冷了下來，厭惡道：「蘭才人！妳該做的是去對抗妳姊姊，從妳姊姊手中搶奪資源，而不是把目標放到我身上！」

范靈蘭翻了個白眼，十分刁蠻，「什麼嘛，看來您和我姊都是一丘之貉，都不肯把自己的資源讓出來，切！那麼還請祁妃娘娘就不要五十步笑百步了！」

一邊說，范靈蘭一邊雙手抱胸，一副拽姐模樣。

祁顏葵氣得快要吐血了，可終究不甘心，掙扎道：「我這有一計，妳到底想不想聽？」

范靈蘭下巴翹到了天上，「說來聽聽。」

她真想把這個傻逼壓在地上暴打一頓。

祁顏葵努力控制自己的情緒，說道：「妳若願意，便將這個收下。」一邊說，一邊給一旁的馮嬤嬤使了個眼色。

馮嬤嬤適時從懷中掏出一個黑色的小藥瓶。

祁顏葵道：「此乃迷藥，妳只需提前給靈貴妃服下，那麼等皇上來時，便可讓他只看到妳一人。」

她道：「妳如今就住在華溪宮，所謂近水樓臺先得月，這優勢，妳總得利用起來。」

馮嬤嬤走上前來，將這黑色瓶子遞到她面前。

范靈蘭看了半晌，然後，慢慢得伸出手去，將瓶子接過。

見她接下黑瓶，祁顏葵臉上總算冒出了一絲真心笑意。

可誰知，就在此時，就聽未央宮外傳來一道太監的高喝：「皇上駕到——」

祁顏葵的臉上迅速慌亂起來——此時才申時三刻，皇上從未這麼早來過，今日怎麼突然提前來了？

而就在此時，就聽下頭的范靈蘭露出詭笑，「祁妃娘娘，皇上此時就在外頭，您讓我給靈貴妃下毒，此時人證物證俱在。」一邊說，一邊舉了舉手中的黑色藥瓶。

第42章　料

祁顏葵臉色大變，壓著嗓子厲聲道：「妳——妳竟敢如此！」

范靈蘭道：「為何不敢？這可是您自己送上門的把柄，此時皇上就在外頭，馬上就會進來，給您的時間可不多了！」

范靈蘭快速道：「今日份的侍寢，您到底肯不肯讓給我？您若是讓，我便收好這藥權當一切沒有發生，您若不肯讓，那就別怪我……」

她的眼睛透著讓人厭惡的靈怪光芒。

簡直和范靈枝眼中的一模一樣！

祁顏葵氣得快要暈過去了，可此時此刻，門外頭皇上的腳步聲也一步一步走近，彷彿每一步都踏在她的心臟上。

這一刻彷彿很快，可卻又十分漫長，祁顏葵背上不斷滲出冷汗，心底的恨意亦在不斷擴大，終究，她咬牙道：「妳若有膽子，儘管自己去勾引聖上便是！」

這便是答應了。

而就在此時，溫惜昭已大步從外頭踏了進來。

一眼便見正殿之內，祁顏葵正坐在高座上，而范靈蘭正衣衫不整地站在她身邊。

而在見到溫惜昭時，祁顏葵和范靈蘭皆是吃驚地看著他，一副對他的到來很意外的樣子。

他平時都是酉時才來，今日倒是得了劉公公的提醒，最近祁妃總會親自給他煲湯送到御書房去，因此才臨時決定早些來看她。

眼下此時，祁顏葵和范靈蘭皆對著他行禮。

只是范靈蘭在行禮時，身上衣衫散亂，隱隱露出潔白的鎖骨。

只是她長得乾癟又瘦小，真是毫無風情，簡直和孩童的身體無異。

他多看都覺得猥褻了她。

他忍不住沉聲道：「妳們在做什麼？為何如此衣衫凌亂，毫無禮數？」

祁顏葵嘴角忍不住泛起一抹笑意，可很快隱去——這個范靈蘭，以為自己漏些顏色就能得到皇上垂青，真是幼稚！

她也並不打算替她辯解，自顧裝死當作沒聽到皇上的訓斥。

范靈蘭閃著波光粼粼的眼睛，柔著嗓子說道：「是祁妃娘娘，她說要給我親手做一件裡衣，臣妾這才微微解了衣衫，以方便嬤嬤替我量身子的尺寸。」

祁顏葵：「……」

妳他媽瘋了？她幹嘛要給妳做衣服？

范靈蘭繼續道：「祁妃娘娘，真是個很好的姊姊呢。」

溫惜昭覺得有些無語，「妳親姊姊不給妳衣衫穿？」

范靈蘭道：「阿姊自會給我衣衫穿。但是祁妃娘娘一見到我就說很喜歡我，非要給我做衣裳，還讓我以後常來呢。」

祁顏葵：「……」

我他媽謝謝妳祖宗十八代！

她噁心得快吐了，如果不是皇上在這，她恨不得跳起來暴打她的狗頭。

可皇上在此，她只有強忍噁心，陪著她扮演姊慈妹愛，說道：「蘭才人甚合臣妾眼緣，因此臣妾才會……」

溫惜昭點點頭，「妳向來心地柔軟。」

范靈蘭非常有眼力勁兒，懂事道：「那臣妾就不打擾祁妃娘娘和聖上了，臣妾告退。」

一邊說著，范靈蘭一邊行禮離開。

可誰知就在她經過溫惜昭身邊時，她腳下卻一扭，整個人都撲到了溫惜昭的懷裡去。

甚至於溫惜昭下意識去接住她時，竟好巧不巧地讓范靈蘭的嘴唇不小心碰到了溫惜昭的臉頰！

這一刻，祁顏葵當真恨不得衝上前去撕爛她的髒嘴，再把這個賤婢亂棍打死；

這一刻，溫惜昭臉色努力維持冷靜，可心中早已咒罵這該死的范靈蘭真是長相不行、身體不行啥都不行的蠢貨，走個路都能摔跤甚至還輕薄了他帥氣的容顏；

這一刻，只有范靈蘭嬌紅了臉蛋，用小拳拳輕輕觸碰溫惜昭的胸口，「臣妾、臣妾不是故意的，聖上您的龍體可有受傷？」

溫惜昭的臉色已經比鍋底還黑，「走路都能摔倒？我看蘭才人還是安分些待在華溪宮，盡量少走動吧！」

一邊說一邊揮著袖子，非常嫌棄地讓范靈蘭退下了。

溫惜昭的反應總算讓祁顏葵好受了許多，可她心底終究是把范靈蘭恨上了，特別是她說的那些威脅她的話——可見這個小丫頭根本也是個心機重的，不愧是范靈枝的妹妹，簡直是一丘之貉！

更何況她還對聖上如此虎視眈眈——祁顏葵心底的恨意瀰漫得越來越大。

溫惜昭打量她半晌，「不開心？」

皇上的聲音讓祁顏葵猛然回神。

她搖搖頭，柔聲道：「並不曾。」

她命人去準備晚膳，又親自服侍溫惜昭淨手，這才道：「深宮之內，新人舊人，不斷交迭……臣妾，不過是徒增感慨罷了。」

溫惜昭似笑非笑，淡淡道：「祁妃永遠在朕心中有一席之地。」

若當真有一席之地，他怎會直到現在，都不肯和她圓房？

就是因為范靈枝的存在，她與他，終究是錯付了。

祁顏葵垂下眼眸，掩去眼底的一片恨意。

范靈蘭回到華溪宮後，很是傷感。

她將那黑色藥瓶遞給范靈枝，將在未央宮內發生的一切，一五一十地和范靈枝說了一遍。

當說到她故意撲到溫惜昭懷裡，還親了他一口時，她依舊控制不住地渾身起了一片又一片的雞皮疙瘩。

她含淚道：「阿姊，我表現得如何？」

范靈枝摟了摟她，鼓勵道：「妳太棒了，阿姊為妳驕傲！今年的奧斯卡是妳的！」

雖然范靈蘭聽不懂奧斯卡是什麼東西，但是得到了阿姊的肯定，她還是很開心。也算是彌補了自己親了一口溫惜昭的恐怖感。

是了，范靈枝交給她的任務，就是當著祁顏葵的面，去勾引皇上。

阿姊故意安排自己和她不合吵架的戲碼，必能引祁顏葵上鉤。

只是范靈蘭實在沒料到，阿姊竟然連祁顏葵召見她後會發生什麼事，都預料得八九不離十。全都被她猜到了！

不得不說，阿姊果然是宮鬥王者，永遠的神。

只是，范靈蘭依舊很好奇：「可是阿姊，皇上怎會如此準時出現在未央宮？但凡皇上遲來一刻鐘，都不會發生這場大戲……」

燭光下，范靈枝瞇眼輕笑，嬌媚得讓人挪不開眼。她道：「這就要謝謝阿刀了。」

阿刀和劉公公，最近可是走得很近呢。

范靈蘭似懂非懂，又問：「那，接下去，我該如何做？」

范靈枝輕輕撫摸她的腦袋，「接下去可就簡單多了……」

第43章　見

范靈蘭點頭應好。

她也不懂，阿姊說什麼，她就怎麼做，反正聽阿姊的沒錯。

接下去幾日范靈蘭果然如溫惜昭吩咐的那般，成天只躲在院子裡並不出門。

就躲在自己的偏殿裡吃零食喝奶茶，阿姊會的東西特別多，這個奶茶也是她發明的，別說，真的很好喝！

不過阿姊並不讓她多喝，說奶茶配辣條，是肥宅快樂套餐，讓她少吃點，否則容易發胖。

可她和阿姊不一樣，阿姊每天晚上都要做一個名叫瑜伽的鍛練，可她是不需要的。她不像阿姊那樣漂亮，需要辛苦地保持身材樣貌，她肥就肥了，也沒什麼打緊的。

范靈枝讓范靈蘭在偏殿裡躲過幾天，免得這幾日祁顏葵一氣之下指使哪個小太監把她做了，范靈蘭自是覺得很有道理，便按照她吩咐的深居簡出，每天早上跟嬪妃們一起禮佛這個項目都給她免了。

別說是禮佛，就連下人們給她倒的水她都不敢喝，只喝自己親手做的奶茶。

一直平平安安過了三日，范靈枝終於叫過范靈蘭，通知她可以解禁了。

范靈枝又給范靈蘭安排了兩個太監，其中一個正是之前皇上派來監視她的那個小歡子。

小歡子這幾日都在接受阿刀的洗禮，如今已經成功從皇上的眼線，被阿刀洗腦成了范靈枝的爪牙。

小歡子和小成子二人皆會武功，范靈蘭走到哪他們就跟到哪，時刻保證范靈蘭的人身安全。

眼下，范靈枝吩咐完後，又話題一拐，拐到了她前幾日繡的那個荷包上。

那荷包上繡著的貓據說是機器貓，還有個名字叫多啦，腦袋大大的，身體小小的，看久了也勉強能稱得上「可愛」。

范靈枝道：「這荷包我已繡好，就由妳替阿姊拿去給陸耕。讓他幫阿姊轉交給祁言卿。」

范靈蘭自是應是，她的臉色有些泛紅，伸手接過荷包後便退了出來。

她帶著身後的兩太監去了御花園，又坐在解風亭內一邊等陸耕一邊賞花。

今日倒是一切順利，並沒有人打斷她。

等到申時三刻時，她終於等到大內侍衛巡邏經過御花園，而陸耕，赫然在列。

她已經很久沒有見到他，他的身形依舊剛毅如松，正直挺拔，正是她心心念念不知幾許的愛慕之人。

范靈蘭遠遠看著，激動得快要說不出話來。

大抵是感受到了有道視線在注視著他，陸然之間，陸耕也猛地側頭來看，於是猝不及防之間，二人四目相對。

這一眼，漫長又短暫，明明轉瞬即逝，可卻又似一眼萬年。

可終究，他只是收回眼去，跟著隊列漸行漸遠。范靈蘭雙手忍不住緊緊捏起，心中已是百感交集、心緒難平。

自從入宮之後，她便覺得時間從未如此漫長，不過短短半月，可於她而言卻像是過了好幾年。

不知陸耕哥哥可曾想過她？還是他開始嫌棄她入過宮，不再像從前那般冰清玉潔了……？

可是阿姊說，一個男子若是真心實意喜歡一個女孩，便會包容她的一切，更不會在乎她的過去。

就像皇上對待阿姊那樣。

她觀察得可清楚了，皇上每次看著阿姊時，眼神真的完全不一樣，就像是星星在發光，又像是冰冷的湖面陡然有了溫度，映照出了一湖的明亮星辰。

也許就連皇上自己，都不曾意識到這一點。

所以，若是陸耕當真嫌棄她入宮做了妃子，那便表示陸耕，其實並沒有那麼喜歡她。

否則，真正的喜歡，根本不會如此輕易而改變。

她越想越覺得難過，垂著腦袋出了解風亭，沿著假山一路慢慢往前走去。

可就在她經過某一處假山時，突然之間有一股力氣，將她朝著假山後頭拉了進去，嚇得她花容失色，差點驚呼出聲！

可對方眼疾手快緊緊捂住了她的嘴巴，這才阻去了她的發聲。

而不等范靈蘭看清，對方竟已將她緊緊摟在懷中，聲音沙啞：「阿蘭。」

是陸耕！

先前的難過瞬間一掃而空，她亦緊緊回抱住他，將千言萬語全都融化在了這個擁抱裡。

過了許久，陸耕才放開她，然後深深地凝視她，「這幾日可好？有沒有受欺負？」

范靈蘭笑得眼睛都瞇成了兩條縫，「並不曾，阿姊會照顧我！」

陸耕撫過她的腦袋，「那就好，妳再等幾日，再過幾日，我自會親自帶妳出宮。」

范靈枝早已透過阿刀跟他說了計畫，他十分感激她。

二人又相互溫存許久，這才依依不捨地分開，而范靈蘭則將之前阿姊準備好的荷包，遞給了他，並讓他代為交給祁言卿。

陸耕將荷包收了，二人這才相互告別。

又另行約定三日後在此再聚頭，祁將軍定會有回禮交給范靈枝，屆時讓范靈蘭代為轉贈。

和陸耕告別後的范靈蘭十分高興，一時得意忘形，竟在走出御花園時，撞到了同來御花園的祁顏葵。

祁顏葵精心打扮，穿著一席清冷高潔的月色長裙，襯得她高貴異常，仙氣十足。可再精心的打扮，也抵不過她此時的臉色難看得要命。

她站在原地，看著范靈蘭的眼神充滿了恨意，倘若眼神能殺人，她怕是能被凌遲處死。

范靈蘭十分驚慌，連行禮都快忘了，幸得身後的小成子低聲提醒，才讓她猛然回過神來，堪堪對著祁顏葵作了個揖。

幸好祁顏葵只是冷冷地嘲諷她是個沒教養的賤婢，卻並未對她進一步刁難，范靈蘭這才如釋重負得一口氣跑遠了。

范靈蘭跑掉之後，祁顏葵繼續朝著御花園內而去，一邊沉聲道：「范靈枝那賤人所說的可是真的？」

身側的馮嬷嬷道：「必是真的。今日老身在御花園旁遇到阿刀那狗奴才，可是親耳聽到他說，今兒個皇上要在御花園和內閣大學士溫子幀一齊吃酒，范靈枝可是卯足了勁兒打算故意和聖上來場偶遇，贏得作陪的機會。」

馮嬷嬷道：「那妖妃為了得到皇上的恩寵，簡直是無所不用其極，娘娘您如此耿直天真，這才會在之前的爭鬥中落了下風。」

「所以，娘娘可務必要抓住這次機會，不可再被范靈枝捷足先登！」

第44章 棋

祁顏葵繼續朝御花園內走去，可誰知，卻就看到了前頭鬼祟離開的一道身影。
那人穿著侍衛的玄服，一瞧便知乃是一名大內侍衛。
——大內侍衛不得獨自逗留後宮，那人為何獨自落單窩藏在御花園？
祁顏葵心有疑惑，一邊繼續朝前走去，只是走著走著，她突然就停下了腳步。
身側的馮嬤嬤忍不住看向她，「娘娘？」
祁顏葵緩緩側過頭，看向了身後。
馮嬤嬤疑惑道：「娘娘，您在看什麼？」
祁顏葵眸光深深，「馮嬤嬤，妳說，方才那范靈蘭，為何如此慌張？」
馮嬤嬤一愣，「這——」
祁顏葵又朝著那侍衛失蹤的方向看了過去，她瞇起眼來，低聲道：「倒像是做了什麼虧心事，心虛呢……」
馮嬤嬤瞪大了眼。
祁顏葵突然深深地笑了起來，「嬤嬤，從此時起，派人偷偷盯著范靈蘭，她的一舉一動，皆要和本宮報告。」

馮嬤嬤應是，火速命人照做去了。

而祁顏葵則去了解風亭，十分做作地賞魚，而約莫過了小半個時辰左右，果然就聽到身後響起了幾道腳步聲。

祁顏葵面朝著池水，心中已是十分歡喜——看來阿刀說的話是真的，聖上果然要和好友在此喝茶。

她心懷雀躍地側過頭去，可不等她嘴中的「皇上」發出聲，就被硬生生堵在了喉嚨口！

只因此時身後，除了溫惜昭和溫子幀之外，赫然還有范靈枝！

范靈枝正挽著溫惜昭的肩膀，一副與他十分親密的樣子，光天化日之下竟也是這樣一副孟浪做派，著實讓人噁心！

祁顏葵心底的雀躍瞬間化作了一坨狗屎，她緊抿著嘴唇，淡淡地給皇上請了安。

溫惜昭顯然不曾料到祁顏葵竟也在這，他溫聲道：「祁妃竟也在此，倒是巧了。」

范靈枝在旁邊高興極了，樂得作壁上觀看好戲。

溫惜昭暫時別開范靈枝挽著自己的手，走上前幾步，柔聲道：「此處風大，祁妃還是早些回殿歇息。」

風？哪來的風，今日天氣如此燥熱，一絲風都沒有，溫惜昭你還真會睜眼說瞎話！

范靈枝覺得好玩極了，乾脆在旁邊媚著嗓子補刀：「是呢，風真是太大了，皇上，這風吹得臣妾好冷呀，需要皇上抱抱才會好～」

祁顏葵的臉色瞬間變得鐵青，僵硬著臉甩出一句「臣妾告退」就大步離去，硬是把自己這仙氣飄飄的氣質摔落成了帶醋的泥。

而等祁顏葵離去後，溫惜昭沉著臉看著范靈枝。

溫惜昭咬牙道：「妳就非要這樣氣她？」

范靈枝白了個眼，沒好氣道：「皇上若是心疼，儘管去把她叫回來，讓她陪著你們下棋。講真的，我對這種活動真是一點興趣都沒有。」

還不如躲在宮裡練瑜伽敷面膜，讓她保養保養這張需要以色侍人的臉。

溫惜昭更怒，沉聲道：「范靈枝！」

范靈枝翹起的下巴都要飛到天上去了，「幹嘛！真是難伺候！」

一旁的溫子幀：……？？

范靈枝轉身就要走，溫惜昭卻更急地走出兩步，「妳給我回來！」

范靈枝側頭看他，不耐煩道：「可是您求著我來陪您下棋的，也是您自己親自把祁妃娘娘趕走的，怎麼的，您這還撒火撒到我頭上來了？」

溫惜昭雙手緊緊捏起，特別是在一旁溫子幀不敢置信的眼神裡，他愈加覺得自己氣得快要升天了，他真的很想揍她一頓，可不知為何，看著她那張盛氣凌人的臉，他卻又詭異地覺得有些捨不得。

最近他不知道怎麼了，一和這個女人在一起就忍不住變得大怒大喜，喜怒無常，連他自己都覺得自己變了。

溫惜昭看著她一副分分鐘甩手不幹的拽姐樣子，心裡的氣，終究又一點點慢慢散開。

他知道，這個女人說不幹，那就是真的不幹，哪怕是天王老子來了也沒用！

溫惜昭深呼吸，臉色依舊難看，可語氣已帶上了幾分和氣：「過來。」

范靈枝依舊斜睨他，「錯哪了？」

溫惜昭：「……別得寸進尺。」

范靈枝看了眼一旁下巴都快掉到地上的溫子幀，到底是收了臉色，重新走回到了他身邊。

算了，有外人在，還是得給溫惜昭留幾分天子該有的顏面。

於是范靈枝又挽住了他的胳膊，擺出了一副嬌媚樣子，姿勢和先前一模一樣，分毫不差，彷彿根本就沒有出現過祁顏葵這則小插曲。

一旁的溫子幀：……我他媽？

哪怕他心中已經一萬匹草泥馬呼嘯而過，可他面上還是努力保持著平和模樣，粉飾太平。

范靈枝是下棋高手。

起初溫惜昭並不知這一點，直到某日晚上為了消磨時光，溫惜昭拿出了棋盤，和范靈枝下了兩把。

全都以溫惜昭慘敗收尾。

溫惜昭不信邪，又連續和范靈枝連開十把，溫惜昭連輸連敗，輸得毫無尊嚴，毫無君威。

若不是范靈枝考慮到自己以色侍人實在熬不起夜，故意放水終於讓溫惜昭贏了一把，否則溫惜昭怕是會一直逼著她打下去。

呵，男人。不管是什麼時代什麼身分，全都是爭強好勝的。

從那之後，溫惜昭便時常和范靈枝一齊下棋。范靈枝也不再逗他，時不時就會讓他幾盤，讓他享受勝利的滋味。

而溫子幀乃是溫惜昭的兒時好友，是個世間少有的學儒，年紀輕輕便連中三元得了狀元，後又因其才華蓋世而接連升職，入了內閣。

自然，這些都是在齊易時期發生的事，後來溫惜昭造反之後，也是溫子幀在內閣與他裡應外合，才能讓內閣那幫頑固如此迅速地降服溫惜昭。

眼下，溫子幀與溫惜昭連殺幾盤，溫子幀皆敗於溫惜昭，可范靈枝卻看得清楚，這溫子幀不過也都是在玩弄於他，讓棋罷了。

也是，沒有誰會真的去贏過皇上，除非那個人根本就不懼怕他。

范靈枝似笑非笑地從棋盤上轉開眼，懶得再看這虛偽的棋局。

溫惜昭未必不清楚這一點，可他依舊樂此不疲地和溫子幀下棋，可見真正讓他覺得享受的，正是這份對方棋手誠惶誠恐的態度。

這就是權勢帶來的樂趣。

第45章 架

溫惜昭讓范靈枝點評了這二人的棋局，范靈枝阿諛奉承了一番聖上棋技進步神速、無人能擋，哄得溫惜昭龍顏大悅，又給范靈枝賞賜了一對純金打的柿子。

溫惜昭讓范靈枝退下後，看向溫子幀，「溫卿覺得如何？」

溫子幀沉默半晌，才道：「皇上需要下臣說實話？」

他平日裡總是溫和的神情，此時倒是意外地嚴肅。

溫惜昭自是點頭。

溫子幀道：「皇上打算讓靈貴妃掌管鳳印，這個想法，不是不可。只是，」他愈加肅穆，「皇上可曾想過，屆時來自文武百官的壓力，以及來自民間的輿論壓力，便全都如潮汐般湧向靈貴妃，靈貴妃她，只怕是……」承受不來。

溫惜昭輕笑起來，這笑帶著冷蔑和嘲諷，「那又如何，這正是朕想要的。」

溫惜昭：「選秀之後，朝堂上下都在逼朕選皇后，呵，那群老不死的到底在想什麼，朕怎會不清楚。他們各個都在心存幻想，幻想朕能將他們的女兒封為皇后，以此換取家族榮光。」

溫惜昭：「可朕偏偏不讓他們如願。與其冊封他們的女兒為后，朕還不如將鳳印暫時交給出身低下的范靈枝，『代為保管』。」

溫子幀道：「只怕真到了那個時候，群臣反應激烈，靈貴妃處境變得危險，皇上您會捨不得啊。」

溫惜昭：「捨不得？」

他像是聽到了天大的笑話一般，「朕捨不得？朕為何捨不得？她本就是朕的一枚棋子罷了。溫卿該不會覺得，朕是對她動心了？」

溫子幀用一種「他早已看破一切」的眼神看著他。

溫惜昭渾然未覺，繼續道：「朕不會對任何人動心，更何況那個人是范靈枝。」他的語氣帶上了厭惡，「那個女人簡直是世間最讓人討厭的女人，不過是仗著自己有幾分姿色，就以為自己有了免死金牌，竟敢對朕發脾氣。」

他看向溫子幀，「方才你也見識了她的臭脾氣，若不是她還有幾分用處，朕現在就想賜她死罪。」

溫子幀意味深長道：「可臣卻覺得，皇上對靈貴妃，分外不同。」

溫惜昭道：「必然不同，朕只對她一人心生厭惡。」

溫子幀道：「哪怕是厭惡，哪怕是反感，皇上您只對她一人產生這種深入骨髓、與眾不同的感覺，那就表示，她在聖上心中，就是獨特的。」

「當一個男子對一個女子產生了獨特的情緒，那就離喜歡，不遠了。」

又或者，已經喜歡了。

自然，後半句，溫子幀並沒有說出口。

至少他從未見過皇上對哪個女子如此有耐性，哪怕帶著幾分偽裝。

溫惜昭道：「溫卿不如去寫肥皂劇。」

溫子幀疑惑道：「肥皂劇？」

溫惜昭：「是范靈枝教朕的，特指專門描寫情情愛愛的狗血話本。」

溫子幀：「……」

他現在可以無比確定，聖上對范靈枝是真的產生感情了沒錯。

他忍不住擰了擰眉——這可不是什麼好事。

和溫惜昭告別之後，溫子幀獨自離開御花園，朝著外頭走去。

只是走到半路，便撞見了大內侍衛陸耕。

溫子幀原本不認識陸耕，可有一回他無意中撞見范靈枝和陸耕密會，二人不知在說些什麼，因此他才終於對這個大內侍衛留了個眼神，才知此人是叫陸耕沒錯。

當然，這都是皇上還是齊易時的事情了。不過此時陡然又見到陸耕，他便覺得有些厭惡。

倘若皇上當真喜歡范靈枝，……不知他是否知道范靈枝和大內侍衛陸耕也有過首尾？

那范靈枝實在是個浪蕩的女子，靠著自己的皮囊不知勾引了多少裙下之臣——只怕皇上的這份愛，會被范靈枝傷得很深啊！

大抵是溫子幀想得太過入迷，以至於讓他忘了從陸耕身上收回仇恨的眼神，於是陸耕一轉頭，就看到了身後的溫子幀，正用一種異常憤怒的眼神看著自己。

陸耕：「？」

他雖然莫名其妙，可還是對著溫子幀十分友好地抱拳作揖請了安。

溫子幀恍然回神，可也不願給他笑臉，冷笑著諷刺道：「陸侍衛從深宮而出，不知是又密會了哪個娘娘啊？」

陸耕：「……密會娘娘？」

直男的警覺性告訴他，眼前這個溫子幀，如此陰陽怪氣，怕是自己的情敵沒錯。

於是直男陸耕當場炸毛，諷刺道：「溫大人若是不服，儘管也去密會娘娘去，看看娘娘她會不會理你。」

溫子幀怒上心頭口不擇言：「惡人巧諂，非議苟且！爾如中山之狼，得志而猖狂，實乃寡廉鮮恥！」

陸耕面無表情，「聽不懂。」

溫子幀：「……」

溫子幀被氣得喪失理智，秀才遇到兵有理說不清，於是堂堂大學士，竟奮而怒起，朝著陸耕撲了上去，然後憑著自己的二兩拳頭試圖對這個給自己好友戴綠帽的侍衛暴揍一頓。

只可惜下場慘烈，他非但沒有暴揍成功，反而還被陸耕反手壓制，肩膀處挨了結實一拳。

最後，兩位大人在宮門內打架鬥毆，被一齊請入了侍衛府，各抄宮規百遍，以儆效尤。

可這場小小的風波，終究還是被傳了出去。

傳聞說什麼的都有，可更多的版本，卻是說溫子幀和陸耕二人乃是為了一個女人打架。

據說這個女人，還是皇上的宮妃。

宮妃？整個後宮最會勾引人的莫過於范靈枝。

所以，這是臣子們為了和皇帝搶女人，打起來了……一時之間，朝堂和民間內對范靈枝的刻畫又增加了濃厚一筆，妲己轉世也不過如此。

等風言風語傳入華溪宮時，范靈枝正在敷面膜。

她以色侍人，自是要好好保管自己的皮囊，時刻都要努力將自己的臉維持在最佳狀態。

范靈蘭將傳聞大概說了說，范靈枝直笑得差點把臉上的燕窩面膜甩飛出去。

范靈蘭憂心忡忡，「阿姊，外頭都說您是妖孽轉世，您怎麼還笑呢？」

范靈枝心情很不錯，睇眼道：「妖孽轉世，不好嗎？我覺得很好啊……」

范靈枝看著自己眼前帝王系統上的任務，深深地笑了。

第46章　夢

只見水墨風的系統介面上，赫然浮現著幾個大字：「成為溫惜昭的妖后。」

既然是妖后，迷得臣子們為她打架，也是很應該嘛。

只有一個足以迷倒眾生的禍國妖妃，才有資格成為一個妖后。

范靈枝重新將面膜敷平，閉上眼睛躺在床上繼續修身養性。

范靈蘭依舊擔憂，可也不敢叨擾阿姊休息，於是躡手躡腳地退出了房去，還貼心地將范靈枝的房門關了起來。

而躺在床上的范靈枝，竟做了個夢。

做了個，冗長的、逼真的、讓她極度不適的夢。

她夢到群臣開始逼溫惜昭立后，而溫惜昭將鳳印交給了她，讓她代為保管。

可誰知此舉竟讓群臣空前反對，特別是以左相為首的舊派大臣，竟帶著手下官員罷朝，以此來逼溫惜昭收回成命。

可溫惜昭竟大刀闊斧乾脆順勢而為，要罷黜了左相一脈的勢力，左相終究臨時反悔，含淚答應讓她做皇后。

而在月餘之後的召見魏燕兩國皇子的接風宴後，竟有刺客對溫惜昭祕密謀殺，溫惜昭防備不及，和范靈枝一齊滾下懸崖，九死一生。

溫惜昭重傷在身，連帶著范靈枝的帝王系統都發出了警告，表示如果溫惜昭死了，范靈枝也不能獨活，於是為了救活溫惜昭，范靈枝只有親自去深山採摘苦火花，為溫惜昭續命。

溫惜昭救活之後，終於正式將范靈枝封為皇后，從此一代妖后名揚天下，同時亦有更多的殺手開始出現在她身邊，想將她活擄。

與此同時溫惜昭手段變得愈加狠辣，甚至還為了范靈枝遣散了所有宮妃，只留范靈枝一人在宮中。他似乎真的愛上了她，把所有柔情都只留給范靈枝一人。

溫惜昭埋頭猛刷政績，不斷蠶食魏燕二國的土地，發起戰爭，燕國派兵努力反抗，可終究只是徒勞，燕國被滅；

而魏國則在邊境盛雲十二州立起銅牆鐵壁阻止溫惜昭入侵，彷彿打定主意只守不攻。

也不知那魏國到底用了什麼手段，將城牆保護得如此固若金湯，溫惜昭一連三年強勢進攻，都不能再上前一步。

范靈枝必須幫助溫惜昭統一三國才能回家，可如今莫名其妙就被這該死的魏國阻擾，再無任何進展。

而就在范靈枝急似火燒時，她卻收到了魏國大皇子項賞的一封信。

信很簡單，只有一句話，可卻讓她如至冰窖！

信上書：不要再幫助溫惜昭統一江山，否則，妳會後悔的。

——夢至於此，她整個人彷彿突然從高空墜下一般，強烈的失重感讓她猛地驚醒。

大夢一場，如此逼真，讓范靈枝渾身冷汗潺潺，頭暈腦脹。

華溪宮內依舊燈火通明，夜明珠在牆上散發著溫柔的光，紅燭在燭檯上跳動著漂亮的火光。

她慢慢從床上坐起，愣愣地看著前方。

——剛剛這個夢，到底是什麼意思。

是系統讓她夢到嗎？還是……還是天意對她的警示？

她有些不確定這夢到底是真的，還是不過是個胡夢，可夢中所經歷的一切卻又如此逼真，彷彿她真的走完了未來三年的人生。

她覺得整個人都難受極了，黏膩膩的，還有些畏寒。她低聲喚來芸竹，讓芸竹為她沐浴更衣。

可她依舊覺得腦袋昏沉，甚至讓她有些分辨不清，此時到底是虛擬還是現實。

范靈蘭聽到動靜又來尋她，便見阿姊竟臉色緋紅躺在床上，一副病弱模樣，讓她十分慌張，連忙讓阿刀去叫太醫。

太醫很快趕到，為她細細把脈，卻忍不住皺起眉頭。

范靈枝低聲道：「太醫直說無妨。」

太醫臉色帶著恐懼，猶疑道：「娘娘的身子，從前可曾有過不適？」

范靈枝自是搖頭。

太醫額頭冒出汗來，「娘娘精血嚴重不足，腎氣極虛，衝了任脈，胞脈失養，怕是……」

范靈枝道：「說下去。」

太醫跪了下去，顫巍巍道：「娘娘您，怕、怕是難孕。」

原來是這個。

范靈枝似笑非笑，「別的呢？可還有別的毛病？」

太醫道：「娘娘虧了身體，因此十分虛弱，但凡受了些寒，便會染上風寒。待下臣開帖藥方，自能藥到病除。」

范靈枝自是應好，命芸竹跟著太醫去抓藥。

芸竹已是一副憂心忡忡的樣子，跟在太醫身後走遠了。

范靈枝發了低燒，毫無精神，只無力地躺在床上，腦中卻還在想著那個詭異的夢境。

那個魏國大皇子，到底是什麼人，他又是怎麼知道她要幫溫惜昭統一江山，他到底還知道些什麼？

半夢半醒間，又聽外頭傳來了腳步聲。

很快，便有一道修長身影站在了床邊。他的眼簾微垂，讓她看不清楚他的眼內藏著什麼。

范靈枝沒好氣道：「皇上怎麼來了，臣妾此時生著病，您倒是不怕過了病氣。」

溫惜昭只是站在床邊，靜靜地看著她。

許久，才道：「妳病了。」

范靈枝道：「然後呢？皇上想說什麼？」

她的臉色虛弱，往常總是豔色的臉頰，此時竟難得呈現出一絲純淨，就像個不諳世事的小姑娘。

溫惜昭走到她床邊，然後坐下，伸手握住了她的手。

他低聲道：「再難有孕，妳可覺得可惜？」

范靈枝忍不住抬起頭來，像看智障般地看了他一眼。

范靈枝覺得莫名其妙極了，忍不住譏嘲道：「皇上這是在安慰我，還是要對我做採訪，問問我失去生育權後的具體感受啊？」

溫惜昭難得地並未與她較勁，倒是捏著范靈枝的手，變得越來越用力。用力到讓范靈枝覺得有些疼。

溫惜昭突然道：「不孕又如何，日後，妳照樣會成為整個大齊最尊貴的女人。」

溫惜昭伸手幫她撫平耳邊的一絲亂髮，緩緩道：「等妳病好了，朕便昭告天下，將鳳印交於妳，讓妳暫為保管。」

此言一出，范靈枝嚇得一屁股從床上坐了起來，雙眼瞪得比黑貓警長還大。

你他媽在說啥？

第47章　聊

溫惜昭瞇起眼，「這是太開心了？不過是代為保管罷了，可不是真的讓妳當皇后。」

代為保管鳳印。

這竟然和那該死的夢裡發生的一模一樣。

在夢境裡，溫惜昭在封她為后之前，便是先將鳳印交給她，以緩解群臣朝他釋放的封后壓力。

溫惜昭的壓力是緩解了，可她范靈枝的壓力卻是滿滿當當，差點窒息。

就因為這個鳳印，害得華溪宮內時常被人重金收買，不斷有人想給她下毒，若不是系統給她開了金手指，她還真的快要混不下去。

所以，那個夢境是……真實的？即將會被應驗了？

范靈枝努力控制心底慌張，臉上則對溫惜昭的提議義正言辭拒絕：「我不需要！」

溫惜昭想過無數種她的反應，他以為她會開心雀躍，卻從未想過她竟會拒絕。

他沉下臉來，「妳要拒絕朕？為什麼？」說及此，他的臉色陡然陰森，「是為了祁言卿？」

范靈枝像看智障一樣看著他，「關祁言卿什麼事？」

溫惜昭低笑起來，「自從上次妳出宮一趟，從此就對朕十分疏遠，便連說話做事都帶上了敷衍。」

他一邊陰惻惻地低笑，一邊緊緊地看著她，「妳如今是朕的貴妃，更別提妳的妹妹尚且在宮中，生死不過在朕的一念之間。」

「還有妳那爹爹，朕不過是隨意召見了他一回，他就激動得感恩戴德，讓朕好生調教妳，讓妳乖乖聽話。」溫惜昭臉色變寒，「朕不介意現在就下旨，讓妳范府淪為階下囚。」

范靈枝道：「大半夜的，您發什麼瘋呢？臣妾不接鳳印，只是想讓自己活得久一點罷了，您又何苦如此咄咄逼人？」

溫惜昭卻站起身來憤然拂袖而去，低沉的聲音漸漸遠去：「朕意已決，明日就昭告朝堂……」

不過須臾，溫惜昭就消失在了門邊。

范靈枝氣得在床上捶胸頓足，只恨溫惜昭那廝不愧是個獨裁者暴君，竟如此對她！他必是恨不得她快點兒死，死得透透的他才開心！

她越想越氣，實在氣得不行了，便將阿刀叫了過來，一邊坐在貴妃榻上氣得大口喝茶消火。

阿刀很快就來，范靈枝開門見山：「明日須下點猛藥，此事只能成功不許失敗。」

阿刀十分上道，應是之後，轉身悄無聲息退下。

這幾日一大早，眾位後宮娘娘們依舊齊聚在華溪宮，給范靈枝請安。

請安過後，依舊是老一套，繼續給溫惜昭的亡母念經禮佛。

只是今日禮佛結束後，祁顏葵倒是破天荒地並未急著走，而是留了下來，說是要繼續品茶。

華溪宮的茶，皆是最上等的茶尖兒，各地春後收的第一批茶，全都被送到了華溪宮來。

范靈枝坐在最上頭的貴妃榻上，祁顏葵則是坐在了右下方，除了她二人外，再無他人。

祁顏葵端起茶杯，看著茶盞內的茶葉浮浮沉沉，如此動人，淡綠的茶水透著濃厚的茶香，帶著一絲甘甜，回味無窮。

她淡淡道：「前幾日蘭才人闖入了臣妾的未央宮，在聖上面前胡言亂說，竟說臣妾要給她親自做件衣裳。」

范靈枝微嘆口氣，「蘭才人不懂事，讓祁妃見笑了。」

祁顏葵看向她，「蘭才人雖不懂事，可她到底是在聖上面前發下了誑語，臣妾沒有辦法，也只有親自為她做了件衣裳。」

說及此，她眸光微瞇，「本想著趁著這幾日見到她了，便讓她試試衣裳，可誰知這幾日她似乎並沒有踏出過華溪宮。不如就趁現在，讓蘭才人出來試一試？」

范靈枝的臉上閃過幾分慌亂，別開眼去，淡淡道：「她做錯了事，本宮這才禁了她的足，小懲幾日。」

說及此，又嘆道：「蘭才人實在是不讓人省心，竟還……」

說及此，她的聲音戛然而止，一副慌亂模樣，不願再說下去。

祁顏葵輕笑道：「這是怎麼了？蘭才人到底還小，哪是做了什麼錯事，也不該禁她的足，可不得把小姑娘憋壞了。」

可范靈枝的臉上卻閃過難堪之色，她嘆道：「她從小和家府隔壁的陸小公子青梅竹馬，一起長大。前幾日蘭才人在御花園內，碰巧遇到了當值的陸侍衛，一時大意與他攀談了幾句，此事若是被別人看見了，豈不是跳進黃河都洗不清？」
說及此，范靈枝猛地看向祁顏葵，低聲道：「祁妃與那些嘴碎的賤婢不同，乃是有教養的貴女，本宮也是實在無人傾訴，這才與妳說了，還請祁妃萬萬替我保密。」
祁顏葵心底還在為那個消息感到震驚，聞言，迅速控制好自己的神情，依舊淡淡道：「自然，貴妃請放心。」
今日的范靈枝彷彿格外多話，她道：「這後宮，只有妳我二人是宮中的老人，旁的全都是新來的秀女，年紀也小，本宮與他們，實在親近不了，還不如多找妳說說話。」
祁顏葵也露出了一絲笑意，「正是如此，臣妾亦早想來找貴妃，和貴妃聊聊天。」
范靈枝道：「如今皇上獨寵本宮，蘭才人竟如此沉不住氣，趕著想在此時出頭。也不想想，她此時年紀尚小，能進宮來還是因為皇上看在了本宮的面子上，皇上怎會喜歡她這樣乳臭未乾的小丫頭？」
范靈枝越說越氣，彷彿快要失去理智，「本宮和她說了多少次，讓她再將養一年，由本宮親自調教她，屆時，必會將她調教得比本宮還要豔色，等大了的時候，這整個後宮，不就是我們范家姊妹的天下了？本宮親自教她手段，定讓她得到皇上歡心。」
范靈枝：「可她竟連短短兩年時光都等不了，非要現在就去伺候皇帝，真是鼠目寸光、不可理喻！」
祁顏葵越聽越心驚——她根本就沒有想到，原來范靈枝打的是這樣的主意。
一個范靈枝都讓她夠嗆了，若是再來一個，只怕……只怕這偌大的後宮，就真的沒有她祁顏葵的份了！

而她與皇上之間，也終將越來越遠，直到皇上再也不會多看她一眼。

祁顏葵的臉色越來越差，甚至於從心底發散出了一股濃濃的恐懼來——不，不行，不能這樣！她不能讓范靈枝的計畫得逞，絕對不行！

第48章 醫

「祁妃，祁妃？」

范靈枝的聲音終於堪堪將她拉回了理智。

「祁妃，妳這是怎麼了，怎麼臉色如此難看？」范靈枝十分關切地看著她。

祁顏葵回顧神來，伸手摸了摸自己的臉色，乾笑道：「這兩天身子不大爽利。」

話題這就從蘭才人成功轉到了婦女話題。

范靈枝無不豔羨地說道：「本宮身子已是頹敗了，月事亦不穩定，前兩日太醫為本宮把脈時，他竟說……」說及此，她的臉色變得傷心極了，一雙眼睛亦透上了紅，「太醫竟說，本宮的身子，怕是難有孕。」

祁顏葵瞬間又猛地睜大了眼——她竟無法有孕！

也是！如此孟浪混亂，身子早就敗了，難以有孕也是情理之中。

她無法有孕，那就表示無法為皇上生下一兒半女，此生註定只能是個玩物罷了！

祁顏葵覺得舒暢極了，心底泛起了又解氣又暢快的情緒，連帶著嘴角都忍不住漫出了一絲笑意。

「祁妃，妳此時的臉色倒是好了很多。」

范靈枝的聲音又適時傳來，祁顏葵火速回神，又乾笑道：「是嗎？許是月事快要過去了……」

「原來如此，」范靈枝繼續說，感慨道，「本宮雖不能在有孕，可蘭才人她冰清玉潔、身體健康，定能替皇上生下一兒半女。都是范家女兒生的孩子，與本宮亦有血親。屆時，本宮再將小皇子抱過來撫養，也算是圓了本宮的念想……」

只是說著說著，范靈枝忍不住又驚奇道：「祁妃，妳的臉色，怎麼又變差了許多？」

祁顏葵僵硬地伸手撫臉，依舊乾巴巴道：「月事未斷，就是容易反覆……」

范靈枝同情道：「看來祁妃的身子，也不算好啊。」

范靈枝：「本宮最近在喝太醫配來的滋陰補血的藥方，據說對女子帶下十分好。不如祁妃拿去一些試試，總歸對身子有些好處。」

一邊說，一邊揮了揮手，讓芸竹去拿中藥去了。

祁顏葵謝過范靈枝，又和范靈枝聊了些瑣事，這才退下了。

等祁顏葵走後，范靈枝看著門外明媚到有些燥熱的日光，忍不住彎眼笑了起來。

恰在此時，范靈蘭從外頭進來了，看到范靈枝在笑，似乎心情很好的樣子，忍不住道：「阿姊，您在笑什麼？」

范靈枝對她招了招手，讓范靈蘭坐在她身邊。

范靈蘭乖巧地坐在她身邊看著她。

范靈枝道：「到了下午妳見到陸耕時，別忘了問問他，祁言卿可曾讓他帶話。」

范靈蘭點頭應是，末了，又有些悲傷地道：「阿姊，您這樣的日子，真的好苦。」

阿姊明明不喜歡皇上，可還要每天對著皇上，對他阿諛奉承，哄他開心，就連下棋都要讓著他，簡直太慘了。

范靈枝嗚咽道：「妳知道阿姊不容易就好。總之小蘭，妳必須記住阿姊現在對妳說的話——等妳出宮之後，便帶著哥哥用最快的速度離開上京，直接去江南。」

她站起身，走到旁邊書架上，從第五排第四格內抽出一本厚厚的書。

可將這書打開，卻見這書內，卻是中空的，不過是個書造型的盒子罷了。而盒子內裝著的，竟是厚厚的一疊紙。

范靈枝將紙打開，這裡頭有許多是大額支票，還有幾十張房屋和良田地契，這些都是她這些年攢下的家當，皆是她吩咐陸耕去辦的，而陸耕辦完事後，就會將支票和地契帶回來，交給她。

范靈枝將從其中抽出幾張支票和地契來，交給范靈蘭。

她道：「將這些貼身放好，等妳和哥哥去了江南後，便去此處落腳，這宅子內有常年看家的嬷嬷小廝，皆是本宮信任的奴才，你們過去，便可開始新的生活。」

她的臉色十分凝重，「此事不得讓父親知曉，知道了嗎？你們兄妹二人離開，也無需知會父親，父親他被豬油蒙了心，非但不會跟你們走，還會將你們軟禁起來阻止你們，所以，你們儘管自顧自離開就好！」

范靈蘭亦是鄭重地從范靈枝手中接過地契和銀票，沉聲道：「好，小蘭知道了。」

范靈枝又撫了撫范靈蘭的腦袋，將她摟在懷中，范靈蘭亦緊緊抱住她，無聲落淚。

而另一邊，祁顏葵從華溪宮離開之後，不過是才剛出了個拐角，她便將范靈枝送給她的中藥材倒入了假山溝裡。

身後的馮嬤嬤忍不住道：「娘娘，靈貴妃的那番話……」

祁顏葵冷笑道：「妳去查查，前幾日是哪個太醫為靈貴妃看的診。」

馮嬤嬤很快消失在了身後。

等祁顏葵回到未央宮沒多久，馮嬤嬤就帶著王太醫回來了。

祁顏葵看著下跪的王太醫，淡淡道：「靈貴妃得的，到底是什麼病？」

王太醫垂首道：「正是難孕之症。」

竟然真的是！

祁顏葵嘴角再次挑起，又問：「皇上可知道此事了？」

王太醫道：「聖上知曉，當時下官替靈貴妃查出此症之後，便第一時間告知了皇上。」

祁顏葵緊逼：「皇上如何說？」

王太醫道：「聖上並未多說什麼，只是轉身就入了貴妃寢殿，尋貴妃去了。」

祁顏葵終於笑出了聲來。

皇上必是去逼問她，到底是怎麼回事了。然後，必是龍顏大怒，發了好一頓脾氣，徹底將她冷落。

祁顏葵暢顏大笑了許久，都不曾停下。

過了許久，她才停下笑意，對著馮嬤嬤瞥了一眼。

馮嬤嬤心領神會，轉身去拿了東西。然後趁著王太醫離去時，往他懷中塞了一錠碩大的金子。

王太醫有些猶疑，馮嬤嬤低笑著道：「王太醫，此乃娘娘的一點心意，請您務必收下。只是日後王太醫您再給靈貴妃診治時，不如加點好藥，讓靈貴妃更快痊癒……」

馮嬤嬤的聲音低低傳來，王太醫卻聽得心驚肉跳。

可他終究沒有推開馮嬤嬤的手，而是猶豫半晌，終是將這金子收了下來。

和馮嬤嬤告別後，王太醫繼續往太醫院走去。

而快到太醫院門口時，就見身側的羊腸小徑裡，有道人影站在那。

第49章　跟

身形瘦削，靠在一棵大樹下，對著他吹了個口哨。

王太醫下意識看了過去，便見正是華溪宮的阿刀公公正站在樹下等著他。

阿刀年紀還小，可整個皇宮之內卻根本沒人敢小瞧他，不但因為他乃是妖妃范靈枝的左膀右臂，大內總管劉公公的乾兒子，更因為他的行事風格著實狠辣，不過小小年紀竟已深諳酷刑之道。

王太醫朝他走去，對著他作揖。

阿刀笑咪咪地看著他，「如何了？」

王太醫道：「一切和小公公您預料的一模一樣。」

說罷，王太醫將自己在未央宮內和祁妃的對話全都重複了一遍說給阿刀聽，末了，又十分主動地將馮嬤嬤遞給他的那錠金子交了出來。

黃燦燦的金子，在日光下散發著誘人的光澤。

阿刀似笑非笑地瞥了眼那錠金子，說道：「這金子，王太醫自個兒留著，平日裡也好買點酒吃。」

王太醫推拒了一番，可阿刀始終堅持，於是他也只有繼續收下了。

阿刀又輕笑道：「接下去該如何向祁妃稟明，我想王太醫應該清楚。」

一邊說，他一邊輕輕撫過自己腰間繫著的一塊黑色玉佩。

這玉佩乃是劉公公贈給他的，見了這玉佩，整個大內的宮人都得對他行禮，可見阿刀有多受劉公公喜歡。

太醫院身處深宮，不管是抓藥還是熬藥，都離不開宮人。若是得罪了眼前的祖宗，王太醫光是想想都覺得頭皮發麻。

他額頭忍不住滴下汗來，連連點頭，「自然，自然，下官心中有數。」

阿刀很滿意，又誇讚了王太醫兩句醫術高超，這才走了。

直到阿刀背影消失，王太醫這才鬆了口氣，可又覺得自己實在是倒楣透了，終究只能無奈搖搖頭，這才一步步踏入了太醫院。

而等阿刀回到華溪宮，他便將打聽到的消息一五一十全都和范靈枝說了一遍。

范靈枝聽罷，很是高興，她彎著眼睛笑道：「不知祁妃打算讓王太醫給本宮用什麼靈藥，本宮還真是期待啊。」

說及此，范靈枝又對著阿刀勾了勾手指，阿刀立刻附耳過去。

她在他耳邊低聲說了幾句，這才揮揮手，讓他退下了。

范靈枝覺得好玩極了，便連下午的美容覺都不太想睡了，只等著下午的大戲靜靜開場，她早已準備好了水果和瓜子作壁上觀。

范靈蘭此時正在偏殿內看書，便在此時，阿刀進來了，躬身道：「蘭貴人，陸侍衛傳了紙條過來，說是未時一刻在御花園的第二座假山下等您。」

范靈蘭瞬間從床上跳了起來，將手中的書扔到了一邊，「啊，馬上便是未時了，我這就去！」

話音未落，范靈蘭已是朝著外頭蹦蹦跳跳地去了。

而等范靈蘭出門後，阿刀也沒閒著，轉身亦出了華溪宮，一路朝著未央宮方向而去。

祁顏葵的人果然警惕，還不等阿刀走到未央宮，便有兩個未央宮的小奴才走了出來，對著阿刀請安，可兩雙眼睛卻是防備地看著他。

阿刀長得清秀，笑起來時更是人畜無害。他道：「咱家這是要去御書房找劉公公，只是經過此處，可不是去未央宮。你們何必這如此警惕地看著咱家。」

那兩奴才相互交換了個眼神，其中一個丫鬟亦笑著奉承道：「誰不知阿刀小公公乃是劉公公身邊的紅人，深受劉公公寵愛的。阿刀小公公如此急著去找劉公公，不知是為了何事？」

阿刀冷下臉來：「咱家的事，輪得到你們來問？」

那兩個奴才嚇得連忙低聲道歉，一邊給阿刀讓出了一條路。

阿刀冷哼一聲，這才繼續大搖大擺朝著……御書房的反方向去了。

——他不是要去御書房嗎，怎麼又往御書房的反方向走？

那兩奴才覺得反常極了，連忙轉身稟告馮嬤嬤去了。

馮嬤嬤收到消息，連忙派人跟著阿刀追了上去。幸而阿刀似乎並未走遠，而是……入了附近的一處偏殿。

至於為何馮嬤嬤的人會發現，因為那偏殿的門並未關上，而隱隱之間，阿刀和某人說話的聲音急急傳來。

他似乎是在和誰吵架，說話聲音極大。

馮嬤嬤的人倒是膽大，竟踏入了偏殿去，想要聽清楚裡頭到底在說些什麼。

可誰知，等那人踏入房內後，還不等他做出反應，突地就覺腦袋上傳來一陣劇痛，緊接著便是一陣天旋地轉襲來，沉沉地倒在了地上，再不知今夕是何年。

阿刀看著暈倒在地的這小太監，冷笑一聲，將他拖入了殿內去。

而另一邊，范靈蘭到了御花園之後，左等右等卻始終沒有等到陸耕。她不由有些心急了，想重新回華溪宮找阿刀問問是否記錯了時間，可又怕自己一走，陸耕便來了。讓她著實糾結。

眼看時辰已經到了未時二刻，可陸耕卻始終沒有出現，范靈蘭反而不急了，乾脆又轉身去了解風亭，和往常一樣一邊賞魚一邊等人。

而范靈蘭一踏出華溪宮，祁妃的人便注意到了她，早已跟了上去。

此時見范靈蘭始終在假山下徘徊，更是確定了她必然是在等人。於是愈加提起了十二分的精神，監視著范靈蘭的一舉一動。

一直等到了申時一刻，突然就有一顆小石頭從假山下一路飛滾到了范靈蘭的腳下。

范靈蘭眼睛一亮，連忙站起身來朝著假山方向飛奔而去。

果然便見第二個假山洞下，站著陸耕的修長身影。

只是他的臉上還帶著一絲殘存的淤青痕跡，並未退去。

范靈蘭忍不住有些心疼了，匆匆靠近他，踮起腳尖伸手撫上那處淤青，皺眉道：「陸耕哥哥，這是誰打的？難道真的是那個名叫溫子幀的大人打的？」

陸耕卻猛地握住了范靈蘭的手，輕笑道：「無妨，不過是被一隻亂吠的狗咬了一口罷了。」

范靈蘭則瞬間從陸耕手中抽回了自己的手。

陸耕被范靈蘭的態度猝不及防地傷到了，他忍不住愣了一愣，「蘭兒？」

第50章　抓

范靈蘭也心疼壞了，傷心道：「阿姊吩咐我了，說是不可在後宮與你親密接觸，否則若是被旁人瞧見，你便要吃大苦頭了！」

說及此，范靈蘭連忙又轉了話茬，繼續剛才的話題：「那個大人到底是怎麼回事，怎麼好端端的，竟會出手打人？」

陸耕意有所指道道：「等日後將妳娶回家了，我便再也不會被人打了。」

陸耕始終以為溫子幀也是喜歡范靈蘭，所以才會莫名其妙對自己出手相向，並把他視為了他的一號情敵。

范靈蘭滿頭霧水：「?.?」

陸耕顯然不想給情敵提供太多話題，對范靈蘭柔聲道：「妳姊姊可曾跟妳說過，何時能讓妳出宮？等妳出宮了，我便八抬大轎將妳娶回家。」

陸耕又想了想，說道：「可妳到底年紀太小，所以我打算，我還是先娶了妳，以免夜長夢多。妳我大婚之後，等妳再大些，咱們再要孩子，如此便可一舉兩得。」

直男陸耕，在說到娶妻生子時，平日裡鋼鐵般的眼睛此時也滿是繞指柔，溫溫潤潤地看著范靈蘭，滿溢著情愫。

可范靈蘭卻聽得直想哭。

她忍不住對著陸耕後退了一步，雙眸含淚地看著他，哽咽著說道：「可是陸耕哥哥，阿姊吩咐了我，等我這回出宮，便要帶著哥哥一齊去江南了，再也不回上京了。」

陸耕亦傻了，「什麼？妳姊姊何時說的？為何她從未對我提起？」

陸耕看著范靈蘭哭哭啼啼的樣子，可心疼壞了，忍不住皺眉道：「別哭，此事等我再找妳姊姊好生說清楚。」

范靈蘭搖頭，依舊哭著道：「這是阿姊辛辛苦苦為我們兄妹倆鋪好的路。這江南，我和哥哥是去定了的。」

說及此，她伸手抹了抹眼淚，「我知陸耕哥哥需要留在上京孝敬深宮內當值的母親，若是此生阿蘭和陸耕哥哥無緣，還請陸耕哥哥另尋得有情人，此生一定一定，要幸幸福福。」

陸耕何時見過范靈蘭如此傷心地哭泣，當即也是鐵漢落淚，沉聲道：「此事定會有轉機，阿蘭別急。再容我去和妳姊姊商量一番，想想辦法。」

陸耕又安慰了許久，這才讓范靈蘭停止了哭泣。

陸耕這才開始說起正事，從懷中掏出了一塊玉佩，遞給范靈蘭。

范靈蘭伸手接過，只見這玉佩上雕刻著一隻十分精緻、栩栩如生的麒麟，且玉佩通體暗灰色，在日光下散發著瑩瑩光澤，十分奪人眼球。

陸耕道：「這便是祁言卿給靈貴妃的回禮。妳代為交給妳姊姊。」

范靈蘭忙伸手接過，又問：「祁言卿可曾還說什麼了？」

陸耕道：「祁言卿說，他會一直等她。又說，等到了下個月，祁言卿便會重回宮內，繼續任職大內侍衛長，他會尋機會看她。」

范靈蘭這才又露出了笑意來，「太好了，姊姊總算又能再見到他了！」

她嘆道：「我這樣的苦，又算得了什麼呢。姊姊才是真的苦難。她被困深宮，需對著皇上笑臉相迎，可她明明……明明就不喜歡皇上。可她為了范家，為了我和哥哥，她根本別無選擇。」

范靈蘭的雙眼又泛起了溼潤，呢喃道：「終究是我們拖累了她。」

陸耕低聲道：「別想太多了。」

范靈蘭堪堪回神，輕輕點了點頭。

這一邊，范靈蘭還在和陸耕說話，而另外一頭，躲在暗處的監視范靈蘭的宮人，則已經快速離開。

宮人一路飛奔回了未央宮，將自己見到的一切和祁顏葵大致說了說。

只是她並未聽清楚他們說了什麼，只將自己看到的複述了一遍。

這宮人和祁顏葵道：「那陸耕侍衛想要去握蘭才人的手，卻被蘭才人避開了，陸耕侍衛不知和她說了些什麼，蘭才人便開始抹眼淚，似是在哭。哭了許久，然後陸耕又給了蘭才人一塊玉佩，蘭才人接過了玉佩，哭也不哭了。」

祁顏葵聽罷，忙站起身來，激動道：「他們此時可還在御花園？」

宮人道：「是！尚在御花園！」

祁顏葵迅速帶著馮嬤嬤起身，疾步朝著御花園而去——她必須當場捉住他們，徹底抹黑蘭才人的名譽，將她趕出宮去。

她絕不允許，不允許范靈枝在這深宮之內出現左膀右臂，一個范靈枝就足夠她惱的了，要是再來個范靈蘭，她真的會發瘋！

范靈枝總歸已經是隻不會下蛋的母雞，已經不足為懼，可范靈蘭不同，范靈蘭身體健康，亦會生育，若是當真如范靈枝所想的那般，將來范靈蘭生下了皇子，那范靈枝豈不是如虎添翼？

祁顏葵越想越驚懼，心底對范靈蘭的厭惡更甚，恨不得現在就把她趕出宮去！

一邊胡思亂想著，祁顏葵一邊迅速趕到了御花園，可誰知，他們在御花園內尋了許久，都找不到范靈蘭和陸耕二人。

祁顏葵逐漸暴躁起來，厲聲道：「人呢？」

眾人嚇得大氣不敢出，紛紛埋頭搜索，生怕惹禍上身，惹怒了主子吃不完兜著走。

還是其中一個宮人眼尖，一眼就發現了假山下面的腳步似乎不太對勁。

假山下乃是軟泥，所以人走過，會留下腳印。

祁顏葵看了眼軟泥上的腳印，發現這腳步十分凌亂，走得歪歪扭扭，也不知他們二人發生了什麼事。

於是祁顏葵連忙命人沿著腳步尋去，可終究出了假山，這腳步便尋不到了。

祁顏葵又快要暴躁起來，倒是身側的馮嬤嬤趕忙安慰道：「娘娘別急，不如去附近空置的殿宇內尋一尋。」

祁顏葵連忙看向馮嬤嬤，「嬤嬤的意思是……」

馮嬤嬤冷笑道：「據老身了解到，那陸耕侍衛，可不是什麼溫柔的人。否則他也不會一言不合便在宮內和溫大人打架。沒準陸侍衛見到范靈蘭入了宮當了才人，便拋棄他、棄他於不顧，一氣之下便……也未嘗不是沒有可能。」

聞言，祁顏葵當即命人去附近的殿宇搜找。

倘若當真如此……祁顏葵忍不住挑起了唇角——那可真是最好不過的了。

而就在此時，就見前頭一個奴才匆匆回報，壓低聲音道：「娘娘，前方臨樂坊內，似乎有些奇怪的聲音……」

第51章 奸

祁顏葵雙眸猛地瞇起，朝著臨樂坊的方向大步走去。

她雖一心抓姦，可也知道動靜不能鬧得太大，否則打草驚蛇便是大大的失誤。

除了祁顏葵，一共也不過四個宮人在幫著她尋人。

那奴才一說臨樂坊，於是所有人都朝著臨樂坊悄無聲息地包圍了過去。

臨樂坊，本是昏君齊易時期，用來豢養貌美歌姬的地方，如今被溫惜昭接手之後，便成了空缺的地方，並沒有人居住。

臨樂坊的院子，已生出了細細密密的雜草。

祁顏葵才剛走到院子裡，果然便聽到殿內傳來了壓抑的呻吟聲。就像是男女行苟且之事時，才會發出的曖昧的聲音。

祁顏葵十分激動，卻也按捺住想要衝進去捉姦在床的衝動，打算再等等，等他們興致正旺難捨難分之際，再衝進去，把姦捉得漂漂亮亮。

屋內的人也果然並沒有讓祁顏葵失望，很快地，屋子內的聲音變得越來越難捱，也越來越讓人臉紅心跳，就連祁顏葵都忍不住紅了臉頰，一邊暗罵這范靈蘭不愧是范靈枝的妹妹，深得范靈枝的真傳，如此不知羞恥。

祁顏葵終究是聽不下去了，眼看時機也已差不多，當即便率著手下人徑直踹開了寢殿的大門。幾人衝了進去，一眼就看到范靈蘭和陸耕二人臉色潮紅地在床上扭成一團。不過二人的衣衫只是稍微散亂，並未解開，更沒有真的發生那種事。

最重要的是，他們二人看上去像是毫無理智，雙眸微微渙散，似乎……是被人下了不乾淨的髒藥。

祁顏葵下意識凝眉，覺得此事有些蹊蹺，可眼下卻顧不得其他，如此絕好的機會她豈能放過？

——就算並未真的發生穢亂後宮之事，可范靈蘭身為一個宮妃，竟和大內侍衛躺在同一張床榻之上，這就足夠她死一萬次了！

祁顏葵當即冷笑道：「馮嬤嬤，蘭才人竟如此藐視王法，藐視聖上，在深宮之內竟犯下如此滔天錯事，還不快去將靈貴妃請來，讓靈貴妃來處理此事！」

馮嬤嬤立刻應聲退下，果真去「請」范靈枝去了。

而祁顏葵則是當機立斷，沉聲道：「快去將莫侍衛請來！」

莫欽，祁言卿的左膀右臂，祁顏葵如今不在，整個侍衛所被祁言卿交代暫時讓莫欽管制。

於是祁顏葵身側立刻便有宮人一路小跑，去請了莫欽。

此事應該鬧得極大，可卻又不能太大。祁顏葵深呼吸，早已想好了接下去該怎麼做。

很快地，范靈枝和莫欽二人一前一後地趕到了。

而床上膠著的二人此時亦已清醒，同時跪在了地上。

只是范靈蘭十分懵，顯然是嚇壞了，竟是臉色慘白傻呆呆地跪在地上，臉上是止不住的眼淚。

而陸耕亦是臉色十分難看，特別是在看到范靈枝和莫欽之後，更是痛苦至極，十分沉痛地垂下了臉去。

范靈枝才剛踏入門來，便哭得十分悲愴：「范靈蘭！妳如何能做出這種事？妳可對得起我嗎？」她的質問聲如此尖銳，聲聲入耳，讓范靈蘭忍不住嚇得大哭起來，一邊哽咽道：「阿姊，我、我什麼都不知道，我什麼都不知道啊！我明明、明明只是和陸哥哥在假山下聊天……」

祁顏葵瞬間就抓到了重點，似笑非笑地逼問道：「陸哥哥？難道蘭才人和陸侍衛感情很好嗎？竟如此親昵地喚他為陸哥哥？」

祁顏葵的聲音越來越凌厲，「還有，妳身為後宮妃嬪，如何能和宮外男子在假山下私會？可見妳從一開始，便是對陸侍衛有著非同一般的情愫，可對？」

祁顏葵如此逼問，自是讓范靈蘭無話可說、百口莫辯。

倒是一旁的陸耕終於開口，沉沉道：「屬下與蘭才人乃是真心相愛，還請靈貴妃成全！」

此話一出，便相當於默認了自己和蘭才人之間的姦情，覆水難收。

范靈枝咬緊牙關，緊緊閉了閉眼，渾身充斥著劇烈的冷色。

范靈蘭亦是渾身顫抖，雙手握拳，連指關節都發出了隱隱的青紫色。可見此時承受著多大的隱忍。

祁顏葵覺得這一切都痛快極了，她挑起唇來，似笑非笑，「靈貴妃，此事該如何收場，全聽您的安排。」

聞言，范靈枝譏嘲地看著她，冷冷道：「當真全聽我的安排？」

祁顏葵微微瞇眼，「是啊，您是貴妃，是這後宮最尊貴的女子。自是聽您的安排。」

范靈枝道：「她與陸侍衛之間，都是過去的事了。今日亦並未真的發生些什麼。照我說，將蘭才人軟禁幾月，以儆效尤。」

祁顏葵覺得自己果然是高估了范靈枝的厚臉皮，她竟是打算高拿輕放了！當即瞥向莫欽，沉沉道：「莫侍衛，按照宮規，此事當如何解決？」

莫欽是個三十歲的硬漢，他只覺得一個頭兩個大，這種倒楣事，怎麼就輪到他來處理了？真是流月不利！

他硬著頭皮道：「按照宮規，是該將蘭才人亂棍打死，陸耕流放邊境。」

祁顏葵眸光陰鷙地瞥向范靈枝。

范靈枝的臉色已是差到了極點，一字一句道：「祁妃這是打算趕盡殺絕了？」

祁顏葵道：「若當真按照宮規來，未免傷了妳我的姊妹情分。今日蘭才人與陸耕侍衛的事，乃是我無意中發現的，靈貴妃您可該慶幸，發現此事的不是別人，而是我。」

祁顏葵繼續道：「此事不如妳我私下決定了，留下蘭才人的性命，可她必須入賤籍，靈貴妃覺得如何？」

「入賤籍？呵呵……」范靈枝低低笑了起來，她正視著祁顏葵，雙眸發狠，就像是護仔的母狼，讓祁顏葵感到有些害怕。

范靈枝道：「祁妃若是當真如此決定，我現在就去找聖上，求聖上對蘭才人網開一面。」

范靈枝聲音發狠：「皇上如此寵愛我，莫說是蘭才人並未和陸耕發生些什麼，即便是真的發生了，我也有辦法讓皇上原諒她。」

祁顏葵恨聲：「妳——」

范靈枝面無表情，「我前兩日才剛和妳說蘭才人和陸耕的往事，今日他們就出了這檔事，哈，祁妃娘娘，可真是太巧了。」

祁顏葵咬牙，「這是他們自己做的孽，與我何干？」

第52章　哭

范靈枝依舊面無表情，「按我所說，將蘭才人逐出宮去，終生不得再踏入上京一步，祁妃，這樣的判決，妳可滿意？」

祁顏葵咬牙。

雖沒有要了范靈蘭的性命，也沒有讓她入賤籍，可若是范靈蘭再也不能回上京，倒也能勉強接受。

祁顏葵點頭，「那便如此。」

范靈枝又看向莫欽，讓莫欽做個鑒定，莫欽自是無異。

至於陸耕，這大內侍衛是不能當了，只讓莫欽再過幾日，悄悄地找個由頭將陸耕休了，此事便算是徹底翻篇了。

吩咐完後，范靈枝又看向祁顏葵，「今日之事，悄悄處置才是正解。否則，祁妃若是將此事鬧得滿城風雨，我想妳會知道天子之威，會變成什麼模樣。」

畢竟小小的才人給皇上戴了綠帽，可不是什麼光榮的事。

若是整個朝堂都知道皇上有多不堪，豈不是讓皇上淪為了大家的笑柄？

祁顏葵自是知道這點，也不再反駁范靈枝，權當默認了。

於是當日下午，范靈枝親自送了蘭才人離開皇宮，且離去前，范靈枝仙女落淚，十分悲傷，讓躲在暗處觀看好戲的祁顏葵覺得十分解氣，痛快極了。

而等范靈枝將蘭才人送出宮外後，一道密摺就送到了溫惜昭手中。

密摺之上詳細寫明了今日下午蘭才人和陸耕「捉姦在床」的詳細經過，直看得溫惜昭臉色越來越鐵青，直到最後，竟是怒得將手中的摺子狠狠扔到了地上。

他大步走出了御書房，徑直去了華溪宮。

天子之怒，恐怖如斯。

溫惜昭徑直闖入寢殿，想要讓范靈枝給自己一個交代，可卻沒想到，他才剛走入內室，就聞到了一道芬芳好聞的淡淡花香。

可說是花香，卻又不盡然。

初調是梔子花香，中調逐漸變成了熱烈的玉蘭香氣，可又過須臾，就變成了濃郁的芒果香氣。

這香氣實在獨特，如此與眾不同。

就連溫惜昭心底滔天的怒火，都逐漸平靜了下來，彷彿被人撫慰過了心扉。

屏風後頭，傳來了一陣陣的沐浴水聲。

半透明的屏風上，倒映出了一道曼妙的身影，腰肢極細，盈盈不可一握，無法不引人遐思。

他已經很久沒有和范靈枝親密接觸。

是從什麼時候開始呢？

他想了想，好像正是從范靈枝從青雲寺回來之後，她說他不尊重女性，不尊重她，從未正視她的情感需求。

等等莫名其妙地說了一堆之後，他彷彿……就真的尊重起她的想法，她不願意，他也就不再強求。

他不是不想，可每次一看到范靈枝楚楚可憐看著自己，一邊說自己不尊重她時，他就該死地心軟了起來。

他堂堂一國之君，豈能連床笫之事都得靠強迫別人才能得到？太窩囊。

她不願，他便不碰，來日方長，日後總有她哭著求他的時候。

當然，他不是沒有嘗試過和別的妃嬪行床笫事，可不知為何，看著那些女人滿臉諂媚，寫滿了急功近利的臉時，他便通通失了性致。

一群心懷鬼胎的庸脂俗粉，如何配得上他的龍床。

只是最近他不知是怎麼了，午夜夢迴時他總會夢到自己將范靈枝壓在身下，狠狠蹂躪，而夢醒之後，身下總是泥濘一片。

此事隱晦，他招了他最信任的太醫說了症狀，可太醫卻沉默很久都沒有說話，在他逼問之下，也只是敷衍地說了一句「聖上沒病，聖上只需要多去找靈貴妃行床笫之歡就可解決」。

這該死的太醫，他要是能找靈貴妃行床事，他還需要找他看病嗎？

當然了，高傲的皇上並沒有把這句話說出口，只揮了揮手就讓太醫退下了。

此時此刻，已夢遺將近月餘的皇上，輕而易舉地被此時此刻范靈枝的一個倒影，勾出了所有的遐思。

鼻尖的香氣如此令人著迷，他甚至開始有些記不清自己怒氣衝衝地來找范靈枝，是為了什麼破事來著？

他毫不客氣地繞到屏風後去。

便見霧氣氤氳的木桶內。范靈枝未著寸縷浸在水中。熱水讓范靈枝暴露在空氣中的肌膚都染上了一絲豔色的緋紅，就像是正好熟透的水蜜桃，白中透粉。

她一雙眼睛含著瀅潤的水氣，此時此刻正楚楚可憐地看著溫惜昭，一副受了天大委屈的樣子，彷彿隨時都會仙女落淚、傷心哭泣。

溫惜昭心底像被人重重捏了捏，原本早就準備好的諷刺之語，到了嘴邊竟變成了低低的呢喃：「哭什麼？」

范靈枝聲音帶上了哭腔：「為蘭才人哭，為自己哭，亦為陸侍衛哭。」

溫惜昭：「……」

他可總算想起來自己到底是把什麼正經事給忘了，他當即板起臉來，「妳他娘的還有臉說？」

該死的！跟范靈枝這臭娘們待久了，連他都開始下意識說一些奇奇怪怪的口頭禪了！

范靈枝更悲戚了，落著眼淚嗚嗚道：「臣妾為何沒臉說？臣妾雖想讓蘭才人離宮，可臣妾是想讓她體體面面地離宮，又如何捨得讓她如此落魄地被趕出宮去？」

范靈枝屬實哭得傷心了，「還有陸耕侍衛，他一心保家衛國，如今卻落得如此無法善終的下場，臣妾委實是心疼他。」

溫惜昭冷冷道：「妳心疼的男人還挺多。」

范靈枝完全不理會皇帝的吐槽，繼續道：「蘭才人如此膽小，又豈會在深宮之內和陸侍衛做出那般荒唐的事？臣妾事後又命奴才去仔細查了，果然發現了散落在窗戶上的白色粉末，正是民間常用於青樓酒肆間的髒藥！」

范靈枝恨聲道：「臣妾又命奴才順著線索查，竟真的被他查到了一個行蹤鬼祟的宮人，逼供之下，他才交代，這藥，正是祁妃命他下的。」

范靈枝：「那人，臣妾已命人扣下了，此時就在華溪宮，聖上若是願意，此時便可徹查，還臣妾妹妹一個清白。」

「就怕皇上對祁妃存了包庇之心，哪怕證據確鑿，也不願給臣妾一個公道。」

溫惜昭聽明白了個大概。

蘭才人和陸耕是被祁妃派人下藥，才造成他們二人發生了不可描述的姦汙之事。

溫惜昭淡淡道：「那人在何處？」

范靈枝：「阿刀將人壓在了偏殿處，等皇上裁決。」

第53章　撥

她如此沉沉地看著他，彷彿下一秒就要跪下來哭求他為范靈蘭伸冤。

他以為范靈蘭被逐出宮，是她一手操作的，可沒想到竟是祁顏葵。

他沉下眉來，沉默許久。

范靈枝在一旁催促：「皇上難道又打算偏袒祁妃嗎？」說及此，她的聲音輕了下去，帶著濃濃的嘲諷，「罷了，我明明早該料到的。」

溫惜昭很是焦躁，瞇眼道：「此事朕自會調查。」

范靈枝道：「祁妃起的是什麼心思，難道皇上當真不懂嗎？」

她開始咄咄逼人：「范家已有了個范靈枝，若是後宮再來個范靈蘭，豈不是會讓范家增勢？」

范靈枝道：「雖說家父不過是個小小的翰林學士，可若是范家出了兩個寵妃，日後家族快速擴大，也是意料之中的事。臣妾妹妹這才不過是個小小的才人，她竟就如此容不下她，趕著設計毀了她的貞潔，將她趕走，著實讓人覺得害怕！」

溫惜昭眸光深深，並不說話。

范靈枝冷笑，「皇上您說您會調查，不知您是打算什麼時候開始調查，該不會是十年後吧？」

溫惜昭淡淡道：「靈貴妃多慮了。」

范靈枝垂下頭去，低低笑了起來。

過了許久，她才抬起頭來，卻已是換上了另一副淡漠的樣子，「皇上若是沒有其他事，不如先回吧？臣妾身子不舒服，怕是不能服侍聖上了。」

這是對他下逐客令了。

溫惜昭甩甩袖，轉身離開。

只是離去前，他忍不住側頭看了眼華溪宮的偏殿，終是忍不住瞇了瞇眼。停留許久後，大步離開。

而寢殿內的范靈枝，則是低低笑了。

她將花瓣慢慢灑落於自己的身體，覺得真是有趣極了。

那髒藥，其實是她讓阿刀下的。當然了，只是些微的用量，可這點用量足夠他們短暫的喪失理智，做出一些衝動的事。

她並沒有事先通知范靈蘭，可卻提前和陸耕打了招呼，所以等好戲真正開始上演時，他並沒有太過憤怒做出什麼脫離她預料的事。

然後再把這一切嫁禍給祁顏葵，豈不是美滋滋。

如今小蘭總算順利離開後宮，她懸著的心總算沉了下來。

范靈枝覺得好玩極了，沐浴之後躺在床上，心境變得格外淡定。

她可不管溫惜昭到底會不會調查這件事，畢竟她的目的也不是真的要罰祁顏葵，不過是為了在溫惜昭的心底埋下一顆對祁家的厭惡種子罷了。

溫惜昭本就對祁家起了忌憚的心思，別說是祁家了，就連當初陪著他一起走南闖北打天下的其他家族，也都開始有了除之後快的心思。

可見溫惜昭根本就不是什麼念舊情的人——虧她一開始還以為溫惜昭將她召進宮，高調地讓她做寵妃，是為了保護祁顏葵，可根據這段時間她的觀察來看，溫惜昭根本就不是為了念什麼舊情，而只是單純地利用自己罷了！

他根本就不喜歡祁顏葵，也不喜歡任何人，他最愛的還是自己的權勢和地位，睥睨天下玩弄江山的快意！

女人？對他來說不過是過眼雲煙、可有可無的玩物罷了。

說到底，不管是祁顏葵，還是她范靈枝，都只是一顆任他踩踏的棋子。

若不是祁顏葵對她虎視眈眈，她也根本不想與她為敵。可偏偏每次她都趕著傷害自己，那她范靈枝，自然也就順水推舟加以利用，否則豈不是對不起她的一番苦心！

第二日下午，阿刀就傳來消息，說是今日祁妃娘娘親自去御書房給溫惜昭送煲湯時，不小心燙傷了溫惜昭，導致龍顏大怒。溫惜昭讓祁妃老老實實待在自己的未央宮，禁足一個月，甚至還對她莫名其妙大罵了一頓，讓祁顏葵絕望又傷心，不明白自己到底是哪裡招惹了皇上。

當阿刀將這些告訴范靈枝時，范靈枝忍不住笑了出聲。

——這可真是太好玩了，沒想到清冷高貴似仙女的祁顏葵，也會有如此狼狽的時候嗎？

范靈枝笑咪咪的，「既然祁妃娘娘如此傷心，不如你我就去拜訪未央宮，探一探她，慰問一下她受傷的心靈。」

於是范靈枝只帶著阿刀一人，獨自去了未央宮。

這還是范靈枝第一次親自拜訪未央宮。

未央宮雖然不像華溪宮這般華麗，可也算是個僅次於華溪宮的好位置，整個宮殿裝修別致，院子內還種著一小片芍藥，姹紫嫣紅的花苞，在日光下顯得好看極了。

范靈枝饒有興致地駐足觀賞了許久，這才踏入了主殿內去。

而就在范靈枝踏入殿內的那一刻，整個未央宮內的人全都防備地看著她，彷彿在看什麼洪水猛獸。

這讓范靈枝忍不住撫了撫自己的臉頰，很是詫異道：「這是怎麼了，大家為何都如此看我？」

她側頭看向阿刀，「難道本宮臉上有何不妥嗎？」

阿刀很是恭敬，笑吟吟道：「娘娘天生麗質，並無不妥。」

范靈枝這才滿意地收回眼，對站在正中央迎接自己的馮嬤嬤道：「本宮聽說祁妃娘娘被聖上責罰，十分心傷，這才特意來看看她。」

她說話時的語氣嬌滴滴的，語氣之中絲毫沒有關心，反而有毫不掩飾的幸災樂禍。

馮嬤嬤的臉色都變得難堪起來，冷硬道：「貴妃娘娘何苦親自上門來挖苦我家娘娘！我家娘娘身子不適，早已歇下了，還請娘娘回去吧！」

馮嬤嬤看著范靈枝，繼續冷冷道：「還有，還請貴妃娘娘下次別再來未央宮了，這裡可不歡迎您！」

范靈枝傷心道：「這便是未央宮對待貴妃該有的態度嗎？本宮身為貴妃，竟要被妳這奴才如此指著鼻子罵，可實在是讓人心傷啊。」

她嘴巴上說得傷心，可一雙眼睛卻依舊充滿了嘲笑和譏嘲，讓馮嬤嬤覺得礙眼極了。

范靈枝繼續道：「本宮本還想來親自告訴祁妃，皇上為何會突然厭惡她的原因，可沒想到未央宮竟如此不歡迎本宮，那本宮還是回了吧。」

第54章　嘲

馮嬤嬤還想再說什麼，可就在此時，就聽內殿裡傳來了一道冷冷的聲音：「馮嬤嬤，讓她進來。」

正是祁顏葵。

馮嬤嬤本還想再說些什麼，可到底沒有說出口，而是重重地哼了一聲，帶著范靈枝朝著內殿走去了。

范靈枝入了內殿，一眼就看到祁顏葵正半躺在床上，臉色難看得可怕。

可見今日溫惜昭果真是罵她罵得狠了，讓她傷了元氣，到了現在都還沒緩過神來。

范靈枝十分自然地坐到了祁顏葵的床邊，側頭細細地打量著她。

范靈枝低笑道：「妹妹還真是好看。」

祁顏葵面無表情道：「謝貴妃謬讚！」

范靈枝道：「妳可知今日皇上為何會如此大動肝火，朝妳發脾氣？」

祁顏葵雙眸緊緊地盯著她，「為何？」

范靈枝嘻嘻笑了起來，「自然是因為我。」

祁顏葵放在被子上的雙手陡然捏緊，連指關節都發了白。她一字一句道：「妳對皇上說了什麼？」

范靈枝睜大了眼，無辜道：「我不過是和聖上說，是祁妃娘娘故意設計讓蘭才人和陸耕侍衛發生了那般關係，這一切都是妳幹的，就是妳對他們下了髒藥。」

范靈枝道：「而妳對他們下髒藥的原因，便是不願意看到范家同時出兩個寵妃，害怕范家日後的勢力會越來越大，因此礙了妳祁妃的眼，對蘭才人恨不得除之後快。」

祁顏葵氣得渾身都劇烈顫抖了起來，她像是失去了理智一般，竟猛地朝著范靈枝撲了過來，作勢就要去掐范靈枝的脖頸。

她的指甲極長，摳入了范靈枝的肌膚裡，稍微劃破了表皮，引起一陣火辣辣的細微痛意。

范靈枝不躲避也不喚人，只任由她摳著，一邊繼續笑著道：「還真是好玩呀。妳看，我不過是隨意提了兩句，皇上便信了，妳看看，今日他可不就對妳擺臉色了嗎？」

此言一出，祁顏葵突然就停下了動作，可一雙眼睛卻是逐漸變得緋紅起來。

她聲音竟像是帶著一層絕望，嘶啞道：「為什麼？為什麼妳要如此汙衊於我？」

范靈枝面無表情道：「汙衊？本宮才沒有汙衊妳，本宮不過是想要一個真相罷了。」

范靈枝道：「本宮才剛和妳說完蘭才人和陸耕侍衛二人曾經青梅竹馬，轉頭他們二人便出了事，難道此事當真和妳沒有關係？」

祁顏葵沉聲道：「此事倘若真是我幹的，便讓我天打雷劈、不得好死！」

范靈枝道：「小孩子才發毒誓，成年人，可不信這一套。」

祁顏葵道：「好，那妳告訴我，到底如何，妳才能相信此事不是我幹的？」

范靈枝道：「很簡單，妳給妳哥哥寫封信，向他引薦陸耕入妳哥哥麾下——倘若陸耕當真入了軍營，本宮便相信妳。」

祁顏葵毫不猶豫點頭，「好，我今日便寫信。」

范靈枝依舊有些不相信：「當真？」

祁顏葵道：「貴妃若是信不過我，我現在就寫。」

說罷，她微抬聲音，喚了馮嬤嬤為她遞來筆墨紙硯。

然後，祁顏葵果真當場便寫起了推薦信來。

她的字跡十分清秀娟麗，果然字如其人。而等她寫完之後，對著宣紙吹了吹，這便遞給了范靈枝，讓范靈枝過目。

范靈枝閱讀完畢後，十分滿意，終於對著祁顏葵露出了真切的笑臉，「如此，那我便等妳消息。」

范靈枝：「出了這檔事，蘭才人便罷了，她如今出了宮去，日後總能再尋個好人家嫁了。可陸耕侍衛卻不同，他堂堂七尺男兒，本是大內三品侍衛，前途不可限量，可如今卻被貶為了平民，白白葬送了大好前程。」

說及此，她嘆口氣：「若是能將陸耕侍衛的前程解決了，此事倒也不算太過糟糕。」

祁顏葵依舊緊緊盯著她，繼續逼問：「妳若是滿意了，是否可以還我一個清白？」

范靈枝將信紙折好，放入自己的袖中，一邊道：「本宮自是有數。待陸耕侍衛入了妳哥哥麾下的軍營辦事，本宮便去找皇上說明，說明此事乃是本宮誤會了祁妃娘娘，讓皇上收回成見。」

祁顏葵總算鬆了口氣。

可鬆了口氣後，她便忍不住悲從中來。

她今日去御書房給聖上送燉湯，那湯是她親自熬煮了兩個時辰的杜仲豬肚湯，可沒想到皇上不過是才剛拿起勺子喝了一口，就猛地將勺子甩到了地上。

說是這湯太燙嘴，燙壞了他，緊接著便是一陣狂風暴雨般的怒火，直罵得祁顏葵整個人都發了懵。

她實在太過心痛，皇上具體罵了些什麼，她都已經選擇性遺忘，可其中一句卻是記得清清楚楚。

——「祁妃何不多學學靈貴妃，少惹是生非，更不要天天在朕面上走動，沒的遭人厭煩。」

她祁顏葵，曾幾何時竟淪落到了這個地步，竟是如此遭皇上厭煩了嗎？

若是她不過去給皇上送羹湯，那她便真的連見到他的機會都少得可憐了。

他每日只知道往華溪宮跑，說是說每月的初一、十五都會到未央宮來，可每次來，皆是不到一刻鐘便要匆匆離開，連一秒鐘都不願意多待。

曾經在邊疆時，溫惜昭曾說過，最喜歡喝她熬的湯。可如今不過才短短半年光景，他竟連多看她一眼都覺得厭惡如斯了。

她猛地別開眼去，不想讓范靈枝發現自己的狼狽。

自然，范靈枝得到了自己想要的，也懶得再在未央宮多逗留，只敷衍地對祁顏葵說了幾句保重身體，便離開了。

等回到華溪宮後，范靈枝捏著手中的紙條，覺得歡喜極了。

算算日子，再過七日祁言卿便要回來了，她得在祁言卿重回大內侍衛統領的職位前，將陸耕這件事安排掉。

於是當日下午，范靈枝又帶著阿刀出了華溪宮，二人左拐右繞，便一路摸索到了芙蓉宮去。

可誰知，就在她照例對著芙蓉宮的大門右下角踢了三腳後，迎接她的，竟是安嬤嬤手裡捏著的兩把明晃晃的菜刀，對著她劈頭蓋臉襲來！

第55章　旨

幸得范靈枝躲避及時，才堪堪躲過了她的攻擊。

阿刀亦將范靈枝護在身後，凝聲道：「安嬤嬤，妳瘋了不成，竟做出如此大逆不道、以下犯上之事？」

安嬤嬤平日裡雖看著刻薄，可對范靈枝卻一直多有照顧——可此時此刻，這老太婆竟睚眥欲裂、滿是恨意地瞪著范靈枝，一雙略顯渾濁的小眼睛內滿是恨意和痛色，彷彿毫無理智。

安嬤嬤怒聲道：「老身為了靈貴妃您，可是一直鞍前馬後勤勤懇懇地為您辦事，可您呢？靈貴妃您竟然如此毀我兒子前程，竟讓我兒被革職了，大好前程毀於一旦，您可真是好啊！」

范靈枝冷笑道：「妳這老太婆為我賣命了這麼多年，可我難道不曾給妳絲毫好處嗎？妳可別忘了，當年陸耕之所以能順利入職侍衛府，可是我搭橋牽的線。」

范靈枝繼續道：「本宮今日來，便是想來解決陸耕的前程。可妳既然這般態度，看來本宮根本就是多慮了。」

她二話不說轉頭就走。

阿刀亦跟在她屁股後頭走人。

而身後的安嬤嬤，連忙將手中的菜刀扔到了地上，朝范靈枝追了上去，雖臉上依舊帶著悲色，可到底已經冷靜了許多。

她千請萬請，總算將范靈枝重新拉到了芙蓉宮裡。

范靈枝這才緩緩拿出了由祁顏葵親自寫的舉薦信，遞給安嬤嬤，並吩咐安嬤嬤，將這舉薦信轉交給陸耕，讓陸耕拿著這舉薦信去尋祁言卿。

說及此，范靈枝繼續強調：「記住，事成之後，便將這舉薦信一把火燒了，萬萬不可落下。」

安嬤嬤連連應是，又反覆謝過了她，范靈枝這才走了。

等離開芙蓉宮後，阿刀低聲對范靈枝道：「主子，奴才有個想法，不知當講不當講。」

范靈枝道：「你說便是。」

阿刀道：「這舉薦信可是難得的好證據，若是利用得當，便可進一步讓聖上誤以為陸耕和蘭才人當時發生的那場『捉姦在床』，乃是祁妃娘娘安排的。所以祁妃娘娘『事後』透過這封舉薦信，彌補陸侍衛。」

阿刀有些無法理解，「主子為何願意錯過這等好機會？」

范靈枝停下腳步，仰頭看著頭頂天空。

太陽已經落山，一輪淡淡的明月逐漸開始懸掛在天空之中。星辰尚未明顯，顯得暗淡極了。

炎炎夏日，傍晚黃昏，悶熱極了。一如這個封閉的皇宮，讓人喘不過氣。

范靈枝有些感慨，說道：「我為何要如此針對祁妃？之前不過是想利用她，讓蘭才人順利出宮，如今她已經出宮了，我便沒有必要再針對她了。」

說到底，祁妃也是個可憐人，明明她才應該是溫惜昭的白月光，可誰知這白月光才當了沒幾天，就被范靈枝後來居上，占了上風。

到了如今，祁顏葵已是徹底泯然，在溫惜昭眼中，這個祁妃怕是和什麼寧昭儀清昭儀沒什麼不同。

范靈枝短暫地為祁顏葵心痛了兩秒鐘，就歡歡喜喜地繼續朝著華溪宮而去，她還要回去做牛肉火鍋吃。

如今陸耕的前程也已安排妥當，這件事算是徹底解決了。范靈枝心底的一塊大石頭徹底消失，打算從今天開始就吃好喝好，繼續努力做妖妃，順便等著祁言卿回來內宮當值。

等到了第四日，安嬤嬤那邊就傳來了消息，說是陸耕被安排進了祁言卿的兵營之中，做了個千夫長。

安嬤嬤十分高興，又連續幾天給華溪宮送了范靈枝最喜歡吃的章氏烤鴨過來。

章氏烤鴨是上京外的一家名烤鴨店，烤出的鴨十分噴香，麻辣鹹香，實乃一流。

既然是安嬤嬤孝敬的，范靈枝自是毫不推辭，全都收了，於是這幾日裡整個華溪宮總是飄著一股子烤鴨的味道。

每日早晨，衛詩寧、張清歌、關荷以及祁顏葵，還是會定時定點到華溪宮來請安。

不得不說有女人的地方就有江湖，每日早晨，這幾個女人都會因為范靈枝頭上帶著的一枝紅寶石簪而酸言酸語，也會因為衛詩寧父親總是三天兩頭給後宮中的衛詩寧送吃送喝送銀子而陰陽怪氣。

每一個女孩子都有自己鮮活的性格，可這些鮮活的性格，卻根本沒人欣賞，每日頂多也就范靈枝欣賞欣賞。

深宮的女孩子真是太可憐了，不知再過幾年之後，眼前這幾位女孩的鮮活，還會存在嗎？

怕是早已在日復一日的蹉跎之中，逐漸消失殆盡了吧。

如此一想，范靈枝便對眼前這幾個女孩子生出了憐憫，心想她還是得對她們好一點，她是遲早要離開這裡的，可她們卻怕是要待一輩子，何必和她們計較太多。

「靈貴妃，您可聽到我說話了？」衛詩寧的聲音傳來，透著強烈的不滿和怨氣。

范靈枝堪堪回神看向她。

衛詩寧覺得很莫名其妙，「靈貴妃，您用打量乞丐的眼神看著臣妾做什麼？」

范靈枝連忙抹了把臉，笑得滿臉慈愛，「沒有沒有，是妳看錯了。」

衛詩寧依舊覺得不舒服極了，不滿道：「臣妾不過是想多要些冰塊罷了，天氣越來越炎熱，內務府每日只給摘星宮送三塊冰塊，不過短短幾個時辰就全都融了。」

衛詩寧越說越氣，忍不住連聲音都拉高了起來：「靈貴妃您的華溪宮倒是十二個時辰皆清清爽爽，如此舒適。可臣妾的摘星宮呢，又悶又熱，別說是人了，便是阿貓阿狗都待不下去！」

更何況她自從選秀之後，就再也沒有好好地看過皇上一眼——當然了，那次在華溪宮內被皇上批了一頓的不算——孤苦伶仃，無依無靠，還他娘的需要和別的妃嬪搞宮鬥，她真的從未覺得日子如此難捱過。

她是整個大齊的貴女，天之嬌女掌中珠，在她沒有入宮之前，不知有多少男子來求娶她，可她都沒有答應，便是想嫁給整個大齊最高貴的人。

可誰知入宮之後的生活竟是這樣的，早知道還不如嫁給別人呢！

而就在衛詩寧越說越激動的時候，突然身後傳來了一道尖銳的太監呼聲，說是來聖旨了。

第56章　后

正是劉公公來傳聖旨來了。

殿內眾人全都顫抖起來，一個個全都跪了下來，等待接旨。

劉公公很快踏入殿內來，宣讀聖旨，只是劉公公越念下去，殿內眾人的臉色就越是不敢置信。

到了最後，劉公公笑咪咪地道：「靈貴妃，還不快快領旨謝恩。」

此話一出，才終於拉回了范靈枝的理智。

她「啊」了一聲，惶惶然道：「臣妾，接旨。」

劉公公將手中的聖旨遞給她，她伸手接過——手中聖旨明黃色，沉甸甸的，連帶著范靈枝的心也變得沉甸甸的。

溫惜昭真的將鳳印交給她保管了，並且擁有和皇后同等的權力。

她愣愣地看著手中的聖旨，連劉公公何時走了都不曾發覺，而殿內的其他妃嬪，亦是一個個都不敢置信地看著她，誰都沒有率先說話，整個殿內安靜得可怕。

也不知過了多久，阿刀突然從殿外進來，請安之後笑咪咪地問范靈枝，是否需要將皇上新賞的疆域蜜瓜呈上來。

這蜜瓜是一大早快馬加鞭送到的，特別新鮮，上頭還帶著清晨的露水，光是看著都讓人垂涎欲滴。

殿內眾人終於恍然回神。

范靈枝將聖旨交給阿刀，讓阿刀放好，這才道：「呈上來。趁著妹妹們都在，讓大家都嘗一嘗。」

阿刀點頭應是，這才退下了。

從聽到聖旨起，祁顏葵雙手便緊緊捏起，再不曾放開，她從未想過有朝一日，自己也會嘗到「心如刀絞」究竟是什麼感覺。

長長的指甲早已經深深刻入了掌心之中，可她並未覺得疼痛，滿腦子只剩下那句「與皇后同等權力」，讓她心痛地快要無法呼吸。

殿內眾位妃嬪依舊久久無人說話，還是荷貴人率先站出一步，對著范靈枝柔柔笑道：「恭喜靈貴妃，喜得鳳印。」

闞荷自從入宮之後，便很少主動說話，她的性子內向沉靜，每日來請安也是跟著眾人一齊，並未有什麼突出。也不像衛詩寧和張清歌那樣結黨，每日靜靜得來，靜靜得走，靜靜得過日子，總之相當沒有存在感。

可此時此刻的微妙時刻，竟是她第一個站出來恭喜范靈枝。

她的雙眸清澈，毫無雜念，可見她是真心。

范靈枝心底忍不住一暖，溫聲道：「多謝荷貴人，」又對著守在一旁的芸竹道，「給荷貴人賞對碧鐲。」

闞荷十分高興，又謝了她，這才坐回到位置上。

衛詩寧和張清歌早已相互交換了一個不敢置信的眼神。

她們真是做夢都沒有想到，范靈枝頂多不過是一個以色侍人的玩物罷了，竟然會被皇上封后？

特別是衛詩寧，她真是氣得肺都快炸了——明明在入宮之前父親還和她說，定會保證讓她當上皇后，所以她才會如此放心地參加選秀入宮來，可如今竟變成了這般結果，她豈不是這輩子都要被范靈枝壓一頭，再無出頭之日嗎？

衛詩寧的臉色難看得堪比水泥牆，她努力想要擠出一個笑意，可終究徒勞，她乾巴巴道：「臣妾、臣妾亦恭喜靈貴妃……恭喜……鳳印……」

這短短一句話，她說得亂七八糟，磕磕巴巴，硬是說不出一句完整的賀詞。

張清歌到底比衛詩寧沉得住氣一些，她打斷了衛詩寧的話，皺眉道：「寧昭儀今日早晨吃多了辣椒，此時都還沒緩過勁兒來嗎？」

一邊也站出一步，對著范靈枝道了恭喜。

只是她的眉眼之中全是濃濃的諷刺，彷彿在嘲笑她一個禍國妖妃，竟也有命拿鳳印？

范靈枝權當沒看到，亦讓芸竹拿了賞賜。

於是一時之間，剩下的妃嬪們全都對著范靈枝說了恭喜，另祝范靈枝早日登后，和皇上白頭偕老。

最讓范靈枝出乎意料的是祁顏葵，她還以為祁顏葵會發瘋，可沒想到她竟平靜得像是什麼都沒有發生過一般，可見祁顏葵如今的承受能力強了很多。

范靈枝對她們的祝福照單全收，一邊又留了姊妹們在宮內用膳，算是宴請，一席飯用罷，這才放這群鶯鶯燕燕回了。

衛詩寧和張清歌當場便徑直去了祁顏葵的未央宮。

未央宮內，衛詩寧氣得差點把未央宮內的茶杯都摔了，她怒得快要炸了，「憑什麼？憑什麼讓那等貨色拿鳳印？妳們就不覺得可怕嗎？」

張清歌擰著眉頭道：「可怕？可怕有什麼用？有本事妳去問問皇上怕不怕。我看皇上非但不怕，還愛得很呢！怕是愛她愛得死去活來了！」

衛詩寧又是沉沉一拍桌，模樣有些歇斯底里了，「到底是憑什麼啊！皇上他到底是怎麼想的，她可范靈枝！臭名昭著的范靈枝啊！齊易的大周被滅國，和范靈枝可逃不開干係，就這樣一個不祥的妖女，皇上為何還要將她捧在手心裡，竟然還想將她立后，皇上該不會是——被鬼迷心竅了？」

而就在這時，一直沉默的祁顏葵，臉色終於有了變化。

她沉聲道：「妳們就不覺得詭異嗎？」

衛詩寧和張清歌猛地抬頭看向她。

祁顏葵眸光深深，幽幽道：「為何皇上在見到范靈枝後，就像是變了個人，彷彿失去了理智一般。」

她道：「妳們可記得，當初皇上將范靈枝收入後宮時，滿朝文武皆是反對，可他仍是一意孤行。」

「後來又將范靈枝從昭儀抬到了妃，又從妃抬到了貴妃，幾乎每一次，都是遭到文武百官強烈反對。」

「到了如今，他竟起了要立范靈枝為后的心思，只怕這一次，眾人也是無法阻止他。」

衛詩寧忍不住道：「那可如何是好？」

祁顏葵道：「皇上乃是一屆明君，治國平天下皆是賢能，可為何一遇到范靈枝，便像是失了魂魄一般，腦子如此混沌？」

衛詩寧被祁顏葵幽深的口吻，刺激得雞皮疙瘩都掉了一地。她忍不住顫聲道：「祁妃您的意思是……？」

祁顏葵一字一句道：「范靈枝，怕是妖孽轉世、狐媚附體。」

衛詩寧嚇得把手裡的茶盞掉在了地上。

第57章　驚

一股寒氣瞬間就從衛詩寧的尾椎骨躥了出來，迅速蔓延到全身。

她忍不住打顫道：「不、不會吧？難道范靈枝不是人，是是是……是狐狸精？」

還別說，她現在一想到范靈枝那張過分豔色的臉，特別是那雙大眼睛，還真有幾分狐狸精的味道。

於是衛詩寧更怕了，嚇得趕緊站起身來走到張清歌身邊，緊緊挽住了張清歌的手。

祁顏葵道：「當初聖上與我還在邊境之時，並非急色之人。他正直勇敢、鐵骨錚錚、一身傲氣，讓人著迷。」

她柔柔說著，彷彿陷入了回憶。

當時的她根本就沒有想過，等那個意氣風發的少年登上皇位之後，竟會對那臭名昭著的妖妃迷戀得如此走火入魔。

倘若她當時早知道會發生這些事，她還不如趁早讓人暗殺了范靈枝，也好過如現在這般讓她這只禍害遺留千年！

祁顏葵的語氣陡然變得肅殺，一雙幽深的眼眸中滿是隱忍的戾氣。她道：「范靈枝，說她是妲己轉世也不為過，這般妖孽，如今卻要留在深宮之中興風作浪，實在為天理難容！」

說到最後，她已是狠戾地喝出聲，可見今日這鳳印的聖旨，對她的刺激有多大！

張清歌順勢附和道：「既然如此，那不知祁妃娘娘有何高見，該如何對付那狐狸精？」

她心底卻是冷笑一聲，欲加之罪何患無辭，這祁妃今日受了大刺激，便想尋個由頭除去范靈枝，她自然樂見其成。

祁顏葵道：「本宮尚在邊疆時，曾無意中結識了一位苗疆巫師，她道行高深，能聯上下，通古今，捉妖中蠱，亦是手到擒來。」

衛詩寧好奇極了，「當真能抓妖怪？」

她愣愣道：「難道世界上真的有妖怪？可是既有妖怪，那相對應的，不是也有神仙？」

祁顏葵道：「范靈枝到底是人是妖，屆時我請那苗疆巫師入宮來看上一看，自然就清楚了。」

衛詩寧還在糾結於這世界上到底有沒有妖怪神仙，可她正要說話，卻被身旁的張清歌踩了一腳。

張清歌忙搶先道：「不知那巫師何時可入京？」

祁顏葵道：「再過半月便是夏種之際，司天監皆會請青雲寺的方丈做法事祈福，求上蒼保佑新的一年風調雨順、一切太平。」

她微微瞇起眼，說及此，話音戛然而止。

張清歌瞬間明白了，輕輕笑了起來，「如此，那一切便麻煩祁妃娘娘了。若是祁妃娘娘能就此抓了那狐媚，為國除害，您便是大齊的大功臣。」

她奉承著笑臉說了幾句恭維話，末了，又花式誇讚了祁顏葵，說論起皇后之位的最佳人選，自是該她祁顏葵排在第一，怎能輪到那妖物附體的范靈枝頭上，巴拉巴拉說了好些，直說到祁顏葵都忍不住露出了笑顏。她這才領著衛詩寧從未央宮退下了。

回到摘星宮後，衛詩寧很是生氣，「妳踩我做什麼？」

張清歌恨鐵不成鋼道：「妳是真笨還是假蠢，難道妳就看不出來，祁妃這是打定了主意要除掉范靈枝嗎？妳管她到底是不是狐狸精？別說范靈枝不是狐狸精，就算她是仙女，是天上的神仙，也不關妳我的事！祁顏葵母家權勢滔天，兵權在握，妳我還是別與祁顏葵糾結太多，儘管附和她便是了。」

張清歌道：「橫豎是她和范靈枝龍虎相鬥，妳我只要作壁上觀便是！」

衛詩寧被張清歌罵了蠢，很是不服氣，她道：「祁妃的母家權勢滔天，可我衛家也不差。若是真論起當皇后的人選，我衛詩寧難道不能與她相爭嗎？」

張清歌輕蔑一笑，「當初皇上在邊疆起義，可是祁家一手扶持，才讓他如虎添翼、一路北上攻入北直隸的。怎麼當初輔佐聖上的不是你們衛家？」

衛詩寧漲紅了臉，一雙眼睛不服氣地瞪著張清歌，可到底沒有再說蠢話。

張清歌其實根本就不想再帶著衛詩寧了，可偏偏她總是三天兩頭來找她，甚至上次還在未央宮內，直接和祁妃說她和自己已經義結金蘭、姊妹相稱——她那張賤嘴說得太快，快到她根本就來不及反應。連打斷她說話的時間都沒有！

如今整個皇宮似乎都默認了她張清歌和衛詩寧姊妹情深。於是她倆就這麼莫名其妙成了一條繩上的螞蟻，簡直讓她無語至極！

張清歌現在真是看到衛詩寧頭都疼了，她也懶得再和她多說什麼，轉身就出了她的摘星宮，她需要回自己的寢宮好好休息，壓壓驚。

入夜，華溪宮。

華溪宮內燈火通明，炎炎夏日，可殿內卻絲毫沒有一絲炎熱，反而十分清爽舒適。

內務府給華溪宮提供了十二個時辰不間斷的冰塊，便是為了給盛寵的靈貴妃良好的生活品質，哪怕是夏日也不能讓貴妃流一滴香汗，萬萬不能委屈了她！

皇宮便是如此，整個後宮的奴才們各個都是極端的勢利眼，誰受了皇上的寵愛，誰便是後宮的主人，誰便能享受一切皇權帶來的好處。

而不受寵的宮妃，日子則十分難捱，甚至有些過得比大太監還不如。

衛詩寧從未承寵，內務府便每日只給她三塊冰塊，就這還是她用她父親送來的大筆銀子砸出來的。

范靈枝正在院子裡燒烤，烤肉噴香，飄香十里。

等手上烤著的這批牛肉串熟透後，她便分發給了下頭的奴才，又吩咐阿刀給劉公公送一些去，畢竟這段時日許多事多虧了劉公公點撥，才讓她如此順風順水。

只是還沒等范靈枝吃完手中的蒜蓉烤茄子，就聽宮人來報，說是皇上來了。

范靈枝覺得掃興極了，懨懨然地命人撤了燒烤架子，一邊微微整理儀容，對著走入院來的溫惜昭迎了上去，臉上適時浮現出了一個假惺惺的笑意，「皇上來了。」

溫惜昭的臉色看上去並不好，眉眼冷凝，渾身散發著壓迫感十足的氣場。

范靈枝命奴才們都退下，自己則陪著溫惜昭入了寢殿，又親自給他沏了杯茶。

第58章　瘋

溫惜昭看著她時的臉色總算好了許多，溫聲道：「又在吃燒烤了？妳還真是與眾不同，總會做些朕從未見過的吃食玩意兒。」

范靈枝卻不理他的話茬，似笑非笑道：「被參了？」

溫惜昭的臉色瞬間更臭了，「別提那幫狗官！」

范靈枝道：「狗官？皇上，水能載舟亦能覆舟，這個道理您還需我來教嗎？」

范靈枝皺眉道：「您如此突然地將鳳印賜給我保管，文武百官收到消息後，自是各有各的不服氣。」

她靜靜地看著他，「我是前朝妖妃，聲名狼藉，泥濘不堪，您若一意孤行要將鳳印賜給我，甚至日後想要立我為后，別說是文武百官，便是大齊的百姓，也是一萬個不願意。」

范靈枝：「還不如皇上您收回成命，不要因為一時衝動，而釀下不可挽回的大錯啊！」

溫惜昭注視著范靈枝，隨即冷嗤了一聲。

他瞇眼道：「上訴的奏摺中，一大半是祁家的勢力，剩下的則是來自左相衛祿。」

他的聲音逐漸陰森：「他們兩人打的什麼主意，我會不知嗎？」

溫惜昭：「祁陳山想讓朕立祁妃為后，最好再和祁妃生幾個小皇子，再讓祁家之後成為太子，接手江山，如此，祁家便是真正的外戚專權、一家獨大；」

「至於衛祿，此人更是玩弄權勢的老手，一心想扶持他的女兒當皇后，如此他便可從左相更進一步，做著國丈的春秋大夢。」

溫惜昭又看向范靈枝，似笑非笑道：「他們那些滿心操縱權術的女兒，又哪裡比得上妳的坦坦蕩蕩。」

溫惜昭伸出手，撫摸過范靈枝的臉頰，「我說得可對？」

范靈枝擰著眉頭躲避開溫惜昭的撫摸，她面無表情道：「我倒是無所謂，橫豎我的使命是輔佐您統一天下。只希望倒是皇上您利用完了我，能乾脆俐落地賜我一死，我也算得到了解脫。」

溫惜昭笑得溫柔，「好，屆時朕定賜妳痛苦一死，絕不挽留妳。」

范靈枝：「我可真是謝謝您祖宗。」

天氣炎熱，因此范靈枝也穿得極其清涼，只穿了件簡單的紫紗抹胸裙，露出了白花花的鎖骨和隱隱約約的胸前春光，引人遐思。

溫惜昭視線忍不住從她脖頸處往下滑去，然後，眸光越來越深。

范靈枝此時正轉過身去取放在小榻上的蜜瓜果盤，可陡然間，她的身體就被溫惜昭猛地抱了個滿懷。

他身上的氣息灼熱無比，他緊緊地抱住她，彷彿要將她揉進自己的身體。

她和他的身體靠得極近，近到她能清晰感受到他身體溫度的變化，炙熱無比。

溫惜昭在她耳邊低聲道：「朕已很久沒有碰女人。」

范靈枝心底不受控制地猛然一顫，她聲音僵硬道：「後宮佳麗三千，皇上何不尋個喜歡的，好好待她？」

溫惜昭聲音逐漸暗啞：「一群庸脂俗粉罷了。」

范靈枝道：「皇上的意思，臣妾就不是庸脂俗粉了？」

溫惜昭眉眼沉沉，「妳是妖孽。」

范靈枝低低笑了起來，只是這笑在溫惜昭聽來，顯得相當刺耳。

他突然就生出了煩躁之心，聲音帶上了不可名狀的躁意和殺氣：「妳當真喜歡上了祁言卿，所以才會如此厭惡朕的觸碰？」

范靈枝忍不住急切道：「好端端的，說祁言卿做什麼？」

溫惜昭道：「妳急了，范靈枝。」

范靈枝道：「並沒有，是您的幻覺。」

范靈枝正努力掙扎開溫惜昭的懷抱，可陡然間，系統竟在她耳邊發出了警告：「宿主，不准拒絕他。」

陡然出現的電子音，讓范靈枝差點嚇了一跳，連帶著她整個人都忍不住抖了抖，彷彿受到了強烈驚嚇一般。

——這還是她第一次聽到系統說話！

——所以原來這個破系統是會說話的?他娘的!這該死的狗逼系統竟然裝聾作啞這麼多年，還真是臥薪嘗膽啊!

系統的電子音繼續傳來:「下一個任務:成為溫惜昭的妖后，請宿主努力刷主線任務!」

系統:「作為獎勵，宿主每和溫惜昭發生親密關係，都能得到相對應的帝王值獎勵。」

系統:「這一次，宿主亦不能拒絕溫惜昭，否則，以無視任務處理。」

無視任務的下場，就是身體深處被割裂的極致痛苦。

那種滋味，范靈枝只嘗過一次，然後，此生都不會忘記。

痛徹骨髓，比粉身碎骨，還要難熬。

「范靈枝?」許是范靈枝陡然的發愣讓溫惜昭錯愕，他忍不住伸手在她面前晃了晃。

范靈枝猛地回過神來，她看到溫惜昭正滿臉擔憂地看著自己。

她愣了兩秒，然後突然之間就「哇」的一聲哭了出來，下一秒，她竟是一屁股坐在了地上，忍不住嚎啕大哭!

一邊說還一邊語氣含糊不清地罵著一些溫惜昭聽不懂的話。

「狗逼系統你是我爸爸?非要如此折磨我嗎?老娘不幹了!」

「老娘真是倒了八輩子楣才讓老娘穿到這個鬼地方!你倒是放老娘回去啊!」

「……」

范靈枝像是瘋了似的一邊大哭一邊破口大罵，讓溫惜昭整個愣住了。

她坐在地上足足大罵了一刻鐘，然後她變臉似的伸手擦了擦眼淚，從地上站起身來，十分鎮定地給自己倒了杯茶。

溫惜昭：「貴妃？」

范靈枝：「潤潤喉。」

溫惜昭：「……」

范靈枝一口氣喝了兩杯茶，然後突然又轉向了溫惜昭，用一種十分可怕的眼神看著他。

溫惜昭忍不住後退一步，「貴妃可是身體不適？」

范靈枝突然對著他咬牙切齒地咧嘴一笑，然後伸手解衣衫，一邊對著溫惜昭拋媚眼，「不要因為我是嬌花而憐惜我，來吧皇上，讓咱們運動起來！」

她此時的模樣有點可怕。

溫惜昭忍不住後退了兩步。

可范靈枝竟追了兩步。

溫惜昭連忙一個轉身，朝著門口處快速疾走了出去，瞬間就消失在了華溪宮。

范靈枝面無表情，「是他不要，不是我不給。」

系統：「……」

第59章　問

溫惜昭走了，范靈枝終於可以關門放狗。

范靈枝惡狠狠盯著眼前系統，咬牙道：「你會說話？你是不是瘋了，跟了我三年竟然現在才開始說話？」

系統：「……」

系統：「妳也沒主動跟我說話啊。」

范靈枝：「行，很好，我就想問問你，後面的主線劇情是什麼？」

系統：「以魏國大皇子為切入點，先滅魏；再以燕國皇后為切入點，繼而滅燕，兩國相繼滅後，讓溫惜昭殺了妳，完成大結局。」

范靈枝瞇起眼來，「大結局？」

系統：「大結局後，妳自會回到妳原來的地方。」

范靈枝：「……行。」

系統：「眼下任務：成為妖后，引發眾怒，魏燕二國亦會派人籠絡妳，妳加之反利用，祝溫惜昭一臂之力。」

范靈枝無力地點點頭，可還是心有不甘地問了一句：「為什麼偏偏選中了我？」

系統：「妳命好。」

范靈枝：「……」

這日晚上，范靈枝的臉色很是難看，讓芸竹伺候她洗澡時都連大氣都不敢出。畢竟皇上來華溪宮後很快就匆匆走了，這還是范靈枝入宮後的頭一回。

芸竹忍不住安慰道：「皇上許是有急事，才會如此匆匆離開。貴妃可萬萬別往心裡去。」

范靈枝懶得理她，繼續閉目養神，空氣一度十分安靜。

等范靈枝躺在床上時，她突然想起了什麼，又問：「你說的主線似乎十分凶險，難道我就沒有什麼金手指嗎？」

系統：「有啊。」

范靈枝：「你他媽逗我？有金手指你也不說？你讓我過去這三年情何以堪？」

系統：「妳也沒問。」

范靈枝氣得差點腦溢血。

系統：「妳的金手指是，自帶迷倒眾生 buff。」

范靈枝：「……果然很金。」

范靈枝抹了把臉，「保命的有沒有？」

系統：「沒有。」

范靈枝：「送我一個。」

系統沉默了很久。

范靈枝不甘心，「必須送我一個，後宮險惡，主線艱難，沒有保命金手指，混不下去。」

系統：「……妳想要什麼金手指？」

范靈枝想了想，「自動識別壞人。」

系統：「妳有點強人所難。」

范靈枝：「你不是人，別裝了。」

系統：「行吧，也不是不可以。但妳必須拿東西前來交換。」

范靈枝：「說。」

系統：「不准和祁言卿談戀愛。」

范靈枝猛地從床上坐起身來，「我才不和祁言卿談戀愛，我只打算和他偷情！」

范靈枝睚眥欲裂，「祁言卿是我的白月光副線，你若是出手截斷，我就死給你看！」

系統：「……」

他不再說話，范靈枝就權當它是答應了。

這才安了心，沉沉睡了過去。

第二日一早，范靈枝早起接受眾位妃嬪的早安禮後，驚訝地發現後宮這十幾個宮妃，竟然有那麼一兩個漂亮的少女，變了顏色。

比如坐在最首位的祁顏葵，祁顏葵渾身瀰漫著一層詭異的、淡淡的橙光。

可坐在角落裡的一位毫不起眼的小才人，渾身竟是瀰漫著一層深深的、十分血腥的深紅色之光。

不用說也該明白，顏色越深，殺氣越重。

所以這位小才人……是打算一刀砍死自己嗎？

祁顏葵發著橙光，她並不覺得意外，可這小才人實在是出乎她的意料。

范靈枝覺得好玩極了，忍不住輕輕笑了出聲。

眾人對范靈枝請安結束後，又到了一天一次的姊妹情深時間。

昨日范靈枝被賜鳳印之後，所有人都還沒有緩過神來，前頭的朝堂更是引起了軒然大波，想必今日皇上上早朝時，更該是焦頭爛額無比。

講真的，在座的各位除了范靈枝和根本不關心外事的關荷之外，剩下的妃子們誰都不信范靈枝能握牢這枚鳳印，更不信她真的能當上皇后。

封后這件事，利益糾葛太深，並非可以任由皇帝自己胡來。

至少，還得問過那文武百官答不答應。

所以此時眾位妃嬪面對著范靈枝時，心中皆有自己的小九九，一個個都是口蜜腹劍的一把子好手。

范靈枝則很享受大家的陽奉陰違，特別是祁妃和衛詩寧，明明眼底有恨意，可嘴角卻不得不對她露出虛偽的笑意，真是太有趣了。

為了犒勞眾位姊妹對她的兩面三刀，范靈枝非常豪氣地喚來芸竹，「昨日聖上新賜了幾隻螺子黛到華溪宮，不知眾位姊妹可有誰想要啊？」

螺子黛，御用之物，物以稀為貴，十分昂貴。

便是貴女祁顏葵、衛詩寧之流，一整年能得到一兩顆都已是幸事，還得看宮內願不願將螺子黛賞賜下來。

如今范靈枝受寵，狗仗人勢的內務府便將螺子黛全都送入了華溪宮，就如那些堆成山的冰塊一樣。

衛詩寧心內又泛起了洶湧的妒意，一邊又瞥了眼華溪宮角落裡堆成小山般高的冰塊。

而她的摘星宮卻炎熱得就像是火爐，哪怕她去內務府又送了許多銀子，也沒法從他們手中多摳出一塊冰塊來，讓她恨得不行。

該死的范靈枝，她定要想辦法讓她落下神壇，成為腳底泥！

於是在這一瞬間，范靈枝十分詫異地發現衛詩寧的身體短暫地冒出了一絲絲的白光。

白光，威脅指數很低。估計是在心裡咒罵自己。

這著實是讓范靈枝樂翻了，她輕飄飄地道：「寧昭儀可需要螺子黛啊？」

范靈枝的陡然點名嚇了衛詩寧好大一跳，彷彿像是被范靈枝發現了自己在腹誹她一般，讓她心虛不已。

她慌忙露出一個笑臉，「哪個女子不想擁有螺子黛呢。畢竟螺子黛如此珍貴……」

范靈枝捂嘴笑，「也是，又不是誰都像本宮這般幸運，庫房內的螺子黛，都快堆成山高了，真是煩惱啊。」

衛詩寧：「……」

范靈枝又問祁顏葵：「祁妃可想要啊？」

祁顏葵淡淡答了：「臣妾不感興趣。」

范靈枝：「關荷呢？」

關荷：「臣妾亦不感興趣。」

「哦？」范靈枝微微瞇眼，狀似不經意道，「那明歡呢？明歡可想要？」

坐在角落裡整個人散發著血紅色幽光的明歡小才人陡然回神，睜大著雙眼誠惶誠恐道：「臣妾、臣妾自是想要！」

第60章　騙

明歡長得清新可人，光看外表，是個嬌滴滴的軟糯小姑娘沒錯。

范靈枝道：「想要的待會兒留下，跟著我去庫房拿螺子黛。」

此話一出，衛詩寧十分慶幸，等不要螺子黛的妃子們離開後，剩下的還剩五個妃子。

范靈枝帶著她們，親自去了華溪宮的庫房。

庫房之內，藏了滿屋子的奇珍異寶。前朝的古董字畫都已算不得什麼，就連夜明珠都有三四顆，碩大大地橫置在貨架上，讓人忍不住瞪大了眼。

衛詩寧的酸意又湧上來了，可一想到即將到手的螺子黛，她還是硬生生忍耐了下來。

而范靈枝走在最前頭，幾位妃嬪跟在後頭，裝盛螺子黛的貨架高處擺放著的，乃是易碎的水晶杯。

水晶杯晶瑩剔透，十分漂亮，哪怕庫房內光線並不清晰，卻依舊閃爍著亮晶晶的光。

范靈枝拿出了幾顆螺子黛，讓妃子們選擇，幾個美女紛紛埋頭挑選，可就在此時，也不知是誰碰到了一旁的貨架，引得貨架上的水晶杯竟是直直地朝著范靈枝摔了下來！

這變故發生得極快，而不等范靈枝反應過來，突然之間便有一道身影直直地朝著范靈枝衝了過來，硬是推開了范靈枝，然後只聽「劈啪」一聲脆響，那水晶杯竟全都砸在了明歡的身上。

明歡的小腦袋瓜子全都是血，連帶著那張漂亮脆生的臉，都被劃出了好幾道細痕。細痕不斷瀰漫出淡淡的血跡，看上去十分可怖。

所有妃子全都愣住了，直到明歡急切又稍帶顫抖的聲音傳來：「貴妃可有受傷？只要貴妃沒事，臣妾如何都值得。」

衛詩寧、張清歌等人紛紛對明歡的捨己為人精神進行了熱烈的讚揚，特別是衛詩寧，當即十分感動地說道：「妳真捨得付出，倒是襯托得我們幾個像不知道感恩的蠢貨。」

范靈枝也十分感動，「本宮並未受傷，就是有點心痛本宮的水晶杯。」

然後眾人紛紛撤離了庫房，范靈枝又讓芸竹去請太醫給明歡診治。因為明歡住的殿子十分偏遠，所以范靈枝十分貼心地將她留在了華溪宮，讓她暫住偏殿，以方便太醫為她診治。

接下去幾日，明歡皆時刻陪著范靈枝，十分貼心。

范靈枝餓了她就親自下廚為她做菜；

范靈枝睏了她便為她遞枕頭；

范靈枝傷心了她便在一旁輕聲細語安慰。

好一隻深宮舔狗，舔得范靈枝感動至極。

此時此刻，范靈枝和明歡二人獨坐在解風亭，觀賞眼前這片枯燥無聊的風景。

范靈枝悲傷道：「皇上昨夜來了，讓我好不感傷。」

明歡柔聲道：「皇上來了明明是好事，您為何要傷心？」

范靈枝道：「皇上說，文武百官齊跪堂前，求他收回成命，不可封我為后。」

明歡急切道：「那，皇上如何說？」

范靈枝道：「皇上說，哪怕眾位愛卿皆致仕，他也要立我為后，與我廝守一生。」

明歡道：「皇上對貴妃，真是用情至深，讓人豔羨。」

范靈枝含淚道：「妳看這湖內的魚，如此自由自在，才是真正地讓人豔羨。不像本宮，只能困在深宮一隅，出不去，逃不開，無法解脫，一困就是一生，哪怕本宮和皇上相愛，也沒有辦法做到有情人終成眷屬。」

范靈枝伸手摸了把眼角的傷心淚，繼續悽楚道：「本宮活得還比不上這幾條魚兒，本宮才是真正的可憐人兒，有生之年，狹路相逢，終不能倖免，手心長出糾纏的曲線……」

范靈枝趴在亭子上，聲音淒淒涼涼，似乎真的很傷感。

明歡站在她身後，一眼不眨得盯著她，嘴中依舊柔柔道：「可是這幾條魚兒，也是被困在這一畝三分地的小池子內，亦沒有自由可言。娘娘怎會比不過它們呢？」

范靈枝道：「這池子深不可測，直通到上京門外的護城河，魚兒們不過是習慣了此處的這方天地，才一直不曾離開。」

范靈枝：「魚兒們尚且能說走就走，可我卻註定只能永遠困在這，享受著愛情的折磨。啊，有生之年，狹路相逢，終不能倖免……」

明歡有些詫異，「這池子如此小巧，竟連著城外的護城河——那豈不是深不見底？」

范靈枝點頭，「這池子就沒有底。」

明歡低聲道：「那……娘娘可會鳧水？娘娘若是會鳧水，便可通過這小池子，直游到外頭去。」
明歡：「那也算是逃離了這淒清的後宮，從此隱姓埋名，過上一生，也算幸事。」
范靈枝道：「可我不會鳧水，別說是鳧水，本宮便是稍微一碰水，都害怕得緊。」
明歡微微垂首，額頭的劉海堪堪遮蓋了她的雙眸，讓人根本看不真切她的神情。
然後，明歡嘴角陡然浮出一個陰詭的笑意，她猛地靠近范靈枝，然後對著她用力一推——
當是時范靈枝只覺得一股格外可怕的力量從背後襲來，竟是讓她整個人都朝著亭子外的這口小池子掉落了進去！
范靈枝落入這小池之時，引起「噗通」巨響，然後，飛濺出了大片水花。
明歡在池子邊大喊：「不好了，不好了，靈貴妃失足——」
可她的聲音，很快戛然而止。
因為掉落在深不可測的小池子的范靈枝，此時正浮在水面上，正似笑非笑地看著她。
明歡：「？」
范靈枝從池子裡站了起來。
這池子內的水位，才堪堪淹過范靈枝的胸膛。
明歡：「……」
明歡陰森道：「您騙我？」
范靈枝笑咪咪，「是啊，我騙妳的。這觀景池當初是我親自設計的，為了防止有人想害我，所以池子的深度可是特意按照我的身高來挖的。」

范靈枝笑得得意極了，「怎麼樣，滿意嗎？」

明歡咬牙，「好一個禍國妖妃！」

緊接著，她再不偽裝，竟是一個飛躍，對著范靈枝飛身而來！

而亦是與此同時，突然有道熟悉的修長身影從暗處飛躥了出來，不過堪堪幾個回合，便將明歡制服。

是祁言卿回來了。

第61章　談

祁言卿將明歡全面碾壓，打趴在地上。又將范靈枝從河裡撈了出來。

范靈枝溼了身，還挺誘惑，身體曲線一覽無餘。

祁言卿紅了臉頰慌忙別開眼，一邊讓下人趕緊帶貴妃去更衣。

范靈枝換了衣衫後，又重新回解風亭尋祁言卿，畢竟侍衛可不能隨意入宮妃的院子，只有在御花園才能說上幾句。

此時此刻，祁言卿堂堂八尺男兒，已將嬌滴滴的小姑娘明歡踩在了腳底，從視覺上來看，其實相當震撼。

范靈枝忍不住道：「輕點兒，疼。」

祁言卿凝眉，「貴妃打算如何處置她？」

范靈枝很是同情，「她不過是犯了每個殺手都會犯的錯誤，當然是選擇原諒她。」

於是范靈枝讓祁言卿站在一旁，她則親手將明歡綁住了雙手，然後讓阿刀把她壓下去軟禁在華溪宮，不得虐待她，放兩條蜈蚣和蟾蜍給她作伴，毀掉她的臉，以懲小戒便是。

等阿刀壓著明歡退下後，祁言卿和范靈枝站在解風亭內，相顧對望，深情凝視，久久無言。

范靈枝柔聲道：「近日可還好？」

祁言卿依舊眉眼清俊，溫溫潤潤地看著她，「近日尚可，只是舍妹嬌蠻，給您惹了不少麻煩，還請貴妃海涵。」

范靈枝道：「無妨，我其實很喜歡祁妃，為我的生活增添了不少色彩。」

祁言卿笑了起來，眼底似有星星閃爍，「那貴妃呢，近日可好，皇上盛寵，您應是歡喜的。」

范靈枝淡淡一笑，可眼中卻無喜色，「是啊，皇上盛寵，如今我愈上風口浪尖，實在可憐。」

祁言卿心下一沉，可到了嘴邊的話終究十轉八繞，又吞回到了肚子裡，只道：「貴妃辛苦。」

范靈枝又笑了起來，「人生苦短，及時行樂。何必想那些傷心事，還是說些高興的，祁將軍終於回來了，才是真正值得祝賀的事。」

祁言卿道：「貴妃不管何事需要祁某幫忙，祁某力所能及，在所不辭。」

范靈枝彎著眼睛看著他，笑咪咪地點了點頭。

兩月不見，他的臉頰晒黑了些，倒是沖淡了幾分書卷氣，多了兩分男子氣概。

范靈枝一眼不眨地看著他，只覺得心底某處缺失的角落，逐漸逐漸地填滿了。

她突然道：「將軍，皇上已和我說了您與他的交換條件。」

范靈枝：「將軍當真確定要這樣做？您可曾想過老將軍和夫人知道後會如何傷心？」

祁言卿的臉色明顯變了變，卻依舊維持笑意，「屆時我自會替家父家母去說。」

范靈枝輕輕笑了起來，只是這笑十足輕蔑。

她道：「所以保全我名聲的代價是，你需替他征戰天下？」

祁言卿眉頭一皺，「您——」

范靈枝道：「是啊，皇上並沒有與我說實話，我問了幾次，他皆顧左右而言他。」

范靈枝：「果然還是心善的將軍，更容易突破呢。」

祁言卿：「……」

范靈枝：「若是他想統一天下，第一個目標……讓我來猜猜，若是我沒有猜錯，第一個目標，應該是魏國？」

「魏國的大皇子素來有戰神之稱，有大皇子在，整個魏國便算是有了主心骨。」范靈枝眸光尖銳地看著祁言卿，「又或者，皇上給您的第一個條件是，殺了魏國大皇子？」

祁言卿愣愣地看著范靈枝，雙眼中盛滿不敢置信。

范靈枝真的太聰明了，是他從未料到的聰明。

祁言卿道：「您……您如何得知？」

范靈枝看著遠方，「我開始了解溫惜昭了，也開始了解你。」

她道：「他道貌岸然不擇手段，你溫柔心軟為人正直。」

「祁言卿，」她又側頭看向他，「若是我一開始就遇到你，若是我從不曾入宮，該有多好啊。」

她的目光像是在看他，可又像是在看更遠的地方。像是承載著淡淡的哀愁。

讓祁言卿心底忍不住抽抽一疼。

祁言卿道：「來日方長，我可等您。」

范靈枝道：「若是等不到呢？」
祁言卿道：「那便等不到。」他認真地看著她，「那又如何。」
范靈枝道：「將軍一言九鼎、一諾千金，靈枝定會努力活下去。」
迎面隱約有一絲夏日涼風襲來，吹散滿亭炎熱。彷彿也在為死氣沉沉的日子注入了一絲動人的鮮活。
二人站在解風亭內斷斷續續說著話，可遠處假山下，溫惜昭看著他們二人的背影，男才女貌，竟顯得出奇般配。
這讓他覺得很不舒服，臉色逐漸陰沉。
他看著范靈枝和祁言卿說話時的臉色，是面對自己時從未出現過的俏皮。她對著祁言卿時露出的笑意，也是他從未見過的歡欣和愉悅。
就連她偶爾皺眉的樣子，都透著說不清的嬌憨。
溫惜昭鄙夷不已，心道這范靈枝還真是本性難改，如此放浪形骸！
他冷笑道：「不愧是妖妃，勾三搭四才是她的真面目。」
身後的劉公公看著溫惜昭緊捏著的手，嚇得大氣不敢出。
他的手緊捏著假山石，好大一塊石頭，竟然被他生生掰了下來。
皇上果然好內功！
溫惜昭側頭對著劉公公道：「朕才不會為了這種人生氣。」

劉公公瞥了眼溫惜昭手中的石頭塊，好傢伙，竟然被他硬生生揉捏成了一大團的碎石。

皇上果然好內功！

溫惜昭笑道：「朕巴不得她和祁言卿多親近親近，朕就可以更好地控制住祁言卿。」

劉公公又瞥了眼溫惜昭手中的一拳頭碎石，好傢伙，竟然又被他硬生生揉捏成了一團粉末，不斷從皇上的手指縫中滑下，成了指間沙。

皇上果然好內功！

溫惜昭陰惻惻道：「劉公公，你用這種打量變態的目光看著朕做什麼？」

劉公公瞬間滑跪在地，「奴才不是，奴才沒有，皇上您可折煞奴才了！」

溫惜昭再不看他，轉身大步朝著解風亭走去。

此時祁言卿已經離開，只剩下范靈枝獨自一人站在原地，望著遠方，傷春悲秋。

溫惜昭大步走到她身邊，臉色陰鷙，神情逐漸變態。

范靈枝露出了假惺惺的笑意，「皇上來了，真是巧了。」

溫惜昭眸光陰森地緊緊盯著她，並不接話。

范靈枝：「皇上為何如此看我？」

溫惜昭逐漸變態，「因為，朕想非禮妳。」

第62章　考

溫惜昭果然很變態，竟然當場拉著范靈枝，就去了假山後頭的一個隱祕小山洞。三兩下就扒光了范靈枝的衣裳。

范靈枝氣得怒火中燒，努力阻止他的動作一邊咬牙道：「溫惜昭你發什麼狗瘋呢？」

溫惜昭卻像是走火入魔一般用力控制住她的雙手，然後猝不及防、太過突然、喝酒不開車、開車不喝酒。

溫惜昭真的像是發了狂犬病，牢牢禁錮住范靈枝，甚至於偶爾還能聽到外頭走過宮人的交談聲。嚇得范靈枝臉色憋得潮紅，緊緊捂住嘴唇，不敢發出任何聲音。

原來溫惜昭喜歡玩野的，他緊緊咬著范靈枝的耳朵，喘著粗氣道：「叫出來。」

范靈枝：「？」

由於用力過猛，所以范靈枝一頭飄逸的長髮和粗糙的假山摩擦許久，以至於靜電作用下而讓她的長髮變成了爆炸頭。

她嬌軟的肌膚也被粗糙的假山劃傷，讓她稍稍一動就疼得快要暈倒。

等范靈枝頂著雞窩頭從假山後鑽出來時，天色竟然已經從黃昏變成了深夜。

月亮在頭頂散發著濃郁的光芒，星星一閃一閃亮晶晶，彷彿在嘲笑范靈枝被人上了。

范靈枝惡狠狠地對著頭頂夜色豎了個中指，一邊一瘸一拐地朝著華溪宮走去。當然一路上也要盡量避開路過的宮人，免得被他們編排出什麼流言蜚語。

等范靈枝離開須臾，溫惜昭也朝著范靈枝的方向跟了上去。

溫惜昭神清氣爽，非常享受，甚至連范靈枝和祁言卿說了那麼久的話，他都不生氣了。

自然，這麼一場必是不夠的，他打算去和范靈枝好好談談，為了彌補他的精神損失，怎麼的也得再來十場八場才行。

溫惜昭又想起方才范靈枝嬌媚歡愉的模樣，忍不住又心下泛軟、某處泛硬。

真刀真槍地來，果然就是比做夢要爽利。

迎面走來的宮人看到年輕帝王冷著臉面走在路上，可誰能猜到他心裡在想的是什麼下流葷話。

范靈枝前腳入了華溪宮，溫惜昭後腳也踏了進去。

溫惜昭進入寢殿時，范靈枝正在沐浴。

范靈枝聽到腳步聲，只當是芸竹，有氣無力道：「快來替我按按背，被一隻瘋狗拱了這麼久，可疼死我了。」

范靈枝坐在浴桶內，背對著屏風，很快地，她就感覺到一雙稍顯粗糙的手撫上了自己的肩膀。

嚇得范靈枝連忙側頭看去，便見溫惜昭正頂著個做作表情笑咪咪地站在她身後。

范靈枝渾身雞皮疙瘩都豎了起來，「溫惜昭？」

溫惜昭十分沒皮沒臉地脫掉了自己身上的衣裳，也入了范靈枝的浴桶，沉聲道：「朕也要沐浴。」

范靈枝：「？那臣妾走？」

溫惜昭：「妳當然不能走。」

范靈枝深呼吸，否則她怕自己一個控制不住就破口大罵，傷了自己與系統之間的和氣。

范靈枝努力逼自己露出一個笑意，「臣妾身子匱乏，實在無法再承受皇恩，不如你我定個甜蜜的約定，皇上您看如何？」

溫惜昭微微皺眉，「什麼約定？」

范靈枝道：「在臣妾的家鄉，相愛的男女之間，必須進行一個愛的考試，考試過了，才能進行下一步。」

范靈枝伸出手指比了比，「就是那種，您懂的。」

溫惜昭微微來了興致，「考試？類似科舉？」

范靈枝：「有點像，但也不盡然。」

溫惜昭：「說。」

范靈枝：「臣妾給皇上出的第一題，皇上聽好。」

溫惜昭擰起了眉頭，洗耳恭聽。

范靈枝：「有若干隻雞和兔子在一個籠子裡，他們一共有八十八個頭，二百四十四隻腳，那麼問題來了。」

「雞和兔各有幾隻？」

溫惜昭的腦袋上冒出了無數問號。

范靈枝道：「您解開這道題，臣妾便和您嗯嗯嗟。」

溫惜昭：「妳他媽在逗我？」

范靈枝道：「您是皇上，誰敢逗您呢？不過是真心實意地想考驗皇上對臣妾的愛情指數罷了。」

溫惜昭冷笑，「妳這是在為難朕。」

范靈枝道：「這在臣妾的家鄉，可是最簡單的雞兔同籠應用題。」

說及此，她猛地仙女落淚，「所以，皇上對臣妾，果然只是隨意玩弄對嗎？」

范靈枝雙眸蓄滿了水氣：「果然啊，早該知道泡沫，一觸就破，就像已傷的心，不勝折磨……全都是泡沫——」

溫惜昭粗暴打斷了她：「好好的，唱什麼？真他娘的難聽。」

范靈枝不說話了，只是用一種楚楚可憐的受傷眼神看著他。

溫惜昭煩得不行，「解出來了就讓睡？」

范靈枝點頭，弱弱地：「嗯嗯。」

溫惜昭隨意地在范靈枝的澡盆裡搓了搓，就起身，重新穿戴整齊走了。

只是離去前，范靈枝道：「皇上加油，臣妾等著您。」

溫惜昭的背影莫名地帶上了一絲沉重。

好不容易哄走了溫惜昭，范靈枝總算鬆了口氣。整個人癱軟在澡盆裡，一邊繼續惡狠狠地罵溫惜昭。

罵得口渴了，范靈枝才身心疲憊地從澡盆裡鑽出來，躺在床上，瞬間秒睡。

只是她竟然做了一個很可怕的噩夢。

她竟然夢到自己穿著仙子的衣服，在一個到處都仙氣飄飄的地方，然後跪舔溫惜昭，就是為了讓溫惜昭多看她一眼。

這個夢實在太詭異了，甚至還有點真實，以至於讓醒來後的范靈枝越想越冷汗直冒，一邊懷疑自己是不是最近看多了仙俠話本，竟然做了如此奇葩的夢境。

她連忙吃了一大堆的早膳壓壓驚，然後很快就就把這個夢忘在了腦後。

昨日明歡刺殺她的消息被她封鎖，所以後宮內根本無人知道明歡已被她軟禁。

今日眾位妃嬪來給范靈枝請安之後，便相繼離開。而范靈枝則讓阿刀去將明歡壓上來，她要親自審問。

很快地，明歡被帶到。

她渾身滿是汙泥，臉上也破了相，顯得非常狼狽。

范靈枝十分滿意，「就是要這樣，小懲便是了，本宮向來心慈手軟，從不使用酷刑，要用溫柔的手段去打動罪犯。」

范靈枝瞥向一旁的阿刀，「可記住了？」

阿刀連連點頭，「是，奴才記住了，奴才一定學以致用。」

第63章　見

范靈枝對阿刀非常欣慰，然後繼續將注意力掃向明歡。

范靈枝居高臨下看著她，「妳父親乃太常寺博士明大洪，從七品，妳乃明大洪的長女，從小到大做過最出格的事，就是去隔壁的太常寺王大人家偷鳥蛋，因為被王大人當場抓了個正著而挨了批評，從此妳發誓再不爬樹。」

范靈枝注視著明歡，十分疑惑，「五個月前妳去郊外青雲寺上香，不知怎的馬車衝入了糞坑翻了車，等下屬們手忙腳亂將妳從糞坑撈出來後，妳就鮮少出門。」

范靈枝似笑非笑，「怎麼掉了趟糞坑，妳竟起了暗殺本宮的主意了?難道是本宮讓妳摔進糞坑的?」

明歡那張明豔的臉此時充滿了戾氣，雙眼直勾勾地瞪著她，一字一句道：「您一定忘了，五個月前您出宮禮佛要求清路，於是我家的小馬車就被大內侍衛衝撞到了斜坡上，由此釀成我掉落糞坑的慘禍。」

范靈枝：「?」

明歡：「彼時我吸入了髒水九死一生，幸得江湖術士相救才讓我撿回一條命。從那之後我就發誓，一定要殺死勞民傷財的禍國妖妃，給天下一個交代!」

她一邊說，渾身一邊爆發出了可怕的殺氣。

范靈枝想了很久也想不起來自己何時有過如此凶殘的排場，她一向吩咐手下人低調行事，不可張揚，更不可借著她的名義幹壞事，否則壞事做的太多容易遭天譴。

范靈枝覺得難過極了，「此事當真？」

明歡恨聲道：「自然。」

范靈枝難過得說不出話來，她一邊垂眸落淚一邊讓阿刀把匕首架在了明歡的脖子上。

明歡：「？」

范靈枝抹淚，「讓她寫封家書。」

阿刀一手將匕首抵住她的頸大動脈，一手遞過紙筆，讓明歡寫家書。

明歡不肯寫，范靈枝亦是仁慈，只讓阿刀抓了幾隻螞蟻，又讓小桂子往她的臉上塗蜂蜜。

明歡突然就生出了懺悔之心，二話不說拾起了筆，范靈枝說什麼，她就寫什麼。

站在明歡身旁的阿刀這才適時收起了手中的螞蟻。

范靈枝道：「父親近來可安好？女兒在宮中任務失敗了，險些被貴妃識破。幸得女兒機警，逃過一劫。父親也儘快逃命去吧。若是此事被靈貴妃徹查、東窗事發，貴妃她心狠手辣，必不會放過你我。」

范靈枝：「妳就按照我說的這樣寫，一字不准差。」

等家書寫好之後，阿刀及時收回了紙筆，遞給范靈枝。

明歡臉上的恨意快要衝破天際，她詭笑道：「貴妃想調查些什麼？刺殺可是我獨自的計畫，我父親可不知情。」

范靈枝道：「妳父親若不知情，又豈會讓妳學武功？」

范靈枝眸光幽幽，「妳的武功並不算低，甚至有些厲害。可見妳頗有功底，沒個十年八年的沉澱，可達不到這樣的程度。」

明歡面無表情，「家父讓我從小學武、強身健體。」

范靈枝又疑惑了，「從小學武，強身健體——妳這般高強的輕功，怎會連鳥蛋都掏失敗了，還會被人當場抓獲？像妳這樣的俠女，區區鳥蛋，應該手到擒來才是。」

明歡陷入了詭異的沉默，許久，才惡狠狠道：「要妳管！死八婆！」

范靈枝委屈地看向阿刀，「她罵我。」

阿刀很心疼，當即放出了手中的螞蟻，朝著明歡的臉上倒去。

明歡嚇得猛地掙扎，一邊尖利大叫：「范靈枝！妳這個臭娘們！我遲早要宰了妳餵狗！」

范靈枝道：「太血腥了，阿刀，她怎能說出這樣的話來？」

阿刀心疼壞了：「主子別怕，奴才這就砍了她的腳筋，對她略施小戒。」

范靈枝並不贊同：「阿刀怎能如此血腥？」

阿刀：「還請主子放心，奴才一定溫柔，輕輕地砍，盡量為她減少痛苦。」

范靈枝這才鬆了口氣，「那本宮就放心了。」

阿刀和小桂子由此將明歡拖了下去。

范靈枝轉頭就將明歡寫的信交給旁人輾轉交給明大洪。

明大洪身為一個一天到晚無所事事的七品小官，他很快就將回信送回了宮中，回到了范靈枝的手裡。

明大洪的回信是這樣寫的：

愛女，妳在說什麼亂七八糟的，為父怎麼看不太懂？妳在宮內做了什麼任務失敗了？竟然還得罪了靈貴妃？

咱家小門小戶，經不起折騰，愛女妳在後宮還是安分守己一點，不要惹事，如有條件最好多多討好靈貴妃，沒準靈貴妃一個高興，會賞個鐲子什麼的補貼家用。父親呈上

看完回信後，范靈枝十分確定這個明大洪確實根本就不知道明歡竟然在皇宮內打算刺殺自己。

想了想，她還是打算親自見明大洪一面。

她將想法告知了祁言卿，祁言卿轉身安排，倒是終於讓范靈枝在芙蓉宮內見到了明大洪。

明大洪在太常寺上班，平日裡也就管管樂器，研究研究樂譜，又或者給樂器擦擦灰之類的。

這日他依舊打算拿出樂譜敷衍一番好打發時間，突然就有人傳喚，說是宮內的女兒想見他一面。

女兒雖只是個小小的才人，可她能入宮就已經是給家裡增添門楣。

雖然前幾日的信讓他有些七上八下，可他打聽了宮內的近況，並沒有什麼小才人得罪靈貴妃之類的消息傳出，因此他也就逐漸心定了下去。

眼下聽宮內來了人，他也未曾多想，轉身就跟著上了馬車。

他被帶到了後宮的芙蓉宮。

芙蓉宮是專門軟禁棄妃的地方，明大洪差點腳軟，忍不住追問帶著自己入宮來的清俊太監：「這位公公，我那女兒可是犯了什麼錯？竟被打入了芙蓉宮嗎？」

阿刀似笑非笑，「奴才並不知情，大人進去看看不就知道了？」

明大洪顫顫巍巍地踏入了芙蓉宮。

才剛走到內殿，就看到一道衣著華麗、裝扮貴氣逼人的身影正坐在正中央。

她頭上戴著碧綠的翡翠，手上戴著雕工複雜的黃金鐲，就連身上的衣衫都是最昂貴的雲錦布製成的，整個人簡直就是行走的財庫。

第64章　解

明大洪看得呆了，他從未見過如此毫無人性之人。

直到身側一道尖銳的呵斥聲響起，才堪堪拉回了他的注意力，嚇得他臉色煞白跪在地上，不敢造次。

范靈枝道：「你便是明歡的父親？」

明大洪跪在地上，唯唯諾諾點頭稱是。

范靈枝道：「好，那我問你，你可曾讓明歡習武？」

明大洪愣了愣，「習武？姑娘家的，怎能習武，習武後變得又凶又狠，那豈不是嫁不出去、要當老姑娘了？」

范靈枝道：「那明歡有沒有可能……背著你偷偷找師傅習武？」

明大洪：「實不相瞞，下官的家裡相當之窮，連飯都吃不飽，哪有力氣練武啊。」

說著說著，明大洪覺得奇怪極了，「貴妃為何一直問這個？」

范靈枝柔柔道：「再過一段時日便是聖上接見魏燕二國皇子的接風洗塵宴，本宮本想讓明歡獻劍舞。」

她遺憾道：「可既然明歡不會才藝，那便罷了。」

明大洪當即捶胸頓足、十分後悔，他遺憾得直跺腳，「早知如此，下官便是砸鍋賣鐵，也讓明歡去學劍啊！不知現在去學可來得及？」

范靈枝：「呃，應該來不及。」

明大洪更氣了，同時表示他現在就去物色劍舞的師傅，務必從現在開始讓明歡練習起來，沒準到了下次皇上設宴的時候，明歡就可以學以致用、一鳴驚人。

范靈枝對此表達了鼓勵，並讓阿刀將明大人送出宮去。

等明大洪走後，范靈枝面無表情地返回了華溪宮。

她臉色沉沉地吩咐：「去查查明歡是五個月前的哪日掉入糞坑的，再查查在那一日的前後時間內，上京中可曾還發生了什麼事、來過什麼奇怪的人。」

阿刀領命退下，查證去了。

范靈枝的心情沉重，真正的明歡怕是已經死了。

現在這個明歡……她忍不住瞇起了眼，嘴角泛起一絲冷意。

就在范靈枝暗中調查明歡時，溫惜昭竟然也不曾來找她。

這讓范靈枝暗暗慶幸的同時又產生了一絲期待——如果雞兔同籠應用題就能困住他，那該有多好！

少了應付溫惜昭的精力，這能讓她的後宮生活輕鬆許多。

等到了晚上，范靈枝正吃著自己做的蒟蒻乾，就聽門口處傳來了太監的呼聲，正是溫惜昭來了。

距離她給出雞兔同籠應用題，已經足足過去四天。
倒是比她想像得慢了一些。
范靈枝笑咪咪地迎了上去，「皇上可是解開應用題了？」
溫惜昭臉上盡是自負的笑，「自然。」
溫惜昭：「其實第二日便已解開，只是這幾日朕忙於準備夏種大典，這才耽誤了時間。」
一邊說，溫惜昭一邊拍了拍手。
於是很快就有宮人將一個碩大的籠子抬入了華溪宮的院子。
籠裡裝滿了雞和白兔，密密麻麻，密集恐懼症的災難。
溫惜昭臉上滿是自負的光，「八十八個頭，二百四十四隻腳，經過朕的實踐可得，兔子三十四隻，雞五十四隻。」
溫惜昭：「愛妃請核實。」
范靈枝抹了把臉，笑得陰惻惻的，「皇上有沒有覺得，這種結題方式有點費雞？」
溫惜昭嘴角泛起嗜血的笑，「就算都死了又如何？朕向來只要結果，不在乎過程。」
范靈枝凝視他半晌，突然道：「現在又有若干隻雞兔在同一籃子裡，已知它們一共有兩千兩百個頭，三千二百八十隻腳，那麼問題來了。」
溫惜昭嘴角的冷笑瞬間變成了殺氣，「妳這是在為難朕。」
范靈枝指著那籠內的雞和兔，「皇上何嘗不是在為難這些兔子和雞？」

溫惜昭氣得快要暴走，「明明是愛妃妳先出的題？如今竟怪朕在為難兔子和雞？妳他媽還有沒有天理？愛操不操妳以為老子很稀罕垃圾？」

范靈枝：「說話就好好說你說什麼 rap 搞什麼飛機，你以為你是大齊嘻哈 King ？單押雙押老娘從不在意，本小姐只在意你有沒有為難祁言卿！」

溫惜昭：「……」

范靈枝：「……」

溫惜昭突然一下將范靈枝打橫抱住，渾身散發著十分可怕的氣場，徑直將范靈枝扔到了床上。

他一邊凶狠地撕爛范靈枝身上的衣衫，一邊在她耳邊惡狠狠道：「妳既然如此心疼祁言卿，等月底的接風宴後，朕就讓祁言卿去刺殺魏國大皇子。」

「怎麼樣，滿意了嗎？」

他一邊陰鷙說著，一邊粗暴得對待她，彷彿要洩心頭之恨。

范靈枝努力承受著，可雙眼卻還是忍不住落下了淚來。

溫惜昭一不小心，就觸到了范靈枝滿臉的淚痕。

她的眼淚很燙，燙得溫惜昭竟是心下狠狠一疼，連帶著他的動作都停了下來。

他才發現，范靈枝正整個人不斷顫抖著，已是控制不住地在大哭。

此時此刻，他心底竟開始隱隱作痛，且痛感越來越強。

可又有一股無法忍受的妒忌，在他胸膛之內到處亂竄。

這是他從未產生過的感受。

就像是心臟被人狠狠刺了一刀，又像是被人用力揉捏，而他逃無可逃、無法擺脫。

他一眼不眨定定地看著她，過了許久，他才伸出手去，輕輕碰了碰范靈枝的肩膀。

她的肩膀很圓潤，小小的，就像是珍貴的貝殼。

他凝著眉，乾咳一聲，說道：「哭什麼，朕解開了第一道雞兔同籠，妳說過解開一題便可和朕嗯嗯嗟。」

可范靈枝依舊埋頭無聲哭著，直哭得溫惜昭的心越來越痛，痛得他快要喘不過氣。

他深呼吸，努力好言相說：「和朕睡覺，讓妳委屈成這樣？身為朕的寵妃，侍寢讓妳如此難堪，妳讓朕情何以堪。」

溫惜昭自嘲道：「終究是錯付了，因為朕的貴妃，喜歡的不是朕，而是朕的將軍。」

「所以貴妃覺得侍寢，是十分痛苦的事。」

「貴妃，朕說得可對？」

他的語氣逐漸瓊瑤化。

彷彿被強上、被強行利用、被指使去勾引祁言卿的人，是他溫惜昭，而不是她范靈枝。

范靈枝覺得簡直離了個大譜了，正義驅使著她，讓她忍不住抬起頭來打算和他 battle 三百回合。

第65章 酒

范靈枝猛地一個翻身從床上翻滾起身，她發狠道：「一開始我就一心求死，是你在御書房強上了我，非要納我為妃；」

「是你要利用我這個臭名昭著的妖妃，以此迷惑外界，讓別國對大齊放鬆警惕；」

「讓我去勾引祁言卿的是你，派出殺手給我和祁言卿製造相處機會的是你，利用我控制祁言卿的也是你，如今口口聲聲喊著受傷的還是你。」

范靈枝血淚控訴：「溫惜昭怎麼就這麼能呢？你是想我對你默默付出所有，不管你怎麼糟蹋我，我都全盤接受並滿心等著你浪子回頭渣男回心轉意嗎？」

「那你還真的選錯人了，我不是那樣的人，」范靈枝冷笑，「我拿的是大女主劇本，可不是犯賤的虐文女主。」

溫惜昭愣愣地看著她，許久，都沒有說話。

范靈枝端起酒杯喝了兩杯茶，「我不但是大女主，我還是女權，為婦女爭取利益也是我的奮鬥目標。」

溫惜昭終於開口說話，只是聲音啞啞的：「所以從一開始，妳我之間就走錯了。」

范靈枝：「是。」

溫惜昭：「妳成為朕的宮妃，乃是身不由己。而不是心甘情願。」

范靈枝：「沒錯。」

溫惜昭：「朕還如此利用妳，利用妳控制祁言卿，利用妳迷惑眾生，甚至還打算利用完後再殺了妳。」

范靈枝：「恭喜您，都會搶答了。」

溫惜昭垂眸，「妳恨朕？」

范靈枝：「您說呢？」

溫惜昭微微嘆息，「范靈枝，朕無法保證日後到底會如何，可至少當前，朕會護妳安好、不再傷害妳。」

他眸光沉沉看著她，輕聲說著。

范靈枝道：「臣妾覺得皇上首要該做的，或許是先學會尊重女性。」

溫惜昭有些不理解，「尊重女性？」

范靈枝：「對，皇上若是想求偶，就該先試著追求女性，若是女性同意，才好進行下一步。」

溫惜昭：「何謂求偶？」

范靈枝舉例：「您知道什麼叫約會嗎？」

第二日中午，溫惜昭和范靈枝已身著常服，站在了上京的大街上。

天氣炎熱，日頭毒辣，紫外線極強。

溫惜昭的鳳眼注視著她，裡頭盛滿渴求，「今日我得了空，可以與愛妃約會。」

范靈枝：「皇上覺不覺得有點熱？」

溫惜昭：「這份火辣就如同朕的內心，熱情似火。」

范靈枝：「你他媽有毒。」

溫惜昭牽著范靈枝的手，二人走在街頭，引來了無數目光。

畢竟是俊男美女的組合，男帥女美，十分靚麗。引得過路人頻頻側目。

溫惜昭心想，他必然是做不到范靈枝所說的她家鄉那樣，男方喜歡上一個女子後就會盡全力向女子示好以取得她的歡心。

畢竟他身為帝王，有自己的驕傲和尊嚴。

但是在他力所能及的範圍之內，他還是願意給她最好的一切，至少可以努力向她家鄉的風俗靠攏，努力給她安全感。

溫惜昭牢牢地牽住范靈枝的手，讓她覺得有些赧然。

范靈枝試圖掙扎開，可卻被他更牢得握在手中。

范靈枝看著他臉上因為太過炎熱而不斷往外冒的汗水，不知為何，讓她腦子裡產生了一個非常荒唐的想法。

范靈枝忍不住停下腳步看著他。

溫惜昭感受到了她的停頓，不由側頭看向她。

范靈枝臉色十分詭異，「話說您現在這般，該不會是？」

溫惜昭：「該不會是？？」

范靈枝：「……該不會是，真的喜歡臣妾了？」

此話一出，溫惜昭自己也愣了。

他凝眉思考許久，然後緩緩搖頭，「朕不是，朕沒有，別亂說。」

范靈枝鬆了口氣，「那就好。」

溫惜昭也鬆了口氣，「嗯嗯嗯。」

只是不知為何，溫惜昭覺得范靈枝的手變得格外燙手，似乎要從交握的手心一路燙到了心裡去。

嚇得他連忙放開了她。

范靈枝乾咳一聲，有些不自在地看向別處。

溫惜昭也咳了咳，目光掃向天上。

天上適時飛過一隻烏鴉，叫了三聲呱呱呱。

上京街頭格外熱鬧，各種商鋪鱗次櫛比，街頭人群人來人往，十分熱鬧。

二人走了許久，便見前頭有一家裝修精緻的店鋪，店鋪內人來人往，好不熱鬧。門口還撒了一地的炮竹殘渣，火紅火紅鋪了一地。可見這家店乃是今日剛開業。

而不等他們走到門口，就聞到了一股十分濃郁的酒香味。

范靈枝已經很久沒有出宮，自從她三年半前進宮後，除了偶爾出宮禮佛，她根本就沒有機會在上京街頭閒逛。

上一次行走在上京街頭，還是和祁言卿一起為了躲避殺手呢。

抬眼望去，只見這店鋪的正中掛著一張牌匾，上面刻著「將進酒」三字。將進酒，原來是賣酒的酒家，怪不得如此香氣四溢。

范靈枝有些好奇地朝著這店鋪內看了眼。溫惜昭見狀，自是大手一揮，帶著范靈枝徑直開了天字一號樓帝王套房。

溫惜昭不愧擁有鈔能力，拿著菜單大手一揮表示通通來一份，小二當即樂開了花，殷勤地跑上跑下盡力照顧好眼前這位金主爸爸。

等將進酒端上來後，瞬間連整個包廂都滿溢了這股濃郁的酒氣，引人微醺。

金主爸爸溫惜昭親自給范靈枝倒酒，范靈枝端起酒杯輕嘗一口，只覺一股甘甜又不失凜冽的酒香瞬間從口舌之間漾開，是一種很特別的酒味，有些像雞尾酒混著紅酒的意味。

范靈枝覺得好奇極了，忍不住又喝了一些，一邊忍不住彎起眼來。

溫惜昭柔柔地看著她，「妳好像很喜歡。」

范靈枝道：「這酒很特別，倒是讓我想起了從前，很久很久以前的事。」

溫惜昭：「很久以前？多久？」

范靈枝：「啊，細細想來，我來到這裡，都已經……」

她的聲音低了下去。

溫惜昭還想再說，突然就聽到隔壁房間，陡然傳來了一道氣憤的男子聲音。

「老子可是未來的國丈，誰敢小瞧我？」

第66章 權

這聲音。

范靈枝刷地就從椅子上站了起來。

溫惜昭的臉色也變得詭異起來，隨即他眯起眼，嘴邊浮現出了一個詭異的笑意。

范靈枝亦冷笑起來，她走到窗戶邊推開了窗子，以方便自己能更清晰地聽到隔壁廂房內的對話。

溫惜昭也走了過來，二人並肩站立，豎耳傾聽，誰都沒有再說話。

此時此刻，隔壁廂房內。

廂房內的桌子上鋪滿了雞鴨魚肉，碩大的圓桌旁，除了坐著翰林學士范賀之外，還坐著另外兩個男子，和一個不斷啜泣著的小丫頭。

小丫頭約莫十五六歲光景，長得很是嬌豔，此時此刻她雙眸卻是紅彤彤的，就像隻被人欺負的小兔子，讓人看著都覺得可憐。

范賀坐在小丫頭的身側，頭髮半白，臉上皺紋忒多，就像是她的爺爺一般。

而身側的那兩個男子則約莫三十歲左右的年紀，一個倒吊眼，一個尖嘴腮，看上去就不是好人。

倒吊眼道：「這姑娘雖家道中落，可好歹曾經也是堂堂秦淮知府的女兒，范大人，哪怕您即將成為國丈，可也不該如此欺負人家，畢竟她可是和大理寺秦家的兒子有婚約啊！」

范賀哼道：「什麼婚約？那秦家都把她給趕出來了，可見那秦家已經對那門婚事不認帳！既然不認帳，本官為何不能娶她當續弦？」

小姑娘一聽，哭得更厲害了，一邊落淚一邊低聲泣道：「還請大人放過小女吧，小女……小女已是心有所屬……」

范賀眉頭倒豎，「本官可是有什麼地方配不上妳？妳這丫頭真是不識好歹，本官要銀子有銀子，要權力有權力，如今皇上可是將鳳印給了我女兒，我女兒被封為皇后，也是板上釘釘的事。」

范賀越說越大聲：「妳若是再不識好歹，休怪本官翻臉不認人，將妳賣到妓院裡去！」

這丫頭果然嚇得再也不敢說話了，只渾身顫抖著看著他，一雙眼睛蓄滿了眼淚，卻也不敢哭出聲。

身側的倒吊眼和尖嘴腮不由對望一眼，皆從對方眼中看到了得色。

倒吊眼道：「哎喲，范大人還提您那當著貴妃的女兒呢？」

倒吊眼：「可我怎麼聽說您那女兒可不喜歡您，就連您的小女兒和長子，都被她慫恿得一齊逃到江南去了，硬是讓您一點都不曾察覺。」

「可見靈貴妃可是根本沒有將您這個父親放在眼裡啊，不知她還認不認您這父親？哈哈！」

倒吊眼的話剛說完，就引得尖嘴腮和他自己爆笑如雷，著實笑到了范賀的心窩上。

倒吊眼瞇眼低聲道：「還是說，您其實根本就沒什麼實權，您范家的一切其實都是靈貴妃在作主？不然怎麼您的長子和女兒跑了三天，您才回過神來啊？」

這話說完，倒吊眼和尖嘴腮又爆笑起來，這一聲聲的嘲笑簡直就像是一把把刀，不停地割著范賀的心臟，讓他疼得快要按壓不住心底的怒氣。

「笑夠了沒有？」

范賀忍無可忍，一瞬間暴怒而起，竟是直接將酒壺摔到了地上。

噴香的將進酒就這般灑落了一地，滿屋子的酒氣瞬間變得更加濃郁起來。

范賀只覺得胸膛內的大火快要將它整個人都燃燒得失去了理智，就連眼前的一切似乎都開始變得扭曲起來。

他一下子看到眼前這兩人的正指著自己的鼻子，嘲笑自己是被女兒耍得團團轉的懦夫，一下子似乎又看到阿沁小姑娘也笑咪咪地嘲笑自己。

范賀只覺得渾身一把火無處可灑，一時之間，乾脆直接整個人直直地就朝著阿沁飛撲了過去。

他將阿沁整個人摟在懷中，只覺得這小丫頭香噴噴的，就像是春日枝頭剛剛盛開的小花朵，讓他渴望至極。

他似乎開始感覺到自己變老了，所以這兩年格外喜歡玩弄年紀輕輕的小姑娘，似乎能從她們身上找回他逝去的青春和活力。

當然更多的，則是他喜歡看到那些小姑娘在面對他時，所流露出的那種充滿畏懼的眼神。

他是寵妃的父親，是整個大齊最尊貴女人的父親，光是這一點，就足以讓他抬頭挺胸走在青樓酒肆，接受那些女人或畏懼或嚮往的眼神。

此時此刻亦是如此，他看著阿沁臉上流露出的驚駭，可她卻根本不敢反抗自己，他瞬間就覺得體內的怒氣消失了一大半！

大抵是喝醉了，他竟然開始情不自禁地想要脫掉阿沁的衣裳。

此時此刻，身旁的倒吊眼暗暗地給阿沁傳遞了一個眼神，於是轉瞬之間，阿沁突然尖聲大叫起來：「救命、救命啊——」

這叫聲如此淒厲，嚇得一直在隔壁包廂聽牆角的范靈枝與溫惜昭再也聽不下去，二人同時飛奔而出，一腳踹開了范賀所在的包廂大門。

可溫惜昭和范靈枝還未進入房內，房內的倒吊眼和尖嘴腮二人竟瞬間衝了過來。

倒吊眼還對著溫惜昭和范靈枝二人惡狠狠道：「什麼人？老子勸你們可別多管閒事——」

可不等他的話音落下，溫惜昭就抬起一腳對著他的胸膛重重踢了下去。

一旁的尖嘴腮見狀不對，轉身就要逃開，可同樣被溫惜昭一招掃在了地上。

而此時房內的范賀，亦已從混沌中清醒了過來。

等他看清站在門口的二人之後，嚇得他一屁股坐在了地上，顫巍巍道：「皇皇皇上……」

溫惜昭並未動作，范靈枝則冷笑一聲，朝著自己父親緩緩走了過去。

而范賀身邊的小姑娘阿沁，則是捂住自己的衣衫，正滿臉狐疑地看著進來的二人。

范靈枝低低笑了一聲，上下掃著眼前的范賀，好半晌，才緩緩坐在了椅子上，手上則一下一下拍打著桌面，臉色看上去……十分恐怖。

范賀忍不住吞了口口水，然後連忙嘿嘿一笑，對范靈枝討好道：「枝兒真是越來越漂亮了。」

范靈枝捂嘴輕笑，「越來越漂亮了？那在父親看來，女兒和您身邊的這小丫頭，誰更美呢？」

第67章　問

范賀臉上泛起尷尬神色，對著范靈枝嘿嘿笑道：「貴妃盡會說笑，您的美貌天下無雙，豈能和一般的凡夫俗子相比。」

范靈枝依舊笑咪咪的，「父親，幾年不見，您的臉皮還真是越來越厚，越來越不要臉了啊。」

范賀心裡在罵娘，可臉上還是得對著范靈枝陪笑臉，畢竟皇上就在身邊，他總不好直接當著溫惜昭的面指著鼻子罵人。

范賀：「哪裡哪裡，老臣明明一直都這樣，貴妃您怕是入宮了太久，所以對老父親我有些印象模糊了嘛。」

范靈枝真是懶得再理這個厚臉皮的老色胚，這麼多年了，他都從青壯年變成了如今的花白老頭，他怎麼還是這麼副德行，讓人倒胃口。

范靈枝一雙漂亮的杏眸又掃向一旁顫巍巍的阿沁。

她上下掃過這個小丫頭，然後語氣輕飄飄的：「不知妳是從何處冒出來的小姑娘？」

阿沁立刻雙眸通紅走上前來，然後竟是撲通一聲跪在了地上，她含淚道：「您便是靈貴妃嗎？靈貴妃，您可要為民女作主啊！」

范靈枝淡淡道：「哦？妳有什麼冤屈，倒是說來聽聽。」

阿沁道：「半月之前，民女剛從江南輾轉來到了上京，便是為了投靠民女的未婚夫……」

可誰知等她找到了秦府後，才剛和門童說明了來意，結果話都還沒說完，就被秦府的小廝們用掃把把她掃了出來。

並且還放出話來，他們家的少爺已經有了心上人，讓她這個卑賤的女人不要再如此不知好歹，還去煩他，否則可就別怪他們秦府使出什麼手段，讓她在上京再也混不下去。

說來也巧，阿沁到了秦府後，身上的盤纏早已用光，甚至於連一頓飽飯都已經三天不曾吃到。

然而天公不作美，天上竟下起了特大暴雨，於是阿沁就此流落到了街頭，差點淪為了乞丐。

而就在此時，她遇到了尖嘴腮，尖嘴腮手中提著一隻燒雞和一大袋肉包，餓得失去理智的阿沁便趁著尖嘴腮不注意，去偷他的肉包，可誰知卻被尖嘴腮當場抓住，作勢要將她送到青伶樓內。

尖嘴腮正是青伶樓的管事，而說來也巧，就在阿沁被尖嘴腮拉到青伶樓內之後，正巧就遇到了前來尋歡作樂的范賀。

范賀一眼便看中了哭得梨花帶雨的阿沁，當即老漢救美挺身而出，將阿沁救了下來。

也正是由此，才會有今日這場聚餐，便是因為尖嘴腮帶著倒吊眼前來要人，可范賀不肯，並且非說要娶阿沁為妾。

阿沁哭哭啼啼地將這些話說完之後，便雙眼定定地看著范靈枝，再次叩首道：「還請貴妃給民女作主！」

范靈枝聽罷，恍然大悟，可隨即便十分疑惑地看著阿沁，「秦府的兒子怎能隨意解除婚約？這豈不是有違道義？」

阿沁道：「秦章的父親乃是大理寺少卿，民女不過區區一介平民，自是敢怒不敢言。」

范靈枝道：「妳不曾想過報官？」

阿沁：「官官怕是相護，報官又有什麼用處……」

范靈枝：「所以妳寧可流落街頭當乞丐，也不願試一試，為自己爭取嗎？」

阿沁愣了愣，隨即羞赧道：「是阿沁懦弱了。」

范靈枝又笑了起來，「去了青伶樓，被我父親救下，我父親將妳從那火坑之中解救出來，妳可對他心存感激？」

阿沁愣了愣，顯然沒料到范靈枝會這樣說。她喃喃道：「我、我自是感激……」

范靈枝：「我父親要求妳以身相許作為報答，妳為何不願？」

阿沁更愣了，可還是很快反應過來，「因為……因為民女心中已有心愛之人，所以才會不願……」

一邊說，她一邊又擦拭起了眼淚。

范靈枝恍然大悟，她又笑咪咪地道：「既是如此，那我問妳，妳既不打算以身相許，那妳打算如何報答我父親的救命之恩啊？」

一邊說，她一邊用手支著下巴，歪著腦袋看著她。

阿沁掩在袖下的雙手緊緊捏了捏，面上卻依舊一副傷心樣子，她道：「除了讓民女以身相許之外，別的，民女皆願答應。」

「這樣啊，」范靈枝輕飄飄地道：「那不如就入我范府，做個洗腳婢如何？」

阿沁的臉色瞬間就變了。

是她盡力掩飾也無法遮掩的難看。

阿沁的聲音有些冷凝了：「這……這怕是不妥吧？」

范靈枝瞇起眼來，「哦？哪裡不妥？」

阿沁：「若是入了范府做丫鬟，那……那民女豈不還是像砧板上的魚肉，任由范大人宰割？」

范靈枝：「也是。既是如此，那不如便入宮？去浣衣局做個粗使宮女，又或者去倒恭桶，都是極好——」

阿沁眉眼中已有怒色，可依舊努力維持體面，「靈貴妃為何如此羞辱民女？民女不過是拒絕了范大人的納妾，靈貴妃便要如此報復我嗎？」

范靈枝道：「世事殘酷，妳能逃離青伶樓已是幸事，如今看來，妳好像並不心懷感恩啊。」

范靈枝又看向一旁一個字都不敢說的范賀，冷笑：「您看看，人家可不領您的情，就這樣的貨色，您留在身邊，不怕她半夜給您下毒嗎？」

范賀直聽得脖子都忍不住縮了縮。

范靈枝終於懶得再和阿沁廢話下去。她站起身來，居高臨下看著她，詭笑道：「說來也巧。」

「本宮在江南置辦了多處產業，其中一處，便在秦淮知府張翠之的隔壁。」

阿沁的臉色逐漸難堪。

「張翠之雖是秦淮知府，可卻因貪墨而被捕入獄，家眷四處流落，好不淒慘。」

范靈枝臉上的笑意更深了，「據我所知，他只有一個女兒，雖是深居簡出鮮少出門，可由於我那宅子就在張府隔壁，倒也偶爾窺得了她的容貌。」

「那張家大小姐臉上有一明顯紅色胎記，因此她幾乎大門不出二門不邁，」范靈枝的臉色陡然淩厲，「有一回本宮的侍衛特意同本宮說起此事，因此讓本宮印象深刻。」

這話一出，阿沁的臉色徹底變了，范賀的臉色也變了。

而恰在此時，門外傳來了一道急促的聲音，正是客棧小二衝了上來。

這小二神情忐忑急促道：「樓下來了好多士兵，說是京兆尹派來的！」

第68章　謀

小二越說越驚悚：「不知各位這是犯了何事，怎會驚動了官府？」

范靈枝愈是冷笑：「來得這麼快啊？還真是好一個仙人跳。」

溫惜昭在一旁聽了這麼久，直到此時他才皺起眉來。

而范賀也是愣了很久，他忍不住看了眼昏迷在地的那兩個青伶樓管事，忍不住抓了抓腦袋很是費解，「這兩人連廂房都不曾走出，怎麼就驚動京兆尹了？」

范靈枝對這個父親實在是無語得快要被氣吐血！她冷笑道：「怎麼就驚動京兆尹了？您說怎麼就驚動京兆尹了！人家這是設了坑給您跳呢，就等著您對阿沁做出出格的事，京兆尹那邊早就被提前打了招呼，等時間差不多了就過來抓人，到時候可沒人管您到底沒有對這個丫頭做出格的事！」

范靈枝劈里啪啦好一頓大罵：「等你被京兆尹抓進了大牢，屆時整個上京瞬間就傳遍靈貴妃父親自稱國丈強搶民女，范家果然上梁不正下梁歪，傷風敗俗、如此荒唐！」

「屆時滿朝文官在朝堂上接連向皇上參范家一本。」范靈枝痛罵著他，唾沫橫飛，「就您這樣的老頭兒，還想證明自己寶刀未老呢？您怎麼的不撒泡尿照照自己現在是什麼老頭賤樣，還想著一樹梨花壓海棠，日日夜夜做新郎呢！」

范靈枝指著范賀的鼻子罵得唾沫橫飛，直罵得范賀一張老臉又紅又白，要不是皇上在場，他真想和這個不孝女單挑打一架，好好教訓教訓她！

可惜溫惜昭在此，並且每每范賀漲紅了臉打算破口大罵時，身側的溫惜昭就會用一種非常可怕的眼神注視著他，讓他有些膽戰心驚。

比如此時此刻，溫惜昭又用一種非常陰冷的眼神掃視著范賀，讓范賀頭皮發麻、完全敢怒不敢言。

於是等范靈枝罵完之後，范賀只有忍辱負重嘿嘿笑道：「我的好女兒，您罵了這麼多，不知口渴不渴？要不要喝口水？您是貴妃，罵人這種小事就不用勞煩您親自來了，下次您找個嘴皮利索的奴才，讓奴才代替您罵，想罵多久就罵多久，爹爹我臉皮厚，受得住。」

范靈枝像看傻逼一樣看著他，「三年不見，您怎麼就成這賤樣了？」

范賀依舊嘿嘿笑，「那是，您爹我別的方面沒啥長進，賤樣倒是長進了很多，嘿嘿。」

范靈枝面無表情看向溫惜昭，「殺了我，就現在！」

溫惜昭卻微微忍笑，伸出手揉了揉范靈枝的腦袋。

小二問了個寂寞，很是無語，溫惜昭則直接站出身來，讓小二去將那些京兆尹的官兵直接請上來。

范賀覺得得意極了，對著臉色已如土色的阿沁啐了口：「他娘的，竟敢設計陷害我！還好我老頭兒福大命大，正巧遇到了出宮微服遊玩的皇上和女兒，哼，這下可有妳好看的！」

講真的，范賀這副樣子實在像極了張牙舞爪的老斑鳩，讓范靈枝倒胃口極了。

她翻了個白眼壓根不想再理他，只站在溫惜昭身邊等著京兆尹的人來。

這計不知是誰設下的，這邊范賀和阿沁還在包廂內呢，那邊就迫不及待地早早布置好一切，就等著把范賀抓入大牢。

可見這幕後主使，必然權勢極大。

大到能讓京兆尹都直接屈服的地步。

范靈枝擰著眉頭，一副惆悵模樣。

溫惜昭見狀，暗中捏了捏她的手，像是在鼓勵她一般，面上則淡淡道：「朕自會秉公斷案，絕不姑息任何人。」

而站在角落的阿沁，臉色則更難看了起來。

——她本是秦淮知府家大小姐的貼身婢女，只是大小姐從小就長著胎記因此十分醜陋，反而襯得她這個婢女更像個大小姐。

後來阿沁長得越加好看，甚至演變成若是需要大小姐露臉的場合時，夫人和老爺便直接就讓阿沁代替出面，假扮成她。

大抵是假扮大小姐的日子久了，甚至連阿沁都開始覺得，似乎自己真的就是大小姐，而那個長相醜陋的大小姐，不過是個讓人丟臉的醜陋之人罷了。

可誰知後來秦淮知府家道中落，大小姐她毫無志氣，竟在秦淮城外尋了個尼姑庵代髮修行去了，而她阿沁，亦是從高處落在了地上，將她的美夢摔了個稀爛。

可她到底不甘心，又想起大小姐曾定下了一門婚事，這才乾脆頂著大小姐的名頭入了京，徑直去找了秦家，打算博個前程。

她長得好看，她就不信那秦家小子會不喜歡她！

可誰知秦家竟如此狗仗人勢，她竟然連秦家小子的面都沒見到，就被趕了出來。

無奈之下她只有去了青伶樓，並自稱是落難的知府小姐。

誰知這個名頭竟被老鴇所重視，那老鴇派了倒吊眼和尖嘴腮那兩人跟她商議，聲稱只要她乖乖聽話，就能得到她想要的榮華富貴。

因此她才配合著他們二人在范賀面前演戲，策劃了一起仙人跳，目的便是要讓范賀入獄坐牢。

眼看一切順利，可誰知最關鍵的時候竟會衝出個程咬金，將一切計畫全都打亂了！

阿沁一想起來上京一路上自己所經歷的事，心中就生出了許多恐慌來——不，不行，她絕不能失去一切！

而就在阿沁胡思亂想的時候，京兆尹的人已將在場所有人全都帶了回去，打算好好審一審。

一刻鐘後，一行人已回到衙門。

在他們踏入大門前時，京兆尹王大人正翹著二郎腿坐在高堂後頭在打瞌睡，從鼾聲的響亮度來看，他該是睡得極香。

溫惜昭一行人踏入之後，身側師爺嚇得急忙在他耳邊疾呼：「大人，大人！出、出事了——」

被打擾了美覺，王大人很生氣，怒聲：「急什麼！皇上小兒來了都沒你急！」

溫惜昭的聲音幽幽地在台下響起：「皇上小兒？怎麼，王大人這是嫌朕年紀太輕，管不了你？」

王大人嚇得一屁股坐在了地上，看溫惜昭的眼神就像是見了厲鬼。

第69章　迫

師爺連忙將王大人扶起。

王大人嚇得花容失色，連忙連滾帶爬地朝著溫惜昭滾了過去，並重重叩了好幾個響頭，一邊討好道：「聖上遠臨，實在讓下官榮幸之至！又怎會嫌皇上您治理不好整個天下呢？」

王大人聲情並茂得感慨：「皇上您勞心勞力一切為國為民，委實是大齊之幸、天下之幸！天下能得聖上這般明君，著實是上蒼恩賜啊！」

溫惜昭依舊似笑非笑看著他，眼眸之中滿布冷意。

隨即他大步走上了堂前坐下，打算親自斷案。王大人則被冷落到了一邊，一時之間讓他有些疑惑自己是該主動站起來，還是繼續跪著。

可皇上沒有發話，他也不好貿然動作，只能僵硬地調轉了個方向，面向溫惜昭方向，繼續跪在台下。

溫惜昭瞇眼，聲音透著危險的意味：「在將進酒酒樓內發生的事，京兆尹竟如此迅速得收到了消息。不知此案，是誰報的案啊？」

王大人臉色火速變了變。

他臉色憋成了豬肝色，心道這他娘的左相，給他描述的劇本裡可沒有皇上會突然造訪這個情節！

左相只說他已經安排好了一切，只等時間到了他儘管派出人去將那范大人抓回來，隨便定個什麼強搶民女的名頭就是，別的可就不需要他管了。

此時此刻，王大人第一次體會到了什麼叫心如刀絞。

他額頭冒出的冷汗越來越多，可他只是呆呆地看著溫惜昭，硬是說不出一個字來。

一旁的范靈枝微微冷笑，捂嘴道：「哎呀，本宮猜測，定是有個好心人在將進酒酒樓內聽到了動靜，於是便來京兆尹報官，只是報官之後他便走了，並未留下。」她斜斜地將目光掃向身側的王大人，「王大人，不知本宮說得可對啊？」

王大人抓住臺階便火速順著往下爬，連連點頭，「對對，沒錯，就是這樣！就是如靈貴妃說得這樣！」

范靈枝：「王大人向來為國為民、為努力管理好上京一方百姓而努力奮鬥，這般廉潔又勤勉的官員，真乃大齊朝廷命官之表率啊。」

王大人點頭，「嗯嗯嗯，就是這樣，對對！」

一邊說一邊雙眼亮晶晶地看著范靈枝，就差吐舌頭搖尾巴。

范靈枝：「這般廉潔正直的官員，可惜身處在如此髒汙的朝堂染缸之中，終究無法自主選擇，還是不得不做些違背自己良心的事，比如迫於左相的淫威，故意設計栽贓范大人……」

王大人連連點頭，「對對……」

可話說出去，卻又回過味來，覺得不太對勁。他臉色一變，慌忙變卦，說道：「啊不對，本官沒有——」

范靈枝卻截斷了王大人的話茬，只半捂著臉對溫惜昭傷感道：「還請皇上治罪吧。」

溫惜昭看著范靈枝的眼眸滿是笑意，可嘴邊說的話卻十分正經：「治罪？愛妃想要朕如何治罪？」

范靈枝面無表情，「范大人身為朝廷命官，竟中了有心人的美色陷阱，險些釀下大錯，可見范大人定性不穩、容易出錯、十分危險，還請聖上下旨，革了范大人的職，讓范大人到江南養老去吧。」

此話一出，范賀和溫惜昭齊刷刷看向了她。

范靈枝面色不變，「皇上覺得如何？」

溫惜昭瞇起眼，稍稍沉思細想，眉頭微微鎖起。

可很快地，他終究又鬆開了眉眼，點頭：「朕允。」

范賀則嚇得臉色鐵青，當即激動道：「老臣雖身處卑職，可這麼多年在翰林園內兢兢業業，沒有功勞也有苦勞，皇上怎能如此輕易便革了老臣的職位？」

溫惜昭的臉色沉了下來，「你這是不樂意了？范大人，你這麼多年也就是在翰林院修了兩本書，除了修書，可還做過別的什麼？」

溫惜昭：「朕將在今年恢復秋闈，屆時會選出新的狀元和進士，為翰林院注入新鮮血液。」

溫惜昭面無表情，「至於翰林院的老人，迂腐呆板，也確實該給年輕人讓一讓。」

溫惜昭二話不說便對著身側的侍衛使了個眼色，於是那個極有眼力見的侍衛轉頭就將聒噪的范賀拖了下去。

范靈枝非常滿意，歡喜地連忙跪地謝過皇恩浩蕩，皇上萬歲。

溫惜昭又將阿沁壓入了大牢小懲大戒，讓她蹲個幾個月的牢獄，然後再趕出上京，不得再來。

判案的最後，溫惜昭又將目光看向了依舊跪在台下的王大人。

王大人滿頭冷汗潺潺、雙腿打顫地看著他。

溫惜昭笑起來的樣子可怕極了，「左相都吩咐了你什麼？」

王大人嚇得說話都結巴了：「並並並不曾吩咐……」

范靈枝在一旁撒嬌道：「王大人乃是難得一見的好官，皇上為何如此凶殘？您看看，都差點把王大人嚇得失禁了。」

一邊說一邊貼心地給王大人送上了一塊手帕。

王大人顫抖著伸手接過，慌慌張張地擦了擦額頭的冷汗。

范靈枝半蹲在他身旁，十分哀愁道：「王大人您迫於左相的淫威，所以才不敢說出實情，可對？您可真是太可憐了，竟陷入了如此兩難的境地。」

范靈枝：「本宮以為，王大人不妨大膽一些，將他對您如此使用淫威的過程說出來，只要您說出來，聖上自會為您作主，給您一個交代。」

王大人顫聲道：「對、對對，都是衛左相，都是衛左相逼我這麼幹的！」

王大人：「他說只要我將范大人抓入大牢，他便命人在整個上京傳播范大人自稱國丈、在上京之內作威作福、糟蹋民女。」

范靈枝更傷心了，忍不住抹淚，「所以王大人您被逼著收了他什麼好處？」

王大人果然也氣憤起來，「是啊！那可惡的左相，為了逼我就範，竟然給了我三千兩白銀，逼著我收下。」

范靈枝哭道：「王大人您真是太可憐了啊！」

王大人也落下了委屈的眼淚，「可不是嗎？他非要我收，不收就要生氣。我迫於他的淫威，只有含淚收了！」

第70章 論

范靈枝嘻嘻詭笑道：「所以，王大人您含淚怒收了三千兩。」

王大人被范靈枝臉上的詭笑嚇得忍不住一個激靈。

范靈枝：「那錢呢？」

王大人愣愣看著她。

他突然開始發現自己似乎被范靈枝帶到了溝裡去。

范靈枝的語氣逐漸陰森：「啊……不如讓我猜一猜，那錢，怕是已經被王大人花了？」

范靈枝：「王大人含淚怒收三千兩，轉頭就拿著銀子含淚買了棟豪宅，換了輛豪車，順便再含淚給自己添置一個貌美姬妾。」

王大人渾身雞皮疙瘩都豎起來了。

他娘的，竟然跟她說的一模一樣。……他確實是這樣花的沒錯。

王大人看著范靈枝的眼神逐漸驚悚。

范靈枝又輕輕笑了起來，「王大人是在思考，本宮是如何得知的？」

王大人木訥地點了點頭。

范靈枝：「貪官貪墨後的花銷都差不多如此，大同小異罷了。」

電視劇裡也是這麼演的。

她曾經在齊易身邊當妖妃時，也聽齊易說起過許多官員貪墨後的結局。

不得不說，人性的惡，是有共通性的。

范靈枝看著他的目光就像是在打量一個自找死路的可憐人，充滿了憐憫，讓王大人覺得自己怕是要嗝屁了。

他不由又哭著對溫惜昭叩首請求原諒，可高冷如溫惜昭並不理他，而是又命侍衛將王大人打入了大牢，聽候發落。

事情忙完之後，溫惜昭和范靈枝這才一齊走出了衙門，一齊朝著皇宮方向而去。

越靠近皇宮周邊，周圍行人越少，這一帶皆是大官貴胄的府邸和朝廷機構，幾乎已經沒有百姓出沒。

遠處有和煦的暖風灑在她身上，吹散了一些悶熱感，讓她覺得舒服極了。

溫惜昭又想起方才她在公堂上那副俏皮的樣子，如此古靈精怪，真的和別的女人如此不同。

她是獨一無二的范靈枝。

生動鮮活，和誰都不一樣。

溫惜昭忍不住側頭看她，看她的臉頰在夕陽的照耀下顯得如此柔和，淡了幾分嬌豔和嫵媚，多了幾分活潑和溫婉。

是一個他從未見過的范靈枝。

范靈枝注意到了溫惜昭正一眼不眨地注視著自己，讓她不由遠離他一步，一邊勸他：「姐就是女王，自信放光芒，您可千萬不要愛上臣妾。」

溫惜昭：「？」

愛？

這個字對溫惜昭而言顯得如此陌生又可怕，他竟然也會愛一個人？

切，怎麼可能。

溫惜昭努力將心底瀰漫起的慌張盡數收起，臉色又恢復了往日的魅惑狂狷，「朕的字典裡，永遠沒有『愛』這個字。」

范靈枝：「皇上您的字典大概是盜版。」

溫惜昭：「總之朕不會愛任何人，哪怕是祁妃，朕也只是對她有淡淡的欣賞。」

范靈枝徹底鬆了口氣，「那就好，不然可就麻煩了。」

溫惜昭：「麻煩什麼？」

范靈枝嘿嘿笑，「帝王的愛，本身就是很麻煩的事。」

溫惜昭看著她臉上鮮活的笑意，沉默以對。

過了許久，他才淡淡道：「那，若是朕真的愛上一個女人了呢？」

范靈枝走在前頭，沒心沒肺的聲音傳來：「那那個女人也太可憐了，我提前為她默哀三分鐘。」

溫惜昭依舊不死心，追問她：「為什麼？」

范靈枝轉過身來面向他，一邊倒退著走路，一邊道：「帝王從來就不屬於哪個女人，帝王屬於天下。」

「和江山社稷相比，女人？實在是太微不足道了。」

「和天下爭寵，爭得過嗎？還是醒醒吧。」

溫惜昭眸光深深地看著她，再不接話。

是啊。

他的重心，從來都是江山社稷、是江河湖海、是那些他尚未到過的萬里河山、廣袤平原。

范靈枝說得沒錯，帝王只需要有野心，不需要愛情。

此時此刻，范靈枝早已重新轉過身，朝前方大步走去。

她的背影修長瀟灑，帶著溫惜昭從未見過的氣息。

而一直到了很久很久之後，他才明白。原來這種氣息，叫自由。

當日晚上，范賀在酒樓內欺壓民女的事，終究還是在上京的各個角都爆發了出來。

傳言說得很是難聽。

說范賀仗著靈貴妃作威作福，竟欺壓民女、魚肉民間，簡直太過猖狂；

說范府簡直上梁不正下梁歪，從靈貴妃的父親就可看出，這整個范家都不是什麼好東西，若是讓這樣出身的靈貴妃當上皇后，豈不是大齊之禍？

還說這正是靈貴妃授意，讓范賀儘管放浪形骸大肆造作，反正她是整個大齊最受寵的女人，哪怕犯了天下的錯事，皇上也能輕而易舉原諒她。

……

溫惜昭將這些傳言十分生氣地說給范靈枝聽，一邊憤怒暴走，猛吃了范靈枝親手做的辣條兩斤。

范靈枝看著溫惜昭面不改色吃自己做的爆辣辣條，覺得心裡相當複雜。

溫惜昭一邊喝茶壓辣，一邊怒笑：「左相越是如此，就越證明他急了。」

范靈枝：「多喝菊花茶。」

溫惜昭：「妳倒是會為左相考慮。」

范靈枝：「我是說你，」她指了指他眼前的辣條，「不然容易菊花開。」

溫惜昭：「……」

可他又覺得有些離譜，「妳如何知道，此事是左相指使幹的？」

范靈枝也嚼著辣條，「因為他曾和左相一齊逛青樓。」

溫惜昭：「？」

范靈枝：「好巧不巧，被同樣出宮逛青樓的齊易撞到了。齊易轉頭還跟我說，王大人事後竟然耍賴不給姑娘銀子，十分摳門。」

溫惜昭：「還挺缺德。」

范靈枝深有同感，「可不是？齊易就不一樣了，他非但沒有給姑娘銀子，還讓那姑娘倒給了他二十兩銀子，讓他回宮。」

溫惜昭：「……他是怎麼做到的？」

范靈枝：「他說他是皇上，但是出宮時被人偷了荷包，讓他沒有銀子吃飯。因此他需要姑娘贊助他二十兩銀子，等他回宮之後，他會命人送上三百兩銀子當作謝禮。」

溫惜昭：「那姑娘竟然信了？」

范靈枝感慨：「不得不說，齊易真是傻人有傻福。」

第71章　問

溫惜昭又賴在范靈枝的寢宮吃了很多小零食才走。

臨走時還打了個響嗝。

這讓范靈枝覺得十分無語，她對身側的阿刀道：「這就是一個厚臉皮該有的自我修養。」

阿刀嚇得只是將腦袋垂得更低了。

三日後，范賀已經收拾好了一切行李，準備坐船前去江南。

臨行前，范靈枝和溫惜昭又出了宮，一齊去送他。

范賀顯然對范靈枝非常感激：「您這個不孝女，趕緊給老子滾！」

范靈枝對范賀的感激自然是照單全收，當即留著眼淚十分傷感地說道：「您這個老匹夫，等去了江南，若是還是這樣好色，可就別怪我派人過去打斷您的命根子餵狗，您給我小心點。」

大抵是范靈枝的悲傷感染了他，他鐵青著臉提著行李二話不說轉身上了船，他身後的四個妾室則快速跟了上去。

范靈枝看著范賀的背影感慨道：「一切盡在不言中，這就是我和父親之間的默契。」

一旁的溫惜昭抽了抽嘴角。

送別了父親，范靈枝覺得輕鬆極了。她跟溫惜昭沿著上京街道一路慢慢逛去，買了許多糕點和小吃，還帶回了兩壇釀造了十年的竹葉青。

范靈枝肉眼可見地心情好，因為她一直在露出歡愉的笑意，一邊情不自禁哼著歌。

溫惜昭忍不住側眼看她，這個女人真是越來越讓他覺得與眾不同。

他道：「妳如此費盡心機趕走妳父親，便是怕朕利用他桎梏妳？」

范靈枝卻搖頭，「不，臣妾費勁心機趕走他，只是單純不想見到他。」

溫惜昭：「妳厭惡妳父親。」

范靈枝看向他：「誰說不是呢。」

溫惜昭低低笑了起來，然後用一種愈加色瞇瞇的眼神看著她。

范靈枝也懶得再管溫惜昭，繼續放肆地在上京街頭買買買，然後帶著大包小包回了皇宮。

當日傍晚，溫惜昭正在御書房內忙著處理國事，就聽劉公公稟告，說是內閣大學士溫子幀前來覲見。

溫惜昭自是讓他進來。

溫子幀長得清秀，平日裡總是習慣性笑咪咪的，可此時此刻他入了御書房內，卻是十分肅色地看著溫惜昭。

溫惜昭被他看得莫名其妙，不由疑惑：「子幀？」

溫子幀二話不說對著溫惜昭直直地跪了下去。

然後，他沉聲道：「皇上，還請您慎重！」

溫惜昭：「？」

溫子幀沉重道：「今日您可是跟范靈枝出宮了？」

溫惜昭點了點頭。

溫子幀：「您可是陪著她買了許多東西？」

溫惜昭又點了點頭。

溫子幀愈加沉痛：「皇上，您堂堂九五之尊、真命天子！竟幫著范靈枝拎了滿手的大包小包，跟在她身邊如此服侍她，您覺得合適嗎皇上？」

溫惜昭毫無波動，面不改色，「溫卿未免太過大驚小怪，此不過是貴妃家鄉的傳統罷了。丈夫都需要幫女子拎包，用貴妃的話來說，這叫『男友力』。」

溫子幀就像是見了鬼似地看著他，「您可是在戰場上廝殺敵軍千百人的皇上啊！您何必要為一個婦人展現您的力氣？這未免……太荒謬了吧？」

溫惜昭沉思半晌。

溫子幀：「對，皇上您是該好好反思反思，反思一下為何您竟會被范靈枝牽著鼻子走，簡直離譜！」

溫惜昭：「也許這就是溫卿至今還單身的原因。」

溫子幀：「？？」

溫惜昭可惜地看著他，「讀書讀太多，太過迂腐死板，是娶不到老婆的。」

溫子幀：「……」

溫惜昭：「溫卿還是回府好好反思反思，反思一下為何你至今都沒有老婆。」

溫子幀：「……」

溫惜昭正待讓劉公公送客，溫子幀突然又正色起來，非常誠懇且真摯地道：「下臣還有一事，總是想不通透，不知皇上可能賜教一二？」

溫惜昭自是讓溫子幀直說。

溫子幀深呼吸，認真地討教道：「皇上您明明就知道靈貴妃她……她曾伺候了前朝昏君齊易整整三年，皇上您……難道就不介意嗎？」

聞言，溫惜昭也沉默了。

溫子幀心下一抖，急忙解釋道：「臣並非故意想要提起此事，只是、只是臣真的想不明白。」

溫惜昭道：「那溫卿覺得，朕應該介意什麼？介意靈貴妃並非完璧之身？還是介意她陪了另外一個男人整整三年？」

說實話，其實這二者皆有。

溫子幀實在是想不通，范靈枝再美也不過是破鞋，而且還陪了齊易三年……

他光是想想，都覺得很不可思議。

不可思議於皇上竟然，會愛上這樣一個殘花敗柳。

溫惜昭嘴角的笑意卻忍不住加深，隨即感慨：「讀書人果然迂腐又死板。」緊接著又感慨，「果然啊，你單身不是沒有原因的。」

溫子幀抽了抽嘴角——這關讀書人什麼事？哪個男人能忍受自己的妻子曾服侍過別人？更何況就是三年？

反正溫子幀光是想想，都覺得溫惜昭怕是被范靈枝下了降頭，所以腦子不清楚了。

溫惜昭揮了揮手，讓溫子幀趕緊滾下去，他已經不想和這種直男廢話太多。

可等溫子幀退下後，溫惜昭再望著案牘上的奏摺，卻已經聚不了神。

溫惜昭忍不住又想起了當時、自己在這御書房內，第一次強要了范靈枝時的情形。

她傷心落淚，雙眸通紅，就像隻可憐的小白兔。

而事後，他看到身下竟有一抹鮮豔的血跡，灼傷了他的眼睛。

溫惜昭彼時有些不敢置信看著她。

可她只是絕望地看著他，許久都不曾說話。

他問她：「妳竟是——」

她卻只是忍痛朝他跪下，聲音透著絕望的淡漠：「臣妾從此再非完璧，聖上，您須對臣妾負責。」

彼時他也覺得十分不可思議。他問她為何服侍齊易三年仍是完璧。

可她卻說，齊易十分好糊弄，每每事前，她皆會讓他飲酒，然後再讓貌美宮女伺候他。三年以來，他從未起疑。

從回憶中緩過神來，溫惜昭忍不住又站起身來，打開了身後的機關密道，鑽了進去。

第72章 真

范靈枝正坐在貴妃榻上翹著二郎腿吃零食。

誰知吃著吃著，她就看到了溫惜昭從自己的寢殿內鑽了出來，嚇得她差點被口中的酒鬼花生嗆死。

范靈枝見鬼似地看著他，「皇上？」

溫惜昭走到她面前，二話不說便重重抱住她，彷彿要將她揉到自己的身體裡。

他的聲音緊跟著傳來：「朕想妳了。」

范靈枝被他抱懵了，如果她沒記錯的話，今天傍晚時分她才和他分開，這才過了一個時辰？他就想她了？

一股不好的預感直衝范靈枝腦門，她忍不住驚悚道：「您該不會真的愛上我了吧？」

溫惜昭這才鬆開了她。

然後他十分認真地看著她，反問：「愛一個人，是什麼感覺？」

范靈枝：「大概就是一個時辰沒見到，就想得緊。」

溫惜昭：「……完了。不知為何，朕才堪堪與妳分開一個時辰，便真的想妳得緊。」

范靈枝嚇得把手裡的酒鬼花生全都灑在了地上。

可她還是努力穩住對方，讓溫惜昭坐在椅子上，又給他泡了一杯菊花茶，打算開導開導他。

范靈枝道：「皇上，臣妾覺得您其實喜歡的不是臣妾。」

溫惜昭正色道：「此話怎講？」

范靈枝：「倘若您當真喜歡臣妾，那您就不會招這麼多秀女呀。」她說道，「愛情是很擁擠的，您若是真的愛上了我，就不會再多看別的女人一眼，甚至還會覺得她們特別礙眼。」

溫惜昭一眼不眨地看著她，「朕確實這麼覺得。」

范靈枝：「是啊，您看看，您後宮佳麗三千，又怎會喜歡我呢？」

溫惜昭：「朕確實覺得她們很礙眼。」

范靈枝：「……」

溫惜昭：「非但很礙眼，甚至還很無趣，比不上妳的萬分之一。」

溫惜昭補充：「就連妳做的辣條都比不上。」

范靈枝：「……臣妾這就把辣條扔了。」

溫惜昭：「扔了也比不上。」

范靈枝抹了把臉，默默地握住桌子上的菊花茶，不再說話了。

溫惜昭一眼不眨看著她，「妳不喜歡朕？朕雖之前做了許多錯事，可朕覺得朕現在彌補還來得及。」

范靈枝忍不住皺眉。

溫惜昭沉著道：「朕接下去會下旨，第一步便是收回妳手中的鳳印，然後再將祁顏葵封為皇后，讓世人的注意力從妳身上移開。」

溫惜昭此時此刻顯得格外冷靜，可眼眸卻溫溫柔柔地看著她，直看得她頭皮發麻。

范靈枝眼前的系統裡，工作列已經開始閃爍著威脅的紅光。

他繼續道：「朕招待魏燕二國時，會將妳藏起來，免得那二國來使對妳不利，利用妳來威脅朕，便是大大的不妙——」

此時此刻別說是工作列，就連那帝王值系統的進度條，都開始散發出了紅光。

嚇得范靈枝臉色鐵青，不等他話音落下，范靈枝已沉聲打斷他：「皇上！」

溫惜昭：「貴妃可有何高見？」

范靈枝視死如歸，「臣妾願意為了皇上您的統一大業搬磚添瓦，不要因為我是嬌花而憐惜我啊皇上！」

她就差沒有跪下來抱緊他的大腿。

溫惜昭很是不解，「為什麼?可妳明明……明明很討厭我一直利用妳。」

范靈枝連連搖頭，「我不是，我沒有，我明明樂在其中呀皇上！」一邊說一邊對著溫惜昭拋媚眼。

溫惜昭：「……?」

范靈枝又露出了嬌滴滴的哭泣，拖著溫惜昭的胳膊撒嬌道：「皇上若是當真喜歡我，就該和我做結髮夫妻才是。」

溫惜昭：「可妳明明不樂意做皇后。」

范靈枝覺得自己心裡在滴血，可面上依舊在強顏歡笑，「臣妾樂意，怎麼不樂意，哈哈！」

她是不樂意沒錯啊！

可之前就算她直接表達自己的不滿，嘴炮 max 也無所謂，因為溫惜昭必然還是會將她立后。

可現在不一樣了，他竟然真的開始考慮轉封祁顏葵當皇后，想將她保護起來，那她豈不是要任務失敗了？

范靈枝忍不住抖了抖身子，更緊地捏住溫惜昭得胳膊，開始分析他的處境。

「國家大事，不可兒戲。君無戲言，豈容反悔。」

「皇上您非但要立我為后，還需帶著我光明正大出席洗塵宴，我在明處，反而能更好地保護我。」

「倘若屆時魏燕二國當真對我做了什麼，如此，便可讓皇上您有了直截了當的藉口，發動戰事，占據輿論上風。」

范靈枝和他娓娓分析，彷彿非常正義的樣子。

可實際上她只是為了避免任務失敗，否則她豈不是永遠都要被困在這深宮裡，享受霸道皇帝愛上我的後宮劇情嗎？

光是想想就讓她嚇得花容失色了！

而她面上則雙眸波光粼粼地看著他，一副深明大義、委曲求全的模樣。

直看得溫惜昭心底一片柔軟。

溫惜昭定定得看著她：「范靈枝。」

范靈枝：「嗯？」

溫惜昭將范靈枝重重地摟在懷中。

他的聲音擲地有聲，一字一句說道：「朕從未如此後悔，往日竟如此待妳。」

他聲音沙啞：「妳恨朕嗎？」

范靈枝心底發著顫，面上則深情道：「臣妾，不恨！」

溫惜昭一下下撫過范靈枝的身體，「朕會加倍彌補。」

范靈枝：「等您哦，親。」

溫惜昭又輕輕放開了她，就像是在對待珍寶一般。

第二日上午，范靈枝還沒放那群來給她請安的妃嬪們回去，華溪宮門口就傳來了一陣非常吵鬧的聲音。

范靈枝讓阿刀去看看發生了何事，過了很久後阿刀才返回。

他愣愣地看著范靈枝。

范靈枝也看著他。

阿刀吶吶道：「是、是……」

范靈枝有些不滿，「外星人來了？」

阿刀：「是皇上……派人來了，他們將皇上寢宮的傢俱擺設全都搬來了，說是皇上吩咐的，從此以後皇上就一直都住這兒了。」

范靈枝簡直花容失色，嚇得她一屁股坐在了地上。

她顫聲道：「該死的，還不如外星人來了呢！」

而身旁坐著的妃嬪們，則各個都妳看我我看妳，檸檬樹下排排坐，酸氣簡直衝破天際。

第73章 查

溫惜昭將大半個寢宮全都搬入了華溪宮。

原本空曠偌大的華溪宮，此時此刻竟然也變得有些擁擠起來。

送走妃嬪們後，范靈枝非常頭疼地看著自己的寢殿，覺得無語至極。

劉公公在一旁頂著個笑臉對范靈枝道：「恭喜貴妃、賀喜貴妃，皇上對您真是一片真心、可昭日月，讓人豔羨！」

一邊說一邊還不斷眨巴著一雙卡姿蘭小眼睛看著她。

范靈枝對著身側的阿刀送了個眼色，這才笑著回道：「劉公公這段時日辛苦了，日後還需您多多提攜我華溪宮才是。」

二人又說了幾句客套話，這才讓阿刀去送劉公公一程。

阿刀雖才十五歲，可已被范靈枝調教得十分上道。

二人走到華溪宮門口後，阿刀便塞給了劉公公一隻小巧精緻的金麒麟。

這麒麟雕刻得栩栩如生，就連身上的鱗片都細膩清楚，而這麒麟的一雙眼睛，乃是用紅寶石鑲嵌而成的。

劉公公是個懂禮數的人，當即一邊撐開自己的衣服口袋，一邊推手拒絕：「使不得，這萬萬使不得！」

阿刀隨手就把這金麒麟扔到了他的口袋裡。

阿刀笑咪咪的，「乾爹，您就收了吧，和兒子還客氣什麼？」

劉公公無奈道：「罷了罷了，每次都拗不過你。下次可不能再這樣了。」

阿刀連連應是。

劉公公這才小心翼翼地捧著沉甸甸的金麒麟，無可奈何地走了。

等劉公公走後，阿刀又返回到范靈枝身邊。

范靈枝：「收了？」

阿刀點頭，「是，收下了。」

范靈枝瞇起眼：「阿刀，你可得記住，若想在這深宮之內生存下去，就得有權勢和銀子。權勢和銀子，才是世間最實在的東西。」

阿刀沉沉點頭，深以為然。

此時的范靈枝根本不會想到，眼前這個十五歲的少年會在多年之後，成為權傾天下、一手遮天的九千歲，手段變態、嗜財如命、尊重女性。

而他之所以會變成那樣，就是因為他深受范靈枝的調教和影響，進而改寫了他的一生。

自然，這些都是下一部故事了，眼下不便多說。

眼下，范靈枝依舊絮絮叨叨地吩咐著他，讓阿刀去做事。過了許久，有個小太監跑了進來，遞給阿刀一份信件，在阿刀耳邊低語了幾句。

阿刀這才又走入了內殿，將信件轉交給范靈枝，說道：「主子，明歡半年前掉入糞坑的那段時日，上京發生的事和來往的人，皆已查清了。」

范靈枝迅速將這信件拆開。

只見這信件上清清楚楚寫著，那幾日的上京……來了幾個魏國人。

那幾個魏國人還大鬧了一家名叫悅來的倒楣客棧，便是因為他們吃霸王餐。於是此事就鬧到了京兆尹那。

據魏國人自己說，他們並非有意吃霸王餐，而是有人在他們吃飯之時偷走了他們的銀子。

別說，這事，她還真的有印象。

當時她要去青雲寺禮佛，齊易嫌宮中無聊，便微服出遊去了宮外嫖娼。那個昏君腦子裡整天是些色情的東西，范靈枝見怪不怪，隨便他去。

好巧不巧的，齊易也去了悅來客棧吃了便飯，荷包也他娘的被偷了。但是齊易身上的裝備好，所以他順手就用腰間的玉佩抵了飯資。

然後齊易藝高人膽大，非但不回宮，依舊去了青樓找小姐姐。

並在青樓之內，遇到了同樣出來嫖娼的左相和京兆尹。

范靈枝：「……」

不得不說，人間之事，委實無巧不成書。

後來齊易拿著從青樓小姐姐那騙來的二十兩銀子，在宮外又花天酒地了一天，這才怡怡然地回宮來了，並興致勃勃地將此事說給她聽，順便吐槽京兆尹的命根子不太行，才五分鐘就結束了。

范靈枝其實對這種低俗的事完全不感興趣，但是齊易興致勃勃，她也不好掃他的興，只有配合著問齊易：「這就是他拒付嫖資的理由？」

齊易想了想，「妳說的有道理。」

……

從回憶中回過神來，范靈枝凝眉道：「這樣一說，我倒是想起來了。」

范靈枝：「當時本宮確實出宮禮佛，可並未清道。非但不曾清道，甚至還十分低調，只不過堪堪出了輛馬車，帶了三四個隨從罷了。又何來因為本宮清道，而導致明歡摔入糞坑之說？」

可話剛說完，她隱隱覺得有些不對。她當即臉色凝重地吩咐阿刀，去將明歡帶上來。

明歡一直被阿刀養在某處角落，阿刀將她帶上來時，范靈枝驚奇地發現明歡竟然變胖了不少，整個人都有點圓滾滾的了。

范靈枝讚許地看向阿刀，「不錯，對待女孩子就得溫柔一點，哪怕是女犯人也該好生將養著，讓她產生羞愧之心，然後日日自責，每天煎熬。」

阿刀點頭，深以為然，「是是，奴才正是這麼做的。」

范靈枝：「你做得很好，不愧是我范靈枝的奴才。我為你驕傲！」

只有明歡鐵青著臉，對著范靈枝張牙舞爪，若不是阿刀把她綁著雙手，只怕下一刻她就要衝上前來砍死她。

范靈枝這才看向她，陰惻惻地道：「妳是魏國人。」

明歡眼中飛快閃過愕色，身體也有一瞬間的僵硬，可很快就被她掩飾過去，只不斷憤怒喊著：「我要殺了妳！」

范靈枝輕笑起來，「既然妳是魏國人，妳怎會想要殺我呢？我啊，可是妳魏國大皇子的心上人呀。」

可這句話不知是哪裡刺激到了明歡，竟讓明歡整個人都尖利大叫：「大皇子才不會喜歡妳這種骯髒不堪的女人！」

范靈枝徹底吃驚了，她睜大眼睛看著她，好奇道：「妳為何如此激動？難道妳也喜歡項賞？」

明歡更加激動地咿呀亂叫，一副發了羊癲瘋的樣子。

范靈枝讓阿刀溫柔地懲罰她，於是阿刀輕輕地扭她的胳膊，對她略施小戒。

明歡果然安靜了很多。

范靈枝繼續道：「妳故意殺了明歡，然後再取而代之……讓我猜猜，妳之所以把目標放在這小小的太常寺博士之女，便是因為，妳和她長得極像，可對？」

「然後妳再故意偽裝重病昏迷不醒，就算醒來後性情大變，也有了合理的解釋。」

第74章　謀

范靈枝：「對外，妳便可以藉由『貴妃害我重病』這個理由，來暗殺我，哪怕東窗事發了也能有個合理的解釋。」

「若是被妳得手、我真的被妳殺死了，妳便大可以直接離開大齊回魏國，一走了之。」

范靈枝感慨：「從方才妳如此激動的樣子來看，妳想殺我的真正原因，多半是和……項賞有關？」

明歡咬緊牙關死死地看著她，「不准妳直呼大皇子的名字！」

「項賞項賞項賞項賞！」范靈枝哼了一聲，「我就叫，妳奈我何。」

明歡：「死八婆！」

范靈枝：「難道當真是因為吃醋，所以才想要殺我嗎？魏國的大皇子不會真的傾慕我吧？」

明歡：「妳這骯髒不堪的渣滓！就妳也配得上大皇子嗎？也不撒泡尿照照自己是怎樣一副髒樣！只恨我竟沒有將妳殺死，竟讓妳這個狐媚躲過一劫——」

范靈枝擰著眉頭對阿刀使了個臉色，阿刀瞬間捂住了明歡的嘴巴，將她溫柔地拖了下去。

事後，范靈枝努力回想自己是否曾經無意中勾引過項賞，但是她在腦海中過濾了好幾遍，還是無比確定自己根本連項賞長什麼樣都沒見到過，又何來勾引他一說？

那麼問題來了，既然自己連項賞都不曾見過，為何明歡要如此哭天喊地想殺自己？

還真是讓人一頭霧水。

范靈枝想了很久也想不明白，乾脆也就不想了，繼續敷蠶絲面膜，好好保養這張絕世容顏。

等到下午，溫惜昭來了。還帶來了一個消息。

左相今日又在朝堂上作妖，拿著范賀在將進酒酒樓內強搶民女的事大做文章，說來說去明裡暗裡就是為了隱射范靈枝這樣的妖妃不適合做皇后。

然而溫惜昭根本不為所動，甚至還對他豎了個中指。

左相對皇上的這個中指十分感動，「皇上您豎起中指，可是贊同老臣所說？」

溫惜昭：「朕只是隨便欣賞一下朕的美指。」

左相：「……」

溫惜昭無視了左相的激動演講，並十分嚴肅地表示：「朕意已決，朕非但要將鳳印交給貴妃保管，朕還要立貴妃為后。」

「倘若有誰不服，儘管辭官歸故里，朕會送上體恤金，送他一程。」

於是，溫惜昭話音剛落，整個朝堂靜悄悄的，誰都不曾再說話。

包括先前跳腳跳得最歡的左相。

很快地，就有老臣跳了出來，激昂道：「靈貴妃為國奉獻，不惜背上『妖妃』名聲也要顧全大局，助力皇上登帝，這等奇女子，自是大齊皇后的最佳人選啊！」

「大齊能得這般識大體的女子當后，真是天佑我朝、天助我朝！」

彷彿一語驚醒夢中人，眾人紛紛一邊心裡罵娘一邊拍起范靈枝的馬屁，直拍得溫惜昭喜笑顏開，非常歡欣。

溫惜昭當場對那老臣賞賜了人蔘鹿茸、白銀千兩，那老臣笑咪咪地收下了禮物，連走路姿勢都挺拔了許多。

……

溫惜昭對范靈枝說了之後，范靈枝也很是感動，當場給溫惜昭親自下了一碗爆辣牛肉麵，以感謝他對自己的大力支持。

溫惜昭吃過牛肉麵後，大受鼓舞，跑了十趟茅廁以作為自己對貴妃的還禮。

當天晚上的華溪宮，充滿了和諧溫柔的愉快氣息。

只是華溪宮一派祥和，此時此刻的未央宮卻顯得很是陰森。

天色已暗，可未央宮內卻只堪堪點了三四根蠟燭，燭光幽暗，連手掌紋路都看不真切。

祁顏葵坐在正中高座上，似笑非笑，昏暗的光線灑在她的臉上，顯得她整個人都透著陰氣，莫名地有些可怕。

衛詩寧和張清歌坐在她下頭，忍不住同時彼此對望了一眼，都想要從對方身上得到力量。

衛詩寧乾笑道：「祁妃娘娘，臣妾和歌昭儀今日前來，便是想問問您，不知您那苗疆巫師，安排得如何了？」

張清歌在一旁附和道：「正是。眼看靈貴妃如今一日比一日得勢，竟連聖上都搬去了華溪宮，打算與她同睡同住、當真要做起夫妻了。」她一邊說一邊抹淚，「可咱們呢？咱們竟是只有在去給靈貴妃請安時，才能偶爾見到皇上，平日裡別說是見到聖上了，就連聖上身邊的劉公公都見不著一眼……」

張清歌淒淒慘慘地說著，眼淚控制不住地落下，「當真，太可憐兒了。」

衛詩寧受了感染，亦忍不住悲從中來：「從此以後，整個後宮便是靈貴妃一家獨大，哪兒還有我們這些姬妾的位置？」

「今日我去內務府，想再討要些釵環，」說及此，衛詩寧再也控制不住，哇的一聲大哭出來，一邊哭一邊含糊不清地說道，「內務府竟然、竟然說，讓我別戴什麼釵環了……反正皇上也見不到我，我也見不到皇上，把釵環給我，純屬浪費資源……嗚啊！我恨啊！」

衛詩寧哭得上氣不接下氣，眼淚混著鼻涕，可憐得沒邊了。

祁顏葵亦是心底一片荒涼，她喃喃道：「天長地久有時盡，此恨綿綿無絕期……溫惜昭，你當真、好狠的心吶！」

張清歌和衛詩寧依舊在抱頭痛哭，祁顏葵耐心等著她們情緒平復，再繼續下一步。

誰知她們二人一哭就哭了半個時辰。

祁顏葵的肚子發出了飢餓的咕嚕聲。

張清歌和衛詩寧二人這才停止了哭泣，三人面面相覷。

祁顏葵讓下人準備了一桌飯菜，招待她們二人，然後才開始說正事：「還有三日便是夏種之日，屆時聖上會親自主持法事大會，由司天監在旁監看。」

祁顏葵冷笑：「本宮早已買通了侍衛，屆時喬裝打扮成和尚的苗疆巫師將會當場提出范靈枝乃是狐媚附體的妖物——有妖妃在，天下難安。等到了那時候，整個大齊的百姓都看著呢，我就不信，皇上還能繼續包庇她！」

衛詩寧直聽得熱血澎湃，「原來祁妃早已將一切安排妥了，果然啊，還是祁妃可靠！事成之後，臣妾願擁戴祁妃娘娘。」

第75章 會

「如此，那便一切全看三日後的法事了。」張清歌亦是激動，「有祁妃娘娘當明燈，總算讓臣妾心裡安穩了許多。」

衛詩寧在一旁猛點頭。

二人對著祁顏葵拍了好一陣馬屁，總算也讓祁顏葵的心情好了許多，她揮揮手，讓二人退下了。

等衛詩寧二人離去後，祁顏葵低聲道：「馮嬤嬤，那巫師如今在何處？」

馮嬤嬤立刻走到她身邊，躬身道：「娘娘且放心，章巫師如今已被安排在城西別院，老身已將一切都吩咐於她，定會確保萬無一失。」

祁顏葵點頭，「妳記得多允些銀兩給青雲寺的和尚，那些和尚冥頑不靈，十分難商量，多給些銀錢，以防萬一。」

馮嬤嬤點頭應是，便退下了。

祁顏葵站起身來，走出院子，朝著御書房的方向放眼遙遙望去。

最近幾日，她總是連續夢到皇上。

夢到皇上還在邊疆時，和她在一起騎著馬兒縱橫草原的時候。

天很藍，草很青，馬兒在他們身邊吃著草，她則站在溫惜昭身邊，對他柔柔地笑。

當時她尚且天真，以為他會在她身邊陪她一輩子。
可誰知那短短幾月，竟是她此生最幸福的時光。
她這一生，如此暗淡。只因為有人遮住了她的光芒。
她已經迫不及待想要看到范靈枝被指責是妖孽後，她會是怎樣驚慌失措的反應，想必一定很好玩吧？
祁顏葵忍不住低低詭笑了起來，在月色下，她的臉色顯得格外猙獰。
而另一邊，范靈枝則一直在努力做保養、敷面膜，便是為了夏種祭祀法會上，給民眾留下一個傾國傾城的好印象。
夏種祭祀會，乃是由天子親自主持的盛會，除了文武百官會出席之外，就連附近百姓也都會趕來圍觀，聲勢浩大。
春耕、夏種、秋收，這等重大節日，承載了百姓們對於生活的美好嚮往，期許得到一個豐收年，盼望一整年的生活都能欣欣向榮、愈漸美好。
這日一大早，天色未亮，范靈枝便已早早起身梳妝打扮，爭取給民眾留下一個溫柔的好印象。
她選了一條湖藍打底的雲雁細錦衣裙，頭頂斜插一枝點翠蝴蝶翡翠簪，又畫了個淡雅清新的妝容，弱化自己的嫵媚感，努力烘托自己端莊典雅的氣質。
等她完成打扮，溫惜昭看到她時，忍不住便眼睛一亮，眼中盛滿驚豔。

范靈枝柔柔道：「姐就是女王，自信放光芒。別愛我，沒結果。」

溫惜昭抽了抽嘴角，轉說正事：「祭祀法會時，妳站在朕身邊就好。」

范靈枝點點頭，「是，臣妾知道了。」

溫惜昭拉著范靈枝的手走出了華溪宮。

此時此刻，祁顏葵、衛詩寧和張清歌等妃嬪也早已在華溪宮外準備妥當，等溫惜昭和范靈枝出來後，齊齊朝著皇帝和貴妃行禮。

命宮妃們起身後，溫惜昭挽著范靈枝的手坐上了鳳輦，然後一行人，這便浩浩蕩蕩地朝著宮外而去。

宮外一切都已準備就緒，文武百官早已候在宮門口，然後跟著溫惜昭會合，一大行人這便浩浩蕩蕩地繼續朝著城外有序地走去。

法會地點正是在城郊七里山山底。

此處草地遼闊，山肥水美，遠處還有一大片盛開正旺的杜鵑花，點綴出靚麗的色彩。

司天監的人早就已經和青雲寺和尚們搭好了祭祀台。

高聳而起的祭祀台，上頭盛放著祭祀用的香火和長燭，以及太上老君的雕塑，看著便覺得莊嚴肅穆。

而祭祀台下，青雲寺的和尚們已全都站在了原地，雙手合十，靜等聖上和文武百官入場。

范靈枝坐在溫惜昭的身邊，還沒等鳳輦將他們抬入場地呢，就覺得很不對勁。

其中最明顯的便是——范靈枝遠遠地就看到那一群禿頭和尚裡頭，有其中那麼一個和尚，竟然渾身散發著深深深紅色的光，鮮豔程度堪比櫻桃。

而除了這位櫻桃紅和尚之外，在這場地的遠處角落裡，竟還有一些隱藏在草叢堆子裡的蘋果紅，正不斷散發出光芒來。

范靈枝有金手指，所有想害她的人都會自動散發出紅光。

可見在那些散發著紅光的角落，是有人隱藏在裡頭，打算……暗殺她？

紅光越深，危險指數就越高。

范靈枝又將目光鎖定在了那位散發著櫻桃紅的禿頭，很是好奇。

這位和尚是發生了什麼？怎會對自己如此殺氣騰騰？難道她無意之中勾引了他的老婆？

可是不對啊，范靈枝仔細在回憶的海洋裡掃描了兩圈，非常確定自己並沒有做過勾引同性的事，她雖然喜歡隨時隨地散發魅力，可一般來說魅力的掃射範圍並不包括同性。

范靈枝忍不住瞇起眼，低低笑了出來。

溫惜昭側頭看向她，「貴妃？」

范靈枝轉了轉眼，突然重重地捂住了肚子，痛苦道：「聖上，這可如何是好？臣妾突然肚子好痛，怕是……」

溫惜昭急忙摟過她，「很痛？」

范靈枝虛弱地點頭，「嗯嗯，痛痛的。」

溫惜昭擔憂道：「馬上便是祭祀大會，可能堅持？」

范靈枝痛得快要暈過去的模樣，「怕是不行了。臣妾應是來了月事，月事不潔，若再參加祭祀大會，怕是會觸怒神靈。」

溫惜昭：「可貴妃不是說這是封建迷信嗎？」

范靈枝：「年少輕狂，皇上您可千萬別往心裡去啊。」

溫惜昭：「……行。」

范靈枝繼續虛弱道：「還請聖上允諾，讓臣妾避開今日的祭祀大會，以保祭祀一切順利。」

溫惜昭微嘆，點頭應了。

於是溫惜昭當場就讓鳳輦下地，想了想，終究不放心，乾脆喚來了祁言卿。

溫惜昭看著祁言卿的目光充滿了惡狠狠，嘴邊卻假惺惺地溫和道：「將軍，貴妃身體不適，麻煩將軍護送她回宮。」

祁言卿快速抬頭看了眼范靈枝一眼，眼中寫滿了關心。

溫惜昭連嘴邊假惺惺的溫和也快維持不下去了，陡然冷聲：「非禮勿視，將軍自重。」

祁言卿臉上泛起一陣火辣辣的燙色，他低聲道：「是，下臣謹記。」

Instagram Plurk

國家圖書館出版品預行編目資料

赴良宵（一） / 萌教教主 著 . -- 第一版 . -- 臺北市 : 未境原創事業有限公司 , 2025.03
面； 公分
ISBN 978-626-99520-0-7(第 1 冊 : 平裝). --
857.7 114001801

赴良宵（一）

作　　者：萌教教主
發 行 人：林緻筠
出 版 者：未境原創事業有限公司
發 行 者：未境原創事業有限公司
E-mail：unknownrealm2024@gmail.com
地　　址：台北市中正區重慶南路一段 61 號 8 樓
8F., No.61, Sec. 1, Chongqing S. Rd., Zhongzheng Dist., Taipei City 100, Taiwan
電　　話：(02) 2370-3310　　傳　　真：(02) 2388-1990
印　　刷：京峯數位服務有限公司
律師顧問：廣華律師事務所 張珮琦律師
總 經 銷：聯合發行股份有限公司
地　　址：新北市新店區寶橋路 235 巷 6 弄 6 號 2 樓
電　　話：(02)2917-8022

定　　價：299 元
發行日期：2025 年 03 月第一版